春に散る

下

沢木耕太郎

朝日文庫

本書は二〇一六年十二月、小社より刊行されたものです。

春に散る　下●目次

本文挿画　中田春彌

春に散る　下

第十一章　朝の香り

1

眼が覚めると、コーヒーのいい匂いがした。広岡はベッドに横になったまま、その香りをしばし楽しんだ。

ドアの隙間《すきま》を通って居間兼食堂の広間から漂ってくるらしい。しかし、誰がいれているのだろう。四人の中でコーヒーをいれるのは広岡だけだった。藤原と星は広岡がいれれば飲むが、自分から進んでいれようとはしない。佐瀬《させ》は、コーヒーを飲むと夜眠れなくなるとかで、ほうじ茶しか飲まない。

――誰だろう。

ぼんやり考えていると、女性の声で小さなハミングが聞こえてきた。広岡の知らない曲だったが、それでわかった。

――そうか、彼女だったのか。

思わず、頬《ほお》を緩めてしまった。佳菜子《かなこ》は昨夜、帰るのが遅くなったため、このチャンプの家に泊まったのだ。

前夜、広岡と藤原が抱え起こし、タクシーに乗り込ませた白いTシャツ姿の若者を市民病院に連れて行くと、しばらく待ったあとで夜間の救急受付で診《み》てもらえることになった。

宿直の女性医師は、倒れたときの状況を聞き、側頭部を触診すると、やはりCTを撮った方がいいのではないかと言い、すぐにその手筈《てはず》が整えられた。

CTでのスキャンが終わり、画像を見ながら広岡たちも若者と一緒に医師からの説明を受けたところ、骨にも、脳にも、そのあいだにあって脳を覆っている膜にも損傷が見られないという。だが、少しでも意識を失った時間があるのなら一晩は安静にすべきだと思う。入院した方がいいのだがベッドに空きがない。家に帰ってできるだけ早く横になってほしい……。

診療代は広岡が払うつもりだったが、若者が自分が払うといってきかない。ところが、健康保険証を持っていなかったため、代金が予想外に高額になり、所持金では足りないという。そこで、広岡がクレジットカードで全額支払うことになった。

料金窓口の係の人から、保険証を持ってくれれば、七割は返金できると告げられ、若者が広岡に、すぐ返しにくるのでそれまで貸しておいてほしい、と言った。広岡はもともと自分が支払いのすべてをするつもりだったので、その「すぐ」がいつになるか、あるいは言葉だけのものなのか、どちらでもかまわないと思い、了承した。

広岡が気になっていたのは、この若者の家がどこなのかということだった。医師によれば、できるだけ早く家で安静にした方がいいらしい。

病院のロビーで、訊《たず》ねた。

「君の家は、どこ？」

「平井」

「平井？」

広岡には馴染《なじ》みのない地名だった。

「東京の外れ、こっちとは反対側の外れだよ」

生まれも育ちも千葉の藤原が言った。

「そうか、いまからそこへ帰すのは少し不安だな」

病院の壁に掛かっている時計を見上げながら広岡が言った。デジタルの数字はいまがもう午後十一時過ぎであることを示していた。

「そうだな……」

藤原も思案顔になった。

「まだ、電車はあるんで……」

若者が言いかけると、藤原がそれを遮《さえぎ》り、広岡に相談するように言った。

「泊めるか」

「そうしよう」

広岡がうなずくと、藤原が若者に向かって言った。

「俺《おれ》たちの家はこの近くなんだが、今夜はひとまずそこに泊まっていかないか。空いている部屋がある」

自分を殴《なぐ》り倒した男たちが家に泊まれと言う。その成り行きの奇妙さに、若者は一瞬戸惑ったようだったが、すぐにまたコクンとうなずいた。

2

家までの距離はたいしたものではないとわかっていたが、念のため病院の前に駐車していたタクシーで帰ることにした。

家に戻ると、佐瀬と星と佳菜子の三人はもちろんすでに着いていて、テーブルの前に座り、ほうじ茶を飲みながら広岡と藤原の帰りを待っていた。

二人が玄関ホールから広間に入っていくと、星が声を出した。

「どこに行って……」

しかし、二人のあとから白いTシャツ姿の若者が入ってきたのを見て、途中で言葉を呑《の》み込んでしまった。

「病院」

藤原が言った。

「ちょっと心配だったんで彼の頭を診てもらったんだ。幸い、何でもなかった」

広岡が説明した。しかし、星はそれを聞いても、どうしてその若者が一緒なのか理解できないという表情になった。

「どういうことだ？」

星が訊ねた。

「骨にも脳にも問題はないが、それでもできるだけ早く安静にした方がいいらしいので、今夜はここに泊めることにした」

広岡が言うと、藤原が付け加えた。

「こいつの家は、とんでもなく遠いんだ」

そして、すでにいつもの自分の席についていた藤原が、空いている星の隣の席を指さしながら言った。

「ボサッと突っ立ってないで、そこに座ったらどうだ」

若者が素直に座ると、その眼の前に座っていた佳菜子が言った。

「お茶をいかがですか」

「いらない」

若者は短く答えて首を振った。

「愛想のない奴だな。せっかく佳菜ちゃんがいれてくれるというのに」

藤原の言葉にどう反応していいか困惑している若者に向かって、星がいくらか非難するような調子で言った。

「それにしても、おまえはなんだってあんなろくでもない奴らとつるんでるんだ」

「別に、つるんでるわけじゃ……」

「仲間なんだろ」

星がピシャリと言った。

「いや……高校のときの……友達に……どうしてもおまえに会いたいと言っている人たちがいるから……こっちに来てくれないかと頼まれて……」

若者が途切れ途切れに話しはじめると、藤原が途中で口を挟《はさ》んだ。

「そうか、高校時代の友達というのは、あのお調子者のピアス野郎だな」

若者が黙ってうなずいた。

「そうすると、サングラス野郎と柄シャツ野郎とは今日が初めてというわけか」

藤原が納得したような口調で言うと、また若者がうなずいた。

それで広岡の違和感も消えた。どうしてこの若者があの三人と一緒だったのかなんとなく不思議だったのだ。

「話は明日の朝にでもするとして、今夜はとにかく早く寝た方がいい」

広岡が言うと、佐瀬も少し心配そうに言葉を添えた。

「顔面にパンチが入ったところが腫《は》れて眠れないかもしれないが、とにかく早く横になった方がいい」

「二階にひとつ空いている部屋がある。そこを使ってくれ。シーツと枕カバーはチェストの引き出しの中に、タオルケットはクローゼットの中の上の棚に、もしシャワーを浴びるのなら、バスタオルは……」

広岡がそこまで言うと、佳菜子が言った。

「あっ、わたしが部屋の準備をします」

「いいよ、佳菜ちゃんがそんなことをしなくても」

藤原が止めたが、佳菜子はもう立ち上がりながら言った。

「置いてあるところが少しわかりにくいかもしれませんから」

佳菜子が広間を出ていき、二階に上がっていくと、星があらためて若者を品定めするような眼で見てから言った。

「おまえ、本当にプロなのか？」

「………」

若者はどう答えたらいいのか思案するように下を向いた。

そのまま若者が答えにくそうにしていると、藤原が助け舟を出すような調子で言った。

「まあ、いい。誰でも答えたくないことはある」

すると、若者は顔を上げて、はっきりとした口調で答えた。

「ライセンスは持ってる」

「だったら、付き合う奴を選ばなくちゃ駄目だろ」

藤原が言った。

「まさか、あんな……」

「……奴らだとは思わなかったか」

若者はうなずいた。

「それなら、どうしてあいつらと一緒に俺たちを追いかけてきた」

藤原に代わって、星が訊ねた。

「万一のときは止めようと……」

「万一というのは？」

「あんたたちが、危険な状態になったら」

「ほう、それなら、どうしてあの二人がのされたところで引き揚げなかったんだ」

「そうだ、おまえは自分から前に出てきたよな」

藤原も口を挟んだ。

「……わからない」

「わからない？」

「……わからない」

若者が途方に暮れたように繰り返した。

「まあ、いい」

広岡が言い、さらに続けた。

「ここに泊まることを伝えておいた方がいいところがあったら連絡しておけよ」

すると、若者は吐き捨てるような口調で言った。

「別に、ない」

「そうか」

広岡が軽く受け流すと、そこに佳菜子が二階から降りてきた。

「用意ができましたから、どうぞ。バスタオルはベッドの上に置いてあります」

「いや、シャワーなんか浴びるより早く寝た方がいい」

佐瀬の言葉に若者はうなずくと、椅子《いす》から立ち上がった。

若者は誰にともなく小さく頭を下げ、広間の扉を開けて玄関ホールに出た。

そのとき、佐瀬がつぶやいた。

「どれが自分の部屋かわかるかな……」

確かに、三つ並んだ真ん中の部屋が自分のための部屋だとはわからないかもしれない。

広岡が大きな声を出して伝えようと身構えると、佳菜子がさりげなく言った。

「わかると思います。ドアを開けておきましたから」

なるほど、と広岡は感心した。外から見えるベッドの上にバスタオルが置いてあれば、若者にもそれが自分のために用意された部屋だとわかるだろう。

「さすがは佳菜ちゃん」

藤原が広岡の思いを代弁してくれた。

若者が二階に続く階段を上がり、部屋のドアを閉めた音が微《かす》かに伝わってきた。

喧嘩《けんか》の相手を泊めることになってしまった。その思いがけない展開に、広岡たち四人は、なんとなく顔を見合わせ、息をついたり、苦笑したりした。

そのとき、時刻は午前零時に近づいていた。

佳菜子が一杯ずつ四人にほうじ茶をいれたあとで帰ろうとすると、藤原が反対した。今夜は車で来ていない。ひとりでこんなに遅い夜道を歩くのは危ないというのだ。佳菜子は心配ないと笑ったが、藤原が頑強に反対した。

「だったら、次郎が送っていけ」

星が言うと、藤原がボソッと言った。

「帰りに俺が迷子になる」

すると、佐瀬が言った。

「佳菜ちゃんも、ここに泊まっていけばいい」

まずい、と広岡が言いかける前に、佳菜子が嬉《うれ》しそうな声を上げた。

「いや、それは……」

「わぁー、泊まってもいいんですか」

そこで、佳菜子も、広岡があらかじめ一種の客間として考えていた一階の和室に泊まることになったのだ……。

3

翌朝、広岡がベッドで横になったまま、部屋の中に流れ込んでくるコーヒーの香りを楽しんでいると、二階から誰かが降りてきて、居間兼食堂の広間に入る音が聞こえた。誰だろうと思っていると、先に佳菜子が挨拶《あいさつ》する明るい声が聞こえてきた。

「おはようございます」

だが、入ってきた人物は無言のままだ。それで、その人物が、昨夜奇妙な成り行きから泊まることになった若者だということがわかった。他の三人なら、佳菜子に朝の挨拶をされて黙っているはずがない。

「よく眠れましたか」

佳菜子が、返事のない相手に、少しも変わらない明るい声でまた訊ねた。

「まあ……」

若者が口にこもるような言い方で返事をした。

「顔は痛くありません？」

昨夜は耳と口のあいだの頬が赤く腫れていた。今朝はそれが青黒く変わっているはずだ、と広岡は思った。

「それほどでも……」

若者は、ひとりきりの佳菜子にどう対応したらいいのか戸惑っているようだった。

「コーヒーはいかがですか。いまいれたばかりですから」

「飲まないんだ、コーヒーは」

「お茶にしますか」

そこでしばし間があったが、若者が言った。

「水か、ジュースか……」

「オレンジジュースがあります」

佳菜子はそう言い残すと、キッチンに行き、冷蔵庫からオレンジジュースを取り出し、グラスに入れてきたらしい。

「どうぞ」

テーブルにグラスを置く微かな音がすると、若者が言った。

「どうも……」

若者が椅子に座る音がし、少しあとに佳菜子が椅子に座る音がした。同じような音だが、その音によって、誰が座ったかがわかるのが広岡には面白かった。

若者がジュースを飲んでいるのか無言のまましばらく過ぎた。

「あのジイさんたちは、いったい何者なんだ？」

いきなり若者が言った。

「普通の方たちですけど」

佳菜子が微かに笑いを含んだような声で答えた。

「普通のジイさんが、あんなパンチを持ってるわけがない」

「ああ、昔はとても強いボクサーだったらしいですよ」

「みんな？」

「ええ、同じジムで四天王と呼ばれていたんですって」

「ジム？　どこの？」

「真拳《しんけん》ジム」

「真拳ジムか……」

「知ってます？」

「もちろん」

「そうですか」

しばらくどちらも無言だったが、またいきなり若者が言った。

「ここは何なんだ」

「ここ？　ああ、この家は、昔のお友達同士が一緒に暮らしている……シェアハウスのようなところです」

「シェアハウス……」

若者の声にはまだよく理解できないというような響きが残っていた。

そこに、また二階からひとりが降りてきた。

「おはようございます」

「おはよう」

挨拶の声の主は藤原だった。

「青年、どうだ調子は」

藤原が若者に向かって訊ねた。若者が答えないでいると、さらに質問を重ねた。

「頭に異状はないか」

「特には」

「奥歯はぐらついていないか」

舌で確かめているらしく、少し間が空いたあとで若者がボソッと言った。

「大丈夫」

「コーヒーはいかがですか」

「いいね、貰《もら》いたいね」

佳菜子が藤原にコーヒーを用意しているらしく、カップとソーサーがわずかに触れる音がベッドの中にいる広岡にも聞こえてきた。

やがて藤原がコーヒーを一口飲んだらしく、言った。

「うまい！」

「よかった。うちで練習した甲斐《かい》がありました」

そこに、若者が割り込むようにして藤原に話しかけた。

「……あんたたち、ほんとにボクサーだったのか？」

「ああ、そうだ」

「そんな齢《とし》になっても、まだあんなパンチがあるのか？」

「俺も見ていて意外だったけどな」

「どれも、凄《すご》いパンチだった……」

するると、藤原が嬉しそうに笑いながら言った。

「キッドのボディー・フック、サセケンのジャブの三段打ち、仁《じん》のクロス・カウンター……」

「クロス・カウンター？」

「そうだ、おまえを一発でダウンさせたパンチだ」

「見えなかった……」

「そうか。でも、おまえががっかりする必要はない。あいつのクロスは相手には見えないんだ」

藤原が言っているところに、ひとり、またひとりと、続けて二人が広間に入ってきて朝の挨拶をした。最初の「おはよう」の声は佐瀬で、次が星だった。

「朝からなんだか賑《にぎ》やかだな」

星が言った。

「起こしてしまいましたか？」

佳菜子が言うと、星が慌てて言った。

「いや、もう起きていたんだけど、コーヒーのいい匂いがするんでどうしたのかなと思ってね。仁がいれるのはいつも食事のあとだから……」

「コーヒー、お飲みになりますか」

佳菜子が訊ねると、いつもは飲まない佐瀬までも飲むという。

「夜、眠れなくなるんだろ」

藤原が佐瀬に言った。

「いや、夕方までに飲めば、たぶん平気なんだ。俺も、いい香りにつられて起きてきたんでね、飲みたくなってしまった」

佳菜子が二人のためにコーヒーを用意している気配が広岡の部屋に伝わってきた。

「それにしても珍しいな。仁がまだ寝てるなんて」

星が言った。

「疲れてるんだろうから、寝かしておいてやろう」

佐瀬が言うのを聞いて、広岡はなんとなく部屋から出にくくなってしまった。

「どうぞ」

佳菜子の声にかぶさるように星と佐瀬の「ありがとう」という声が聞こえてきた。

誰かがコーヒーを飲みながら広間を歩きまわっているらしい気配がする。

「ところで、名前はなんていうんだ」

星の声だったが、それに対する若者の返事はなかった。

「別に無理に言うことはない」

藤原が言った。

「黒木……」

若者がそこで口を閉ざしてしまうと、藤原が少し声を荒らげた。

「名前を名乗るときは下まできちんと言うんだ！」

「黒木ショーゴ」

「ショーゴというのはどんな字だ」

「羊の横に羽を書く翔に、五の下に口をつける吾で、翔吾《しょうご》」

それを聞くと、佐瀬が驚いたような声を上げた。

「おまえ、あの黒木翔吾なのか？」

若者が返事をする前に今度は藤原が声を上げた。

「サセケン、知ってるのか？」

「もしこいつがあの黒木翔吾なら、知ってる」

「あの、とはどういう意味だ」

藤原が佐瀬に訊ねた。

「俺は、月に一回だけ酒田の街に出て、本屋でボクシング雑誌を立ち読みするのが楽しみだったんだ」

「雑誌くらい買えよ」

星が呆《あき》れたように言った。

「馬鹿、貧しい年金生活者に千円もするような雑誌を買う金があるわけないだろ」

「で、こいつの名前が雑誌に出てたのか」

藤原が訊ねた。

「確かこいつは、高校のとき、選抜とインターハイと国体の三大大会に優勝して、卒業後、高校三冠という鳴り物入りでプロ・デビューしたんだ。六戦六勝六KO。七戦目は判定だったが、やはり勝って、次は日本タイトルに挑戦かというところまでいったんだが、それからプッツリと出てこなくなってしまった。噂《うわさ》では、手の甲の骨に亀裂が走ってまともに拳を握れなくなったということだった。そうなのか？」

佐瀬が訊ねたが、若者は黙ったままだった。

「だけど、昨日の晩は、一人前にファイティング・ポーズを取ってたよな」

星が言った。

「そうだ、拳を握ってパンチを出してた。どういうことだ？」

佐瀬も、いま気がついたというような声を上げた。

「ボクシングは……もうやめたんだ……」

若者が苦しげな声でつぶやいた。

「どうしてだ」

藤原が強い調子で訊ねたが、若者はまた黙り込んでしまった。

広岡は、昨夜の病院で治療代を支払うとき、若者が黒木翔吾という名であることを眼に留めていた。しかし、それが、佐瀬も知っているようなボクサーの名だとは思ってもいなかった。

そうだったのか……広岡が思いを巡らせていると、藤原の声が聞こえてきた。

「まあ、いい。誰にだって、話したくないことはある」

自室にいた広岡は、寝間着を脱ぎ、服を着て、部屋を出ることにした。

みんなと朝の挨拶をし、浴室でシャワーを浴びて出ていくと、佳菜子が言った。

「コーヒーをどうぞ」

あらためていれ直してくれたらしく、熱いくらいのコーヒーを一口飲んで、広岡は佳菜子に言った。

「おいしくはいっているね」

「広岡さんにそう言っていただけると嬉しいです」

「俺だって、さっき、うまいと言ったろ」

藤原が不満そうに言った。

「それも嬉しかったです」

「それも、はよかった」

星が笑った。

「泊めていただいたお礼に、朝食を作ります」

佳菜子が言った。

「ありがたいな」

そう言った佐瀬に佳菜子が訊ねた。

「パン食でもいいですか」

「佳菜ちゃんが作ってくれるものなら何でもいいよ」

佐瀬が答えると、佳菜子は今度は星の方に向き直って、ためらいがちに訊ねた。

「たしか、朝食は食べないんですよね」

星が朝食を抜いているということを覚えていてくれたらしい。

しかし、星は今朝は食べると言い、珍しく素直な台詞《せりふ》を吐いた。

「ひとりだけ仲間はずれも寂しいからな」

「わかりました。サラダは作ってあるので、あとはソーセージをボイルして、オムレツを作るだけです。今日は初めて六人前の大きなオムレツに挑戦です」

佳菜子はそう言い残すと、キッチンに入り、鍋《なべ》に湯を沸かし、フライパンの用意を始めた。

広岡たちがランチョンマットをテーブルに敷いたり、バターやジャムを運んだり、トーストをセットしたりしているのを若者が茫然《ぼうぜん》と見ていると、藤原が怒鳴った。

「ぼんやりしてないで皿を並べろ！」

「あっ」

若者は、慌てて、佐瀬が持ってきた皿をテーブルの上に並べはじめた。

広岡はそのやりとりを耳にしながら、不思議な感覚に捉《とら》えられていた。いつもの朝であるにもかかわらず、若い声があるというだけで、この広間の音の響きがこんなにも違うものかと。

第十二章　戦う理由

1

七月も中旬を過ぎて、ようやく梅雨が上がった。

梅雨のあいだも暑い日はあったが、さらに猛烈な暑さの日が続くようになった。それでも佐瀬は、近くに借りることのできた家庭菜園にせっせと通い、藤原はハローワークで見つけた工事現場の交通整理の仕事に出かけるようになった。そのおかげで、二人はみるみる日に焼けた健康そうな顔つきになっていった。星もいくつかやり残したことがあるとかで、その後始末のために横浜へ行くことが多く、日中は広岡だけがチャンプの家にひとりポツンと取り残されることが少なくなかった。

だが、七月下旬の土曜日の午後は、四人揃《そろ》って目黒に行くことになった。会長の真田の墓参りをするためだった。

駅から菩提《ぼだい》寺に行く途中で花を買い、寺には事情を説明して水桶《みずおけ》と柄杓《ひしゃく》を借りて墓に参った。

ひとりずつ墓の前で手を合わせ、帰りにわずかばかりのお布施を置いて寺を出た。

みな少し疲れた様子だったので、目黒通り沿いにある和菓子屋の甘味処《かんみどころ》に寄って一休みすることにした。広岡は、藤原たち三人に、この店の揚げた饅頭《まんじゅう》を食べることで真田の菩提寺を思い出すことができたという話をした。

そんなことをするだけで帰る頃にはもう夕方になっており、電車を降り、駅から家まで歩いていくうちにも、西の空がゆっくりと赤く染まり出した。

「墓参りも済んだことだし、一度みんなでジムに顔を出さないか。お嬢さんが心配していた」

広岡が思い出したように言うと、星が立ち止まり、広岡の顔を見て言った。

「お嬢さん？　ああ、令子のことか。もうお嬢さんという齢《とし》でもないだろう」

星が令子と呼び捨てることにほんの少し眉を曇らせた佐瀬が、しかしその意見には同意して言った。

「そうだな、もう真拳ジムの会長だから、会長と呼んだ方がいいかもしれない」

佐瀬が真田の跡を継いだ令子を会長と呼んだ方がいいかもしれないと言うのを聞いて、藤原が異を唱えた。

「でも、令子さんを会長なんて呼ぶと紛らわしくなるよな。俺たちにとって会長というのは死んだ会長しかいないんだから」

確かに会話の中で令子を会長と呼ぶと混乱するかもしれない、と広岡も思った。

「それにしても、よく跡を継いだよな」

星がいくらか不思議そうに言った。

それは広岡が後楽園で令子と出会ってからずっと抱いている疑問でもあった。

令子は、大学に進学するに際して、当時の女性としてはかなり珍しいことだったが法学部を選び、弁護士を目指していた。広岡が七〇年代の半ばに日本を出るときまでには大学を卒業し、父である真田の知人が代表を務める法律事務所で働きながら弁護士になるための勉強を続けていた。

「大学の同級生と結婚して、亭主は弁護士になったけど、令子さんは子供が生まれたこともあって弁護士の道は諦《あきら》めたらしい。弁護士夫人として収まるのかと思っていたら、どういうわけか離婚して実家に戻ってきてしまったんだ」

藤原が日本にいなかった広岡に説明するように言った。

「あれは、どうしてだったんだろうな。しばらく病気になった会長の手伝いをしているのは知っていたけど、まさか会長が亡くなるとその跡を継ぐとは思わなかった」

佐瀬が、当時抱いた意外な印象をいまなお引きずっているような口調で言った。

広岡は三人の話を聞きながら、そういうことだったのかと納得した。令子に佳菜子を連れていくレストランを紹介してもらったとき、弁護士の息子がいるという話は聞かされていたが、夫と離婚しているということまでは聞いていなかった。進藤や佳菜子が令子のことを「真田さん」とか「真田会長」と呼ぶのが不思議でないこともなかったが、婿《むこ》養子をもらうなどして姓が変わらなかったのだろうと思っていた。しかし、実際は、離婚して真田姓に戻っていたのだ……。

広岡たち四人が話をしながら白い壁のチャンプの家に近づいていくと、その玄関前の石段に誰かが座っているのが見えた。

クルーネックのサマーセーターを着ているが、先夜、焼き鳥屋で遭遇した、あの白いTシャツ姿の黒木翔吾という若者であることはすぐわかった。

何の用だろう、と広岡は思った。

繁華街でのドタバタ騒ぎのあったあの夜の次の日は、朝食後、いったん自分の住むマンションに戻って車をピックアップしてから店に行くという佳菜子が、少し遠まわりして翔吾を駅まで送っていってくれた。

その日、二人がいなくなってしばらくすると、藤原は佐瀬の軽トラックに乗せてもらい、佳菜子が描いてくれた地図を頼りにホームセンターに行き、木工用の材木を買い込んできた。そして、焼き鳥屋での言葉どおり、その日のうちに「チャンプの家」と書いた大きな表札を扉に貼り、四人の名前を書き込んだ木製の郵便受けを扉の横の壁に取り付けてしまった。広岡たちは、仕事の手早さだけでなく、造りがしっかりしていることにも感心した。

意外だったのは、藤原が郵便受けに記す名前を鉛筆で下書きしていると、星が不思議な注文を出したことだった。「弘」ではなく「弘志」にしてくれというのだ。藤原が理由を聞くと、死んだ妻に、あるとき名前の字を変えてほしいと頼まれたのだという。そうした方が、あなたに幸せがやってくるような気がするからと。そのため、戸籍上は変わっていないが、特に問題がない場合は「弘」ではなく「弘志」と表記するようになったのだという。広岡は、横浜の店の二階で見た「星弘志」の表札にはそんな意味があったのかと納得した。藤原は何かひとこと言いたそうだったが、広岡が小さく首を振るのを見て、黙って「弘志」と書き直した。

そんなことがあった二日後のことだった。昼間のうちは四人全員が出払っており、夕方、広岡が最初に帰ってきて、玄関横の郵便受けから新聞の夕刊を取り出そうとすると、その奥に封筒が入っていた。

広岡は、自分たちにまだ手紙が届くはずはないが、と不審に思いながら郵便受けから封筒を取り出した。

封筒には表書きがなく、ただ現金が無造作に入れられている。

その金額を見て、黒木翔吾という若者からのものだということがわかった。口先だけではなく、本当に「すぐ」返しに来たのだ。広岡には、メモ程度のものさえ入れていないという無頓着さより、「すぐ」に返しに来たという律義さの方が印象的だった。

夕食のときにそのことを話すと、他の三人も、「若いにもかかわらず」と広岡と同じような感想を抱いたようだった。

しかし、それであの若者との縁は切れたものと思っていたが、まだ何か用があるらしい。

四人が近づいていくと、それに気がついた黒木翔吾は立ち上がった。

「青年、色男の顔が元通りになったな」

「いや、まだ、少し痕《あと》が残ってるな」

翔吾は、藤原と星の揶揄《やゆ》するような言葉を無視し、広岡に向かって言った。

「やってほしい」

「…………？」

広岡が意味がわからず眉をひそめるようにして顔を見つめると、翔吾は足元に置いてあったスポーツバッグから練習用のグラヴを二組取り出した。

「ほう、青年は、リターンマッチがお望みらしい」

藤原がからかうように言った。

「おまえ、ボクシングはやめたんだろ？」

星が少し冷たく言った。

翔吾はその言葉もまた無視して、広岡に強い口調で言った。

「もう一度やってくれないか」

この若者は自分と戦いたいらしい。あの夜、繁華街で倒されたことが悔しく、その恨みを晴らそうとでもいうのだろうか。だが、それならグラヴは必要ないはずだ。

「なぜ？」

広岡が訊《たず》ねると、翔吾は少し間を置いてから答えた。

「……あのパンチが見たい」

自分が倒されたパンチが見たいということらしい。

広岡はしばらく二組のグラヴを眺めていたが、翔吾の顔に視線を移して言った。

「それは無理だ」

「どうして」

「おまえが、あのパンチを見たいと望んでいるからだ」

「…………？」

「あれには、相手の無意識のパンチが必要なんだ」

広岡の言うことが理解できないらしく、翔吾は焦《じ》れたように叫んだ。

「なんでもいい。戦ってくれ！」

「どうして」

広岡が重ねて訊ねると、翔吾が大きな息を吐き出すようにして言った。

「……戦う理由が見つかったからだ」

翔吾の口にした、戦う理由、という言葉が広岡の胸に強く響いてきた。自分もまた常に戦う理由を探し求めていた。

相手を叩《たた》きのめし、キャンバスに這《は》わせる。そんな無残なことを何故しなくてはならないのか。それは世界一の存在になるためだ。どうして世界一の存在にならなければならないのか。それは世界で最も自由な存在になるためだ。リング上で、自由なひとりが、自由なひとりと、より自由になるために戦う。それは自由を奪い合う戦いといってもよい。相手の自由を奪えば、自分がより自由になれるからだ。そのようにして自分も二十七の戦いをしてきた。だが、二十七番目の試合を終え、世界で最も自由な存在になるという究極の目標が消えてしまったことを知ったとき、リングを去ることにしたのだ……。

しばらくの沈黙のあとで、広岡が口を開いた。

「わかった」

そして、翔吾に短く命じた。

「その荷物を持って、庭に廻れ」

それまで二人のやりとりを黙って聞いていた三人は、一様に広岡の言葉に驚いたような表情を浮かべた。

「本当にやるつもりなのか？」

藤原が訊ねた。

「庭の扉を開けておいてくれないか」

広岡は、ただそうとだけ言い残すと、家の前の道を歩きはじめた。

藤原たち三人が玄関から家の中に入っていってしまうと、取り残されたかたちの翔吾も、ふたたびグラヴをしまったスポーツバッグを手に広岡のあとを追った。

2

チャンプの家の左隣には老夫婦が二人だけで住む広い家が建っており、その敷地の途切れるところに舗装されていない細い道がある。そこを通って裏手の道に出て、老夫婦の家の垣根に沿って廻り込むように曲がっていくと、チャンプの家の南側に広がる庭の前に出ることになる。

チャンプの家の庭には、かつては薔薇《ばら》のツタでもからまっていたのではないかと思えるような凝ったデザインの施された金網の塀がある。塀の中ほどについている扉の留め金はごく簡単な仕組みのものだが、とりあえず内側からでなければ開かないようになっている。

広岡と翔吾がその扉の前に着くと、佐瀬がすでに立っていて留め金をはずしておいてくれていた。

「入れ」

広岡が先に庭に入りながら短く言った。

ベランダには藤原も星も出てきていて、どういうことになるのかと興味深そうに見守っている。

「バッグはベランダに置くといい」

言われた翔吾はベランダに腰を下ろし、横に置いたスポーツバッグから二組のグラヴと新品のバンデージを四巻き取り出した。

広岡が近くに立って見下ろしていると、そのうちの一組のグラヴと二巻きのバンデージを押し出すようにして言った。

「これを使ってほしい……」

広岡は何も返事をしなかったが、翔吾は自分用のバンデージの紙のカバーを破り捨て、中から出てきた真っ白な包帯を右手に持った。

ボクサーは、グラヴをはめて練習をするとき、まず手を守るためのバンデージを巻く。手の甲に何重かに折り畳んだバンデージをのせ、その厚みを保ったまま全体的に何回か巻いていく。さらに、そこから指の股《また》にも渡していき、手を守ると同時に適度な固さを持った堅牢《けんろう》な拳を作っていく。

広岡は、自分がバンデージを巻いていくときの、しだいに気持が澄んでいくような時間も好きだったが、誰かが巻いているときの、どこか物寂しげな姿を見ているのも好きだった。

翔吾はまず右手で左の拳のバンデージを巻き終えると、今度は左手で右の拳を巻きはじめた。

その翔吾に佐瀬が声をかけた。

「手の骨にヒビが入ってるわけじゃないんだな」

「………」

「それなら、どうして試合をしないんだ。せっかく七連勝もしてるのに」

すると、バンデージを巻きながら翔吾が強い口調で言った。

「七連勝なんかしていない！」

「どういうことだ？」

佐瀬が訊ねた。

「最後の試合は、俺が負けていた。それなのに……ジャッジが勝たせてくれてしまったんだ」

「それがどうした。そういうことはよくあるだろ」

藤原が口を挟《はさ》んだ。

「勝ったのは相手の方だった！」

低い声だったが、広岡には叫んでいるように聞こえた。

「そうか。ジャッジも、無意識のうちにおまえに勝たせたいと思ったんだろう。きっと、おまえはボクシング界の金の卵だったんだろうからな」

佐瀬が落ち着かせようとするかのような口調で言った。

「そんなことは関係ない！」

そして翔吾は、そこからさらに激しい調子でまくし立てた。

「ボクシングは強いか弱いかだけだ。強い奴が勝ち、弱い奴が負ける。あのとき、相手の方が強かった。相手はどうしても負けられない試合だった。俺に勝てば、日本タイトルに挑戦できることになっていたからだ。そいつは、中国から帰化した両親の息子で、勝つのに必死だった……」

翔吾は、それまでの寡黙《かもく》な印象から一変し、胸の奥にたまっていたものを吐き出すかのような口調でしゃべりつづけた。

「……あいつのボクシングは汚かった。何度もバッティングされたし、クリンチするたびに後頭部にパンチを入れられた。後半に入ると俺《おれ》の眉のところから出血するようになってしまった。眼に血が入るので相手との距離がつかめない。そこを狙《ねら》い打たれた。でも、腹は立たなかった。こいつはこんなに必死なんだって思っただけだった。だから、試合が終わったとき、たぶん二、三ポイント差で負けたなとわかっても、悔しくなかった。ところが、勝ったのは大差で俺だった。敷かれたレールに乗ってただ走っていただけの俺が、人生を賭けて必死で戦っていた奴の勝ちを奪ってしまったんだ……」

「そうか……」

佐瀬が翔吾の思いをそのまま受け取ってやるかのようにつぶやいた。

「恥ずかしかった……」

翔吾は独り言のようにつぶやいた。

黙って聞いていた広岡は、内心激しく動揺していた。この翔吾という若者は、かつての自分と正反対の立場に置かれたらしい。自分は、日本タイトルマッチで、勝っているはずの試合に負けを宣告されてしまった。しかし、この翔吾という若者は、負けているはずなのに勝ってしまったという。そして、そのことで苦しんでいる。

自分は、自分から勝ちを奪い取った相手のことなどまったく考えたことはなかった。相手である彼が判定を下したわけではないのに、どこかで卑怯《ひきょう》な奴だと唾棄《だき》しているようなところがあった。

だが、もしかしたら、彼もまたこの若者のように悩んでいたのかもしれない。負けていたのに勝ってしまった、と。

自分との試合に勝ったあと、日本チャンピオンの彼は予定どおり世界タイトルに挑戦したが、早い回のノックアウトで無残に敗れてしまった。それからは、雪崩《なだ》れるように下降していった。

広岡は、自分から勝利をもぎ取っていった相手が、ほとんど咬《か》ませ犬じみた扱いを受けるようになっていく姿をアメリカから遠望していて、どこか当然と思っていた。卑怯者が栄光を摑《つか》めるはずがないと。しかし、彼は彼なりに悩んでおり、そのことの結果として下降に下降を続けていったのかもしれなかった。いまの、この翔吾という若者のように。自分は、愚かにも、まったくそこに考えが及ばなかった……。

「それでおまえは自分のキャリアを棒に振ろうとしたのか」

藤原が訊ねた。

「もうリングには……立てない」

「もったいない」

佐瀬がつい、というような調子でつぶやいたが、そこにはかつて山形でジムを開いていた者としての実感がこもっていた。金の卵の練習生が黄金の鳥に孵《かえ》らないうちにただの鳥になろうとしている。

「さっき、ようやく戦う理由が見つかった、と言ってたな」

広岡が翔吾に言葉をかけた。翔吾はバンデージを巻きながら黙ってうなずいた。

「これまでは見つかっていなかったのか」

翔吾はまた黙ってうなずいた。

「どうして、自分のような者と戦うことがおまえの戦う理由になったんだ」

すると、翔吾はバンデージを巻く手を休めて言った。

「初めて、だった……」

「何がだ」

藤原が訊ねた。

「初めて、ダウンした……」

それを聞いて、佐瀬が声を上げた。

「おまえ、一度もダウンしたことがないのか？」

「ない」

「アマの時代も、プロになってからも?」

翔吾はふたたびバンデージを巻きながらうなずいた。

「おまえはとんでもないガキだったんだなあ」

藤原が呆《あき》れたように言った。

翔吾は、藤原の言葉に傷ついたように顔をしかめ、切れ切れに語りはじめた。

「俺は……親父の作ったサイボーグのようなものだった……小さいときから子供用のグラヴを持たされ……トレーニングをさせられた……みんなと一緒にサッカーをやりたかったけど……許されなかった……」

広岡は翔吾という若者の子供時代を想像した。ボクシングが好きな父親に、友達と引き離され、どこかのジムで強制的にボクシングをやらされている……。

「で、おまえはボクシングが嫌いだったのか?」

藤原がもっともな質問をした。

すると、翔吾は下を向き、微《かす》かに口を歪《ゆが》めるようにして言った。

「嫌いじゃなかった……残念なことに」

藤原と佐瀬の質問にポツポツ答えるかたちで翔吾が語ったところによれば、小さい頃からグラヴをはめてリングを駆けまわるのが楽しかったという。打たれないで打つ要領はすぐ身につけることができたから、いつでも自分より強い子はいなかった。彼にはそれだけで満足だったが、父親には息子にボクシングをさせるにあたって明瞭な目標があった。高校で三冠を取らせること、オリンピックで金メダルを取らせること、プロに転向して世界タイトルを取らせること。だが、その目標に向かって追い立てられているうちに、気がつくと高校を卒業する頃にはボクシングが面白くなくなっていた。父親は大学のボクシング部に入ってオリンピックの代表選手になれと命じたが、そこで初めて翔吾は反抗した。大学に進まないだけでなく、ボクシングをやめようかとも思ったが、いつの間にかボクシングしかなくなっていた。そこで、高校を卒業すると同時にプロに転向した。

「プロになれば何かが変わるかと思った。でも、何ひとつ変わらなかった。ただ意味もなくリングに上がり、意味もなく戦うだけだった。ランキングを上げるために親父が選んでくるつまらない相手とつまらない試合をするだけだった……」

翔吾はそこまで言うと、広岡の方を向いて言った。

「でも……初めて倒されて……もういちど戦いたいと思った」

「仁を倒したいと思ったのか」

星が言った。

「倒したいと思ったのか……」

翔吾は星の言葉をなぞるように繰り返すと、スポーツバッグから取り出した接着テープで巻き終わったバンデージの端を留めた。

「どうなんだろう……わからない……ただあのパンチがどういうものだったのか知りたかっただけかもしれない……いや、やっぱり倒したいのかもしれない……」

広岡は、翔吾がバンデージを巻き終わったのを見て、ベランダに立っていた藤原と星に向かって言った。

「あいつにグラヴをはめてやってくれ」

そして、佐瀬に自分のために用意されたグラヴを渡して言った。

「こちらにも頼む」

翔吾が驚いたように広岡を見て言った。

「バンデージは？」

広岡は首を振ると、素手のまま佐瀬の広げてくれたグラヴの中に、ズボッ、ズボッと、無造作に手を突っ込んだ。

翔吾は藤原と星の二人に紐《ひも》を結んでもらうと、左右のグラヴをパン、パンと二度ほど叩き合わせた。

佐瀬にグラヴの紐を結んでもらった広岡が、庭の中央に立って翔吾に声をかけた。

「来い！」

庭をリングと見立てた翔吾が広岡に近づき、二メートルほど手前で立ち止まった。

凹凸《おうとつ》のある土のため実際のリングのように擦り足は使えないようだったが、スポーツシューズを履《は》いた足で徐々に間合いを詰めはじめた。

広岡は、その構えの自然さに眼を見張った。わずかに引いた顎《あご》の下、肩幅よりほんの少し狭く絞った位置に二つのグラヴがある。しかも、肩にさほど力が入っておらず、防御にも攻撃にもどちらにでも対応できる柔らかな構えをしている。

翔吾が高校でタイトルを三つ取り、プロに転向してからも不敗だというのも不思議はない、と広岡は思った。七戦目は自分の方が負けていたというが、もしかしたら相手より恵まれた環境にいる自分への厳しすぎる眼が、逆に判断を狂わせたのではないかと思えなくもなかった。

「おまえは、何が望みだ」

ファイティング・ポーズを取った広岡があらためて訊ねた。

「あのパンチが見たい」

翔吾が答えた。

「それは……」

無理だ、と言いかけて、思い直したように言った。

「……わかった」

そして広岡はふっとファイティング・ポーズを解いた。翔吾もつられてファイティング・ポーズを解いた。

「どうして見せることができないか、教えてやろう」

広岡はふたたびファイティング・ポーズを取ると、鋭く言った。

「ジャブを打ってみろ！」

翔吾は、間合いを詰めると左のグラヴでジャブを放った。広岡はわずかにスウェーバックをしてよけた。スウェーバック、つまり上体を後ろに反《そ》らせることでそのパンチをよけたのだ。

「もうひとつジャブだ！」

その言葉に反応して、翔吾は左でストレートのように速いジャブを放った。広岡は上体を横に揺らしてウィービングでよけた。ウィーブは英語でジグザグに進むという意味の言葉だ。

「次はこちらからジャブを打つ」

広岡がすぐ左でジャブを放つと、翔吾が右のグラヴで軽く払った。

「もうひとつだ！」

広岡がそう言って、さらに速いジャブを放つと、それも翔吾は右で軽く払った。

するも、広岡はまたファイティング・ポーズを解いて、言った。

「よし、今度は本能を捨ててみろ」

本能を捨ててみろ、とはどういうことなのか。翔吾だけでなく、周りで見ている三人も広岡の言っていることの意味がわからないというように怪訝《けげん》そうな表情を浮かべた。

「いいか、いま、こちらから左の拳でジャブを放ったら、おまえは右の拳でそれを払おうとした」

広岡が言うと、翔吾はうなずいた。

「それは右利きのおまえの本能だ。もし、空中を飛んでいる虫が眼に飛び込んできそうになったら、利き手の右で払い落とそうとするだろう。ボクシングも同じだ。本能のまま反応していたら、眼の前に迫ってきた相手の左のジャブは右の拳で払うことになる。だが、それでどうなった」

翔吾は、広岡がいったい何を言おうとしているのかわからないという茫然《ぼうぜん》とした表情を浮かべながら、しかし、真剣に耳を傾けていた。

「いま、おまえの顔面に向けて放たれたこの左の拳は、おまえの右の拳で払われることで、体の内側に振られて、むしろこちらの防御は固くなった。だが、もしおまえが本能を捨てて利き手と反対の左で払ったらどうなっていたと思う」

そう言い終わるか終わらないうちに、広岡がいきなり左の拳で翔吾の顔面にジャブを放った。

それを翔吾が今度は左の拳で払った。すると、広岡の左腕が大きく外側に振られ、左側面の顎からボディーまでがガラ空きになった。

「あっ！」

翔吾が小さく声を上げた。

「そのうえ、おまえには、まだ使っていない利き腕の右が残っている。こちらのこのガラ空きになった左にその右を好きなように叩き込めるんだ」

翔吾は言われるままに、大きく空いた広岡のボディーにゆっくりと右のグラヴを当てた。もしそれが実戦ならば、そこに叩き込まれたパンチは大きなダメージを与えるものになっていただろう。

ベランダで見ていた藤原が感嘆したように言った。

「仁、そのジャブのこと誰に習ったんだ。俺たちは、会長からも白石さんからも、そんなことは聞いたことがなかったぞ」

「ロサンゼルスにペドロ・サンチェスというトレーナーがいた。西海岸ではその人についたんだ」

広岡は藤原への説明をそこで切り上げると、翔吾の方に向き直って言った。

「自分のクロス・カウンターも同じだ。カウンターを本能のまま打つとすれば、相手の右のパンチに対しては利き手の右で応じることになるだろう。そうしたら、どっちが早いかだけの勝負になる。しかし、本能を封じて左で応じることで、相手のパンチを殺しながらカウンターを打つことができるようになる」

「………」

「だが、それには、本能のまま打ってくれる相手のパンチが必要なんだ。ところが、いまのおまえは、こちらのクロスを予期しながら打つことになる。当然、スピードも角度も本能のまま打たれたパンチとは別のものになるだろう。そのパンチに、左のクロスで合わせることはできないんだ」

「………」

翔吾は言葉もなく立ち尽くした。

広岡は佐瀬にグラヴの紐を解《ほど》いて脱がせてもらうと、それをベランダにある翔吾のスポーツバッグの横に置いた。

「これから、夕飯の準備をしなければならない」

広岡はそう言い残すと、翔吾を残したまま、ベランダから家の広間に上がっていった。

そして、途中で振り返ると、翔吾に言った。

「今夜は冷しゃぶというのを作る。よかったら、おまえも食べていかないか」

翔吾は黙って首を横に振り、やはり佐瀬が解いて脱がせてくれたグラヴを、うなだれるような姿勢でスポーツバッグの中にしまいはじめた……。

3

翌日は日曜日だった。

夕方、広岡がキッチンでカレーを作っていると、庭の方から藤原の声が聞こえた。

「おーい、仁。お客さんだぞ」

藤原は、その少し前から佐瀬と庭に出て話し合っていた。

というのも、狭い家庭菜園の借地だけで満足できなくなったらしい佐瀬が、チャンプの家の庭にも野菜を植えたいと言い出したからだ。広岡と星は別にかまわなかったが、この庭を畑にはしたくないと藤原が反対した。しかし佐瀬の熱心さに押し切られ、三分の一ならというところまで妥協することになった。それには、佐瀬がちらりと洩《も》らした、ここに植えればスーパーマーケットで買う野菜が半分以下で済むようになるという意見に敏感に反応したというところもあったかもしれない。とにかく、藤原と佐瀬は、どこからどこまでなら野菜を植えてもいいか、庭に出て検討を加えている最中だったのだ。

客が来たという藤原の声に、広岡は、煮込みはじめていた鍋《なべ》の火を止め、キッチンを出て行った。

広間から庭を見ると、翔吾が前日と同じようにスポーツバッグを手に立っていた。

先に声をかけたのは、神代楡《じんだいにれ》のテーブルの前から立ち上がった星だった。

「また仁とやりたいのか」

翔吾は黙って首を横に振ると、広岡に向かって言った。

「……教えてくれないか」

「仁のクロスを教わりたいのか？」

麦藁《むぎわら》帽子をかぶって庭に立っていた佐瀬が訊ねた。

「それもあるけど……あんたのジャブの三段打ちも……」

翔吾はそう言い、さらに星の方に顔を向けて言った。

「あの人のボディー・フックも……」

そして、佐瀬の近くに立っている藤原を見ながら言った。

「あんたのインサイド・アッパーも、みんな教えてもらいたい」

翔吾の言葉を聞いた星が、不思議そうに訊ねた。

「どうして次郎のインサイド・アッパーのことなんか知ってるんだ。あのとき、次郎はいっさい手を出さなかったろう」

「………」

「何かで調べたのか？」

星が言うと、翔吾がうなずき、つぶやくように言った。

「真拳ジムの四天王……世界へ一直線……試合の様子……得意なパンチ……」

そのやりとりを聞きながら、広岡はひとりだけの考えの中に深く入っていった。

自分たち四人には確かにそれぞれ得意なパンチがあった。突き刺す槍《やり》のような佐瀬のジャブの三段打ち、相手の体をきしませるような星のボディー・フック、相手に見えにくい自分のクロス・カウンター。そして、藤原には、インサイド・アッパーという凄《すさ》まじい武器があった。ロープ際に追い詰められた藤原が、パンチの振りが大きくなった相手の一瞬の隙《すき》をつき、ロープの反動を使って内懐《うちぶところ》に入ると、一気に相手の顎を突き上げるのだ。それは大きな危険を伴うものだったが、同時に必殺のパンチになりうるものでもあった。

四人は、それぞれがそれぞれのパンチの凄《すご》さを互いに認識していたが、そのパンチを自らのものにしようなどとは考えもしなかった。他人には真似ができない独特なものと思い込んでいたからだ。

しかし、もし、自分たちのひとりでも、そのすべてをマスターしていたらどれほどのボクサーになっていただろう。もし、これらの武器をひとりのボクサーが身につけたら。いや、もし、この若者が身につけたとしたら……。

そのとき、広岡の体を戦慄《せんりつ》のようなものが走った。

「もうリングに立つ気はないんだろ」

星が少し意地悪く言うと、翔吾は地面に視線を落としながら言った。

「……教えてくれないか」

すると、藤原がきつい口調で言った。

「それが人にものを頼む態度か」

「そうだ、人にものを頼むときにはきちんと頼むんだ」

佐瀬がさとすように言うと、翔吾が視線を落としたまま小さな声で言った。

「教えて……ください」

「土下座をしろ！」

藤原が怒鳴った。

驚いたように翔吾が顔を上げると、ほんの少しの間を置いたあとで、藤原が笑い出しながら言った。

「冗談だよ」

藤原は先夜のチンピラたちの口調を真似ただけだったのだ。

翔吾もそのときのことを思い出したらしく、硬い表情がいくぶん柔らかくなった。

「だがな、俺たちのパンチは、おまえみたいなヒヨッコに簡単にマスターできるほど甘くはないんだ」

藤原が言った。

「そうだ。パンチを覚える前にやらなければならないことがある」

星がうなずきながら言った。

「……何を？」

翔吾が星の方を向いて訊ねた。

「走ることだ」

星が言うと、翔吾の近くにいた藤原もその言葉に重ねるように言った。

「走ることだ。サンドバッグを叩く暇があったら走るんだ」

「サンドバッグを叩いていると、強くなっていくような気がするかもしれない。だけど、もっと大事なことがあるんだ」

星が言うと、藤原が昔を思い出すような口調になって言った。

「俺たちは、会長とトレーナーに、それこそ気絶するまで走らされた。俺たち四人が四人とも強くなれたのは、会長とトレーナーの言うことを忠実に守って走りに走ったからだ」

星が畳みかけるように言った。

「ボクシングはパンチの強さじゃない。スピードとバネとスタミナだ。サンドバッグじゃ、スピードもバネもスタミナもつかないんだよ」

「スピードとバネとスタミナがあれば、どんなに非力な奴でも、タイミングひとつで相手を倒せる」

　藤原と星が交互に発する言葉を黙って聞いていた翔吾が、いくらか抗弁するような口調で言った。

「走ることなら……」

「自信があるか？　だがな、ただ長い距離を走れるだけじゃあ駄目なんだ。俺たちが走らされたのは川の土手だった。土手の斜面を無限に登り降りさせられた」

「あれは本当にきつかった」

「だが、その走りが俺たちのスピードとバネとスタミナを作ってくれたんだ」

　ほとんど二人が自分たちの過去の思い出を語っているだけのようなやりとりだったが、最後に藤原が翔吾に向かって言った。

「おまえにその走りができるか？」

「できる……できます」

「そうか。それなら、おまえがどのくらい走れるか見てやろう」

　藤原が言った。

「多摩川に行くか」

　星が応じた。

「自分は夕食の支度があるから」

広岡がキッチンに戻ろうとすると、星が引き留めた。

「いや、飯は遅くてもいいから、仁も一緒に来い」

広岡は少し迷ったが、どこかで翔吾の走りを見てみたいという思いもあり、三人と一緒に多摩川の土手に向かうことにした。


夕暮れの多摩川では、日曜日だということもあるのか河川敷のグラウンドで野球をしていたり、遊歩道をジョギングしていたりする人たちの姿が目立った。しかし、土手の上から眺め渡しても、東京とは反対のこちら側には、かつて四人が走っていたような、雑草の生えた角度のある斜面が見当たらなかった。

藤原が苦笑しながら言った。

「残念ながら、走れるところがないようだな」

「諦めるか」

星が言うと、佐瀬が言った。

「少し歩いてもいいなら、上流の方に走れるところがある」

「確かか？」

藤原が訊ねた。

「うん。こちら側の土手がどうなっているか、散歩がてら調べたことがあるんだ」

「どうして？」

星が不思議そうに訊ねた。

「なんとなく気になってな」

答えは要領を得なかったが、全員で二十分ほど上流に歩いていくと、距離は短いものの、波形の走りに適していそうな斜面のある土手に出てきた。

「なるほど、ここなら走れそうだ」

藤原が言うと、星が首をかしげた。

「少し短すぎないか」

確かに、直線距離にして二、三百メートルくらいしかない。

「いや、これでも長すぎるくらいだと思うぞ」

藤原が言うと、星も思い直したようにうなずいた。

「そうだな、最初は俺たちも、この半分も走れなかったもんな」

そして、星は翔吾に向かって言った。

「いいか、この土手を斜めに降りて、斜めに登るんだ。そうやって、少しずつ前に進む。どのくらい前に進めるか、俺たちが見ていてやるから走ってみろ」

翔吾はその程度のことかというような表情を浮かべると、すぐにその地点から斜めに駆け降り、斜めに駆け登りはじめた。

しかし、すでに一回目から登るのに苦労しているのが見て取れ、二回目、三回目と繰り返していくうちに、しだいに足が動かなくなってきた。そして、五回目の登りで、ついに止まってしまった。

「どうした。まだ序の口だぞ」

藤原が大声で翔吾を挑発した。

そこから、翔吾はさらに一回だけ登り降りしたものの、ついに草の上に倒れ込んでしまった。

四人は、藤原を先頭に笑いながらそこまで歩いて行った。

「だらしがないな」

「さっきの勢いはどうした」

藤原と星が口々に皮肉な言葉を発しても、翔吾は何も言い返すこともできずに荒い息をついている。

「登ってこい」

佐瀬が言うと、翔吾は立ち上がり、打ちひしがれたような表情で一歩ずつ土手の上に登ってきた。

「どうだ。苦しいだろ」

翔吾は佐瀬の言葉に素直にうなずいた。

「俺たちは、この走りを毎日繰り返していたんだ」

星が言うと、藤原が言った。

「俺たちのパンチを教わろうなんていうのは十年早い」

そして、まだ肩で大きく息をついている翔吾に、付け加えるように言った。

「おまえの家の近くには荒川が流れているだろう。あの土手には、まだ斜面を登り降りできるところがいくらもあるはずだ。そこで練習しろ」

「……………」

「そうだな、そこで二キロ、この走りができるようになったらまた訪ねて来い」

星の言葉に、翔吾は固く口を結んだまま怒ったような顔でうなずいた。

チャンプの家に向かって土手の上の道を歩きながら、藤原が言った。

「今夜は仁のカレーの日だ。一緒に食べて帰れ」

佐瀬も言葉を添えるように言った。

「うまいぞ」

翔吾がまた黙ってうなずいた。

「わかったら、声に出して返事をしろ！」

藤原が怒鳴った。

「わかった」

「わかりました、だろ」

「……わかりました」

そのやりとりがおかしく、広岡もつい笑ってしまった。

夏の日の遅い夕暮れの中を、広岡たちと若い翔吾の五人は土手の上の道を歩いていた。

広岡は、他の三人の気分がいくらか昂揚《こうよう》しているのに気がついていた。それは、前夜、広岡が作った豚肉の冷しゃぶを胡麻《ごま》だれで食べながら話しているときにも感じた昂揚感だった。

話の内容は、翔吾のボクサーとしての力量についての品定めから、会長の真田やトレーナーの白石に関する思い出話と、最後までボクシングの周辺から離れなかった。

その昂揚感は、久しぶりに生のボクシングに触れられたということによるものだったかもしれない。

もちろん、チャンプの家の庭では、広岡と翔吾はただグラヴをつけただけで本格的にボクシングをしたわけではない。

だが、広岡と翔吾との、わずかなパンチの応酬と、そのあとの言葉のやりとりの中に、かつて自分たちが若い時に命を燃やした場所の匂いのようなものを感じたのだ。

そしていま、自分たちの過去に対する敬意を抱いた若者を従えて歩いている。それが、無意識のうちに昂揚した気分を生んでいるにちがいなかった……。

その夜は佳菜子も来て、六人でカレーを食べた。翔吾はまた言葉少なになってしまったが、二度もおかわりをする食欲を示した。

帰りは、店から車で来ていた佳菜子が翔吾を駅まで送ることになった。

「佳菜ちゃんに悪さをするなよ」

玄関で藤原が言った。

「まさか……」

翔吾が心外そうにつぶやいた。

別れ際に、佐瀬が翔吾に言った。

「荒川の土手であの走りをするとき、足首を捻挫《ねんざ》しないように気をつけるんだぞ」

「はい」

それを聞いて、藤原が笑いを含んだ声で言った。

「こいつ、初めてハイと言いやがった」

第十三章　自由と孤独

1

広岡たち四人がチャンプの家で暮らすようになって二カ月が過ぎ、真夏の恐ろしいような暑さは徐々に薄らぎはじめていた。

それでも外では依然として蟬《せみ》が鳴いている。とりわけツクツク法師の鳴き声がよく聞こえてくるのに気がつき、もうすぐ蟬の声も聞けなくなるのだなと広岡は思った。ツクツク法師は夏の終わりを告げる蟬だという記憶があったからだ。

――もうこの夏も終わるのか……。

頭のどこかでそう考えている自分に気がつき、ロサンゼルスに住んでいるときには感じたこともなければ考えたこともない、夏を哀惜する感情が芽生えているらしいことに驚いた。

九月最初の日曜日の午後、前日から妹夫婦のところに泊まりがけで行っている藤原を除いて、広岡と佐瀬と星の三人が居間兼食堂の広間にいた。

星はソファーに座り、大型テレビの画面で競馬中継を見ている。広岡はコーヒーカップを手にガラス戸の前に立ってぼんやり庭を眺めていた。すると、神代楡《じんだいにれ》のテーブルの前で新聞のスポーツ欄を広げていた佐瀬が誰にともなくつぶやいた。

「あいつはどうしてるかな……」

広岡には、あいつというのが黒木翔吾を指していることはすぐにわかった。

――あれ以来、佐瀬は、翔吾のことをなんとなく気にかけている。

広岡がそう思うようになったのは、佐瀬がチャンプの家の庭を畑にするという話をまったくしなくなったからだった。それだけでなく、暇があると、庭の表面の凹凸《おうとつ》をなくそうとでもするかのように、車庫の裏手に建っている納屋《なや》風の木造の倉庫からスコップを持ち出し、地面を均《なら》している。

「黒木……翔吾のことか？」

広岡が振り向いて、独り言のようなそのつぶやきに応じてあげると、佐瀬は新聞から眼を上げて言った。

「そう……走ってるかな」

「さあ、どうだろう」

広岡にはわからなかった。

あれから一カ月経ったが、翔吾からは何ひとつ音沙汰がなかった。自分たち四人のパンチを教えてもらいたいというのも何かの気まぐれで、土手の斜面を走れるようになってから出直して来いというのを、体《てい》よく断られたと判断して簡単に諦《あきら》めてしまったのかもしれないとも思えた。

「仁はどう思う」

佐瀬が訊《たず》ねてきた。

「何が？」

「あいつに教えるということ」

広岡にはそれもまたよくわからないことだった。佐瀬は明らかにあの若者を教えたがっている。あるいは、佐瀬には教える能力があるかもしれない。だが、自分には、教える能力も情熱もないような気がする。

そのとき、ふと、死んだ真田会長やトレーナーの白石だったらどうだったろうということが気になった。翔吾を見たら、自分たち四人のように合宿生として受け入れただろうか、と。

2

……広岡には、大学に入ってすぐ、野球の投手としての生命線である肩を壊し、荒《すさ》んだ気持を持て余した挙句、電車の車両から車両を移動し、だらしなく脚を投げ出している男のふくらはぎのあたりを蹴《け》り飛ばして歩いていた一時期があった。しかし、ある晩、そんなひとりと山手線のプラットホームで殴《なぐ》り合い、一発でノックダウンされてしまった。いや、それは殴り合いなどという代物ではなかった。広岡は相手を殴るどころか、体に触れることもできなかったのだから。

その日は、一晩中、広岡の眼の前から、相手の若い男がパンチを繰り出す直前の構えが消えなかった。あれはたぶんボクシングの構えだろう。ということは、あの男はボクサーだったのではないか。

翌日、野球部の寮で、相部屋だった二人が出て行ってから、前夜の若い男と同じように両手を体の前で構えてみた。そして、右のパンチを真っすぐ出してみた。

そのとき、意外なことに気がついた。野球の硬式球を投げるとすぐに悲鳴を上げる右肩がなんともない。

さらに力を込めてもう一度右手を突き出した。拳が鋭く空を切った。だが、肩に痛みが走らない。

次は、自分をノックダウンした若い男と同じように、肘《ひじ》が鉤《かぎ》形になるように曲げて振ってみた。

それでも、肩に異状が起こらない。

広岡は、胸に激しいざわつきを覚え、固く握った自分の右の拳を見つめた。

あるいは、パンチを放った右肩に異状がないのは、それが空《くう》を切ったパンチであるからかもしれない。

そこで広岡は右の拳にタオルを巻き、柱に軽くパンチを当ててみた。握った拳に軽い衝撃はあったが肩には感じられない。

広岡は、徐々に力を込めて柱を打ちはじめた。そして、最後に、部屋が微《かす》かに揺れるようなパンチを叩《たた》き込んでみた。しかし、まったく肩に痛みを感じない。

これはどういうことだと、広岡は愕然《がくぜん》とした。

野球の選手としての未来を失い、自分にはもう何も残ってはいないのではないかと自暴自棄になりかかっていた。だが、もしかしたら、自分にはボクシングというスポーツが残されていたのかもしれない……。

広岡は部員共用の自転車に乗って寮から駅前に行き、本屋でボクシング雑誌を買ってきた。もしかしたら前夜の若い男が載っているかもしれないと思ったのだ。

ざっとページを繰っただけで、そこにあの男が出ていないことはすぐにわかった。

写真に写っているボクサーはみなクルーカット風の短髪にしている。しかし、あの夜の若者は、リーゼントに近い髪形をしていた。もみあげは普通だったが、軽くウェーブのかかった髪は写真に写っているボクサーたちよりも豊かだった。

買ってきたボクシング雑誌には、最後にその月に行われる試合の「興行カレンダー」が載っていた。見ると、偶然、その日、後楽園ホールで試合があることになっていた。

夜、広岡は水道橋に行き、最も安い席のチケットを買って会場に入った。

ボクシングといえばテレビで中継される世界タイトルマッチしか見たことのない広岡にとって、その夜のボクシングはまったく新しいスポーツ体験だった。

選手の戦うラウンド数も、四回、六回、八回、十回に分かれており、それは経験の多寡《た》《か》によるものらしいこと。とりわけ経験の浅い四回戦の選手たちは、回を追うごとにボクシングというよりただの殴り合いのようになってしまうこと。しかし、経験を積んだ選手同士の戦いになると、巧みなパンチの応酬の果てに倒したり倒されたりすること。あるいは、観客がそうした戦いの中で決定的な一発が当たるかどうかの瞬間を息を呑《の》んで見守っていること。

勝利と敗北の差はほんの紙一重である場合が少なくないこと。……。

広岡は、四回戦の最初の試合から、日本タイトルのかかった最後の十回戦まで、立ち見の席で、息を詰めるようにして見つづけた。

プログラムが終了し、水道橋から興奮したまま野球部の寮に戻った広岡は、あらためてボクシング雑誌を最初から最後まで読み返した。記事ばかりでなく、用具メーカーの広告からジムの練習生募集の広告まで、まさに舐《な》めるように見ていった。するとジムの練習生を募集している広告の中に、一風変わったもののあるのが眼に留まった。

それは「真田拳闘倶楽部《クラブ》」というジムの広告だった。

合宿生募集
寮完備・寮費無料
仕事の斡旋《あっせん》も可
ただし頭脳明晰《めいせき》な者に限る
会長　真田《さなだ》浩介《こうすけ》

頭脳明晰な者に限る？　これがボクシングジムの募集広告なのだろうかと首をかしげたくなるようなものだったが、広岡は寝床に入ってからもその不思議な広告の文面が気になって仕方がなかった。自分が頭脳明晰であるとはとうてい思えなかったが、いずれこの野球部の寮を出て行かなければならない広岡にとって、無料で寮に入れてくれるというのは魅力的だった。

翌日の午後、駄目で元々と腹をくくり、多摩川に近いそのジムを訪ねた。

夕方になりかけの時間帯だったが、駅前の通りに面した窓からのぞき込んだジムの中は、意外にも閑散としていた。他のジムの練習生募集の広告には、練習時間として夕方から夜にかけての時間帯が載せられていたので、真拳ジムも同じだろうと思っていたのだ。

中では、ひとりの若いボクサーが、リングの上を歩きまわりながら白い包帯を巻いた手で軽く宙にパンチを放っている。

やがて広岡も、それがシャドー・ボクシングというものであり、白い包帯を英語そのままにバンデージと呼ぶのだということを知るようになるが、そのときは、夕方の薄暗さの中で、幻の相手に向かって放たれる白い拳の軌跡が神秘的なものに見えた。

ジムの中にはもうひとりいた。若いボクサーの動きをじっと見守っている老人がいたのだ。

老人は手に竹刀《しない》を持ち、それを杖《つえ》のようについている。

この老人が会長の真田浩介という人なのだろうか。しかし、広岡には、あのボクシング雑誌に載っていた合宿生募集の広告の文面と、その老人の雰囲気があまりにも違いすぎるように思えてならなかった。

不意にジムの中からチンという金属製の音が聞こえてきた。すると、リングの中で動きまわっていた若いボクサーは動きを止め、体中の筋肉を弛緩《しかん》させた。

老人が若いボクサーに二言、三言、何かを告げたが、窓の外までは聞こえてこなかった。

やがて、一分ほど経過すると、ふたたびチンという金属音が鳴り、若いボクサーはリングの中を縦横に動きまわりながら、パンチを宙に放ちつづけた。

窓の外からのぞき込んでいた広岡は、そのボクサーの動きから眼を離せなくなった。そして、思った。美しいな、と。

何分か動くと、一分ほど休む。それをさらに三回繰り返すと、若いボクサーはリングから降りてタオルで汗を拭った。

老人はまた短い言葉をいくつか投げかけている。若いボクサーは手にタオルを持ったまま小さくうなずきながら真剣に耳を傾けている。

あの老人は何を言っているのだろう、知りたいなと思っていると、不意にその老人が広岡を一瞥《いちべつ》し、窓に向かって歩み寄ってきた。広岡は何も悪いことをしているわけではなかったが、老人の鋭い視線に怯《ひる》みかかり、思わず窓から体を引いてしまった。

老人は窓のガラス戸を引き開けると、広岡に言った。

「用だったら、表の玄関に廻りなさい」

「はい……」

広岡は、その窓から老人に歩く姿をじっと見られているような気配を感じながら玄関に廻った。そして、戸を開けて入っていくと、老人が出てきて言った。

「合宿生募集の広告を見て来たのかな」

「はい」

その返事を聞いた老人は、広岡の頭の上から靴の先まで見下ろすように眺め渡し、言った。

「うちは、誰でも合宿生にするということはないんだ。試験がある。それにパスした者だけを合宿生にすることになっている」

意外な言葉に広岡は戸惑った。面接くらいはあると思っていたが、まさか試験をされるとは思っていなかった。

「試験ですか……」

広岡がいささか途方に暮れたようにつぶやくと、老人が手にした竹刀で木の床をトンと突きながら言った。

「そうだ」

「自分はボクシングをしたことがありません」

広岡が言うと、老人はいくらか皮肉な笑いを浮かべて言った。

「当たり前だ。したことがないから習う。教わる。下手に経験のある者はこちらから願い下げだ」

だとすると試験というのはどういうことをするのだろう。広岡が考えていると、老人がそれを見透かしたように言った。

「試験は会長がする。しかし、いま、会長は不在だ。土曜の午後にはジムに来ることになっているから、もし試験を受けたければその頃また来なさい」

「あっ、はい」

広岡が状況をよく呑み込めないまま生返事をすると、老人は踵《きびす》を返してジムの奥に歩み去ってしまった。

三日後の土曜日、広岡はふたたび真拳ジムを訪れた。どんな試験をされるのかという不安がなくはなかったが、それ以上に、もう一度あの若いボクサーと老人によるトレーニング風景を見てみたいという思いが募《つの》っていた。

駅前の通りから窓越しに見えたジムの内部では、やはりあの若いボクサーがひとりだけで練習していた。

しかし、その日はリングの中ではなく、その外側の木の床の上で、天井から吊《つ》り下げられた大きなサンドバッグに向かい、グラヴをはめた拳で一発一発力を込めて叩きつづけていた。

広岡は玄関口の引き戸を開けてジムの中に入った。

「失礼します！」

大きな声を上げると、ジムの中には前のときと同じく片手に竹刀を持った老人がいて広岡をチラッと見た。しかし、何も言わず、また視線をサンドバッグを打ちつづけている若いボクサーに向けた。

次の瞬間、右手奥の事務室風の空間からスーツ姿の男性が姿を現し、言った。

「いらっしゃい」

その声があまりにもボクシングジムに似つかわしくない、客を迎えるごく普通の調子であることに驚いた。

「あの……」

広岡が、会長はいらっしゃいませんかと口に出す前に、スーツ姿の男性が言った。

「合宿生の広告を見て、来た方ですね」

「あっ、そうです」

「上がって。スリッパはそこにあるから」

広岡は靴を脱ぎ、スリッパに履《は》き替えると、男性のあとに従って事務室に入った。先にデスク前の椅子《いす》に座った男性は、広岡にもうひとつの事務机を指さして言った。

「そこに座ってくれますか」

広岡が椅子に座ると、男性はデスクの上に置いてある名刺入れから一枚抜き取り、渡しながら言った。

「真田です」

その名刺には、こうあった。

真田拳闘倶楽部

会長　真田浩介

広岡は、正面から向かい合うことになった男性を見て、これがボクシングジムの会長なのかと戸惑いのようなものを覚えた。

先日の後楽園ホールでは、いかにも興行の世界で生きているというような粗野で押しの強そうな感じの関係者たちが、廊下で煙草《たばこ》を吸いながら声高《こわだか》に話し合っていた。だが、いま眼の前に座っている男性は、涼しげな麻のスーツを着ている温和そうな紳士だった。

そのとき、広岡は自分がまだ名乗っていなかったことに気がつき、勢いよく立ち上がると、頭を下げて言った。

「申し遅れました。広岡仁一です」

すると、会長の真田は、手を振りながら言った。

「名前を名乗るのにいちいち立ち上がる必要はありません。いいから、座ってください」

そのひとことで、広岡には、真田がいかにも体育会風というような言動を好まない人であることがわかった。

「申し訳ありません」

広岡がそう言って椅子に座ると、真田が声に出さずに笑いながら言った。

「謝るほどのことではありません」

そして広岡の眼を見ながら言った。

「うちのジムの合宿生になりたいと思って来たんですね」

広岡は、野球部の監督や先輩などと話すときとは異なり、無理に声を張り上げるようにして返事することをやめ、ごく普通に答えた。

「はい、そうです」

「これまでにボクシングをやったことがありますか」

「ありません」

「どうしてボクシングをやろうと思ったんですか」

どう答えていいかわからなかったが、まず肩のことを話すべきだと思った。

「自分は、小さい頃からずっと野球をやっていましたが、大学に入って肩を壊したため、続けられなくなってしまいました。しかし、この肩でもボクシングならできそうな気がするんです」

それを聞くと、真田がいくらか失望したような表情を浮かべて言った。

「野球が駄目だからボクシングを。結局は単なる消去法というわけですね」

いや、消去法というのとは違う、と広岡は思った。ボクシングには自分を強く惹《ひ》きつける何かがあるような気がする。だが、それをどう伝えればいいのかわからなかった。

「で、どうしてこのジムに入りたいと思ったんですか」

真田が訊ねた。

広岡は、高校三年の夏の県大会で決勝まで勝ち上がったこと、甲子園には行けなかったがそのときの投球が評価されて学費免除で東京の大学に進んだこと、しかし入部してすぐに肩を壊したため野球を続けられなくなったこと、その結果、後期が始まるまでに野球部の寮から出ていかなくてはならなくなっていること、などを話した。

すると、広岡の話を黙って聞いていた真田が不意に言った。

「君は、正直がいいことだと思っていますか」

この人は何を言い出すのだろう、と広岡は思った。正直がいいことなのは決まっているではないか。

「ええ、嘘《うそ》をつくよりいいと思います」

広岡がいくらか強い口調で言うと、真田が笑いを含んだ声で言った。

「正直の反対は嘘をつくことではありませんよ」

「はっ？」

「話というのは、省略することができるんです。省略することは、嘘をつくことと同じではありません。すべてを話すのではなく、必要なことを話せばいいんです」

「………」

「相手が聞きたいことは何なのか。大切なのは、それを考えて話すことです」

その瞬間、自分が最も大事なことを話していなかったのに気がついた。恥ずかしいことのように思えていたため、その話をそれこそ「省略」してしまったが、自分がボクシングに眼を向けさせられた決定的な出来事があった。それを伝えなければ、どうしてボクシングをしようと思ったかという問いへの答えにならない。

広岡は、真田に、肩を壊してしまった自分が、なかば自暴自棄になり、電車の中で乗客の脚を蹴り飛ばしながら歩いていたという経験について話した。

「ところが、先日の晩、若い男にその行為をとがめられ、プラットホームに連れ出され……殴られて、一瞬、気を失いかけました。そのパンチはとても力を込めたものとは思えませんでしたが、それを頬《ほお》に受けた自分は腰が砕けて、片膝《かたひざ》を地面についてしまいました。それが不思議で……あんな軽やかなパンチに、どうしてあんな力が秘められていたんだろうと……」

その広岡の話を聞いていくうちに、真田の眼の輝きが違ってきた。広岡は、これが真田の聞きたい話だったのだと理解した。

「君はそれを知りたいと思ったんですね」

真田が穏やかに訊ねた。

「はい。それはボクシングの構えに似ているように思えました。あれはボクサーのパンチではないかと……」

「そうですか、わかりました。その若者は少なくともプロのボクサーではないような気がします。そんなことで大きなトラブルになり、警察沙汰になったらライセンスを取り上げられかねません。でも、その若者は何らかの理由でボクシングの心得があったのかもしれません」

真田はそう言ってから、急に質問の方向を変えて言った。

「君は頭がいいですか」

あまりにも唐突な質問で、どう答えたらいいか広岡にはわからなかった。

「学校の成績はあまりいい方ではありません」

「成績なんかはどうでもいいんです。重要なのは、頭がいいかどうかです」

「わかりません」

「考えてごらんなさい」

しばらく黙って考えてみた。だが、そんなことはわからなかった。そもそも頭がいいかどうかなどということは他人が評価することなのではないのだろうか。

「そんなこと自分でわかるものなんでしょうか」

「頭がいいか悪いかを判断するのは簡単なことです。ポイントはその人に考える習慣があるかどうかです。逆に言えば、考える習慣を持っている人を頭のいい人と言うんです」

「…………」

「天才的なスポーツ選手というのは無限に考える力を持っている人です。ただ、そのプロセスを言語化できない人もいます。だから、一見すると、愚かなようにしか思えない。しかし、秀れたスポーツ選手は、練習のときにも、試合のときにも、すごいスピードで頭を働かせているんです」

真田はそう言うと、書棚に収まっていた文庫本を一冊抜き出し、広岡に渡した。

それは『ヘミングウェイ短編集』という書名の本だった。

「この中に、『五万ドル』という短編小説が入っています。それを読んで来週の土曜までに感想文を書いてきてください」

「感想文、ですか」

「そうです」

「それが……試験なんですか?」

広岡が困惑したように言うと、真田は悪戯《いたずら》っぽそうな表情を浮かべて言った。

「悪いかな」

「いえ……」


ジムからの帰り、電車の中で本を開き、読みはじめた。その「五万ドル」という小説は文庫版で四、五十ページほどのものだったが、アメリカの小説などまったく読んだことのなかった広岡には、カタカナの名前もややこしく、誰がどの台詞《せりふ》をしゃべっているのかよくわからない面倒なものだった。

最初のうちは、ボクサーの話だということ以外よくわからず、何度も本を閉じたくなった。それでも我慢して読んでいくと、なんとか主人公がチャンピオンで、そのトレーナーが語り手だということがわかってきた。

ベテランのボクサーであるチャンピオンのジャックは、次の試合を前に街を離れ、郊外のどこかでトレーニング・キャンプを張っている。トレーナーのジェリーも一緒だが、ジャックはほとんど練習らしい練習をしない。不眠症を抱え、挑戦者の影に脅《おび》え、街に残している妻子を恋しがるばかりだ。しかも、試合の前日には大酒を飲んで寝入ってしまう。

試合の当日、ジャックとジェリーは郊外のキャンプから街の会場に向かう。

ジャックが戦う相手はウォルコットという若いボクサーだ。試合の序盤は、試合巧者のジャックのジャブが冴え、ウォルコットを抑え込んでいる。だが、中盤以降、疲れの出てきたジャックはウォルコットのパンチを無数に浴びるようになる。そして、終盤、思いがけないことが起きる。

まず、ウォルコットの左のフック一発でジャックがダウンしてしまうのだ。

カウント8で立ち上がり、試合は再開されるが、ジャックはロープ際に追い詰められる。次の瞬間、ウォルコットは左で側頭部にフックを浴びせ、右でボディー・ブロウを叩き込む。ところが、そのボディー・ブロウがジャックのトランクスのベルトのラインよりはるか下の、急所に入ってしまう。ジャックは苦痛のあまり倒れそうになるが、そこでハッと気がつく。ここで倒れてしまえば、相手のロー・ブロウの反則によって自分が勝ってしまう。

それは絶対に困る。

なぜか。

ジャックは試合の前日、マネージャーが連れて来た暗黒街の賭け屋に大金を賭けていたのだ。それも自分の負けに。今度の試合には勝てそうもないと考えたジャックは、相手のウォルコットの勝ちに五万ドルもの大金を賭けていた。ジャックはこの試合を最後にボクシング界から足を洗うことに決めていたからだ。

相手のロー・ブロウで倒れてしまえば、自分は勝つことになるが、五万ドルの大金は消えてしまう。

ジャックは必死に踏みとどまり、ファイトを続けようとする。ウォルコットはそんなジャックに驚く。あのロー・ブロウ一発で簡単に倒れるはずと思っていたからだ。倒れればロー・ブロウの反則によって自分は負けてしまうことになる。だが、それは、むしろウォルコットの望んだことだった。つまり、ウォルコットは暗黒街の賭け屋とグルになって、ジャックの五万ドルを巻き上げようとしていたのだ。

そのことに気がついたジャックはなんとか耐え切り、逆にウォルコットに向かっていく。そして、目茶苦茶にパンチを振るうと、今度はウォルコットの下腹部に向かって、自分が受けたのと寸分変わらないパンチを叩き込む。急所にパンチを受けたウォルコットは、たまらずリングの上に倒れ、苦痛に転げまわる。

ジャックは規定通り反則負けを取られ、ウォルコットが勝利することになる。

こうしてジャックは試合に負けることによってめでたく五万ドルの賭けに勝つことになるのだ。

しかし、読み終えた広岡は、なんというつまらない話だと思った。主人公のジャックにまったく魅力が感じられない。こんな小説の感想文などとても書けはしない。あのジムには縁がなかった。電車の中で、そう思った。

だが、翌日、気になって、もういちど最初から読み直してみた。依然として、面白さがわからない。くだらない小説だ。ジムの会長の真田はどうしてこんな小説の感想文なんか書かせようとしたのか。むしろ、そちらの方に興味が湧いた。

そのとき、耳元で真田の言葉が聞こえたような気がした。

「考えてごらんなさい」

考えてみよう、と広岡は思った。

この主人公であるジャックの行為は、ある種の八百長だ。もしかしたら真田は、この違法性に対する感覚を知ろうとしているのかもしれない。このような不正行為をどう思うのかと。

いや、そんな単純なはずはない……。

広岡はさらにもういちど読み返して考えつづけた。

考えても考えてもまとまらなかった。しかし、あのジムに入りたいという思いはますます強くなっていく。もうすぐ野球部の寮を出て行かなければならないというだけでなく、あのジム全体に不思議な吸引力があった。老人の佇《たたず》まいにも惹かれるものがあったし、会長である真田の柔らかい物腰には逆に風格のようなものすら感じられた。

広岡にはそれまで出会ったことのないタイプの「大人」だった。

広岡は感想文をとにかく書き上げることにした。文房具屋で十枚一組の原稿用紙を買ってくると、かつて学校でもこれほど熱心に書いたことがないというほど懸命に書いた。

次の土曜日、書いたものを持って、ジムに行った。

真田は最初のときと同じように気軽に出迎えてくれ、事務室に招き入れてくれた。

広岡が感想文を取り出して渡すと、真田はまったく眼を通すことなく言った。

「小説を読みましたか」

「読みました」

「どうでしたか」

広岡はきっぱりと答えた。

「つまらないと思いました」

その言葉にどう反応されるか不安がなくはなかったが、真田は表情を変えずに言った。

「そうですか」

「最初読んだとき、なんとつまらない話だと思いました」

「最初？」

「もういちど読み返してみても、まったく面白さがわかりませんでした」

「二度読んだのですか」

「いえ、三度読みました」

「三度読んでも感想は変わらなかった」

「はい、つまらなかったです」

「つまらなかった。どんなふうに？」

「小説に出てくる人物に誰もいい人がいなかったからです」

「いい人ね。でも、現実の世の中も善人ばかりではありませんよ」

「いや、そうじゃないんです。いい人というのは、善悪のよしあしではなくて……」

そこで広岡が言い淀《よど》むと、真田が試すような口調で訊ねた。

「いい人とは？」

「自分がそうなりたいと思える人物です」

「なるほど、あの小説には君がなりたいと思わせるような登場人物がひとりも出てこなかった」

「はい。それと……ボクシングというスポーツの魅力がまったく伝わってきませんでした」

広岡のその言葉を聞くと、真田は嬉《うれ》しそうに声を上げて笑った。

「ヘミングウェイも散々ですね」

そして、真田が真顔に戻って言った。

「君は『五万ドル』を駄作だと思った」

「駄作かどうかはよくわかりませんが、とにかく自分にはつまらなく思えました。ただ……」

「ただ？」

「ただ、あの最後に大逆転をする箇所は面白かったです」

「戦う二人がロー・ブロウの応酬をするところですね？」

「はい。倒した方が負けになり、倒された方が勝ちになる。勝ちたくないために倒れず、負けるために相手を倒す……」

「そうですね。あのどんでん返しのアイデアは確かに秀逸ですね。ヘミングウェイがボクシング関係者の誰かにその話を聞いたのか、自分で思いついたのかわかりませんが、これだ、と思ったのがよくわかるような作品ですね」

「それと……自由だということがわかりました」

「自由？　何がですか」

「ボクシングというか、ボクサーが」

広岡が言うと、真田が身を乗り出すようにして訊ねた。

「ほう。どういうことですか」

実は、それこそ広岡が感想文に書こうとしたことだった。

「あのジャックというボクサーは、ロー・ブロウを受けたとき、簡単に倒れて反則勝ちすることもできました。でも、それを必死に耐え、逆にロー・ブロウを放って反則負けをする道を選びました。ボクサーは勝つも負けるも自分で選ぶ自由があるんだなということがわかります。野球にはひとりで勝ち負けを選ぶ自由がありません」

「なるほど」

真田は興味深そうに広岡の顔を見た。

「それと……」

広岡は続けた。

「ボクサーはひとりきりなんだなと思いました。周囲に誰がいても、たとえトレーナーやマネージャーがいても、ボクサーは孤独なんだなと」

広岡が言うと、しばらく真田は黙り込んでしまった。広岡は、内心、何かまずいことを口にしたのではないかと焦った。しかし、そうではなかったらしいことがすぐにわかった。真田の口調がそれまでと違って熱いものになっていたからだ。

「そうです。ボクサーは自由なんです。リングに上がったボクサーは、相手を叩き伏せて意気揚々とリングを降りることもできれば、叩き伏せられてセコンドにかつがれながら降りることもできる。どちらも、すべてひとりで決断し、決定した結果です。リング上のボクサーは無限に自由です。しかし、ボクサーは無限に自由であると同時に、無限に孤独なんです。ボクサーは、リングに上がれば、ただひとりで敵と向かい合わなくてはならないからです。それはとても恐ろしいことです。たとえ事前にいくら情報を手に入れていたとしても、グラヴとグラヴを合わせてみなければ、相手がどういうボクサーかはわかりません。戦いに赴《おもむ》くボクサーは、未知の大海に海図も持たずに小船で乗り出していく船乗りのようなものなんです。無限に自由でいて、無限に孤独。それがボクサーの本質です。でも、それはボクサーだけのものじゃない。人間というものは本質的に無限に自由でいて無限に孤独なものなんだと私は思います。ボクサーは大観衆の眼の前で、しかも一時間足らずの試合時間の中で、その人間の本質を見せてくれているんです」

「…………」

「リングに上がった二人のボクサーは、どちらがより自由に振る舞えるかを競い合っていると言ってもいいかもしれません。ボクサーは、リングの上で相手よりさらに自由であるために、日夜、必死にトレーニングを積んでいるんです」

真田は、そこで、語り過ぎたことを恥じるかのように苦笑してから、広岡に向かってあらたまった口調で言った。

「このジムに入ってくれますか」

「はっ？」

広岡には、言われていることの意味がよくわからなかった。

どうやら、ジムに入ることができるらしい。しかし、真田が口にしたのは「入ってい い」でもなければ「入りなさい」でもなかった。

このジムに入ってくれますか……。

茫然《ぼうぜん》としていると、真田がさらに言葉を重ねた。

「君のような若者に入ってもらうためにこのジムを作ったんです」

そのときの広岡に真田の言葉の本当の意味がわかったわけではなかったが、体の奥底から強烈な喜びが湧き起こってきた。

高校三年の秋、いくつかの大学や実業団の野球部の関係者から入部を勧められたときも嬉しくないことはなかった。だが、そのときは、自分の肩という肉体の特別な箇所を認めて勧誘されているという感じが濃厚だった。しかし、いま眼の前にいる真田は、自分という存在そのものを認めてくれているように思えた。

「ありがとうございます。入らせていただきます」

そう返事したとき、それはこれまでの自分の人生にとって、最も誇らしい瞬間であるような気がした。なぜなら、自分が、初めて真田のような本物の「大人」から「君は何者かであるんだよ」と言われているように思えたからだ。「君は何者かになれるんだよ」

と。

広岡が真拳ジムに入るに際して、真田に出された条件はひとつだけだった。それは大学を続けること、というものだった。

「大学を出ても世界チャンピオンになれるということを、日本人に知らしめたいんです」

真田は冗談だか本気だかわからないようにそう言って、笑った。

初期の頃の真拳ジムは、ごく普通のジムと違って通いの練習生というものをとらなかった。

多くのジムは、そうしたアマチュアの練習生の会費でなんとか経営を成り立たせている。だが、真拳ジムは、親の代から受け継いだ小さな貿易商社を経営している真田が、ジムの運営に必要な金のすべてを出しているため、練習生の会費に頼らなくて済んでいたのだ。

真拳ジムは、真田が理想のボクサーを育てるために作ったジムだった。

それを実現すべく、旧知のトレーナーである白石と相談の上、廃業寸前の古いジムを買い取り、二階に合宿所を設け、四人のボクサーの卵を受け入れることにした。居間と食堂を兼ねた広い部屋の横に小さな四つの個室を作り、ボクシング雑誌で「合宿生」の募集をすることにしたのだ。

そこにまず、藤原がやって来た。

会長の眼鏡《めがね》にかなった藤原は最初の合宿生となり、トレーナーである白石とのマンツーマンのトレーニングが始まった。それから二カ月目に広岡が入った。そのことを誰よりも喜んだのは藤原だった。白石とのマンツーマンの練習がきつかったというだけでなく、合宿所でのひとりきりの生活が寂しすぎたからだ。さらに、一カ月後に佐瀬が入り、その半月後に星が最後の四つ目の部屋に入ることになった。

ジムに初めて姿を現した星を見たとき、すでに合宿所に入り、練習を始めていた広岡は眼を疑った。忘れもしない、その若者こそ、自分を駅のプラットホームでノックダウンした相手だったからだ。

広岡は鏡の前でストレートのワン・ツーを打つ練習をしていたが、鏡に映った星から眼を離せなくなってしまった。

「続けて！」

トレーナーの白石に叱責《しっせき》されて、自分が茫然とするあまりパンチを打つのを中断してしまっているのに気がついた。

星もまた、その日は、白石から土曜に来て会長に試験をしてもらうように言われて帰っていった。

二度目に星がやって来たとき、広岡は進んで玄関にスリッパを出しに行き、間近で観察した。その細身の体型といい、リーゼント風の髪形といい、あの夜の若い男に間違いなかった。

スリッパを履きながら星もちらっと広岡を見たが、別に表情を変えなかった。

試験に合格した星も、合宿生として一緒に生活するようになったが、広岡はあえてあの夜のことを口に出さなかった。星がまったく触れようとしないので、自分の思い違いなのかもしれないと疑い出したからだ。

しかし、やはり思い違いではなかった。

ジムで練習を始めた四人は、攻撃と防御の初歩的な反復練習を終えると、二組に分かれてスパーリングをするようになった。中量級の藤原と広岡、軽量級の佐瀬と星。トレーナーの白石は、最初からその心積もりで合宿生を選んでいたようだった。

スパーリングは実戦形式の練習だが、危険の少ないようにヘッドギアーをつけ、練習用のグラヴで殴り合う。練習用のグラヴにはクッションが多めに入っている。そのためパンチを浴びても打たれた衝撃は少ないが、それでもタイミングによってはダウンを奪ったり奪われたりすることもある。

しかし、あるとき、佐瀬が感心したように言った。

「広岡は本当に倒れないな。一度もダウンしたことがないだろう」

　すると、それを聞いていた星がちょっと皮肉な笑いを浮かべて言った。

「いや、一度ある」

「いつだ？」

　広岡と常にスパーリングしている藤原が不思議そうに訊ねた。しかし、星はちらっと広岡を見ただけで答えなかった。

　そのとき、広岡は、あの夜の若い男はやはり星だったのだと確信することができたのだ。そして、思ったものだった。もし、この星と遭遇しなかったら、ボクシングというスポーツに巡り合うことはできなかったのだなと。ある意味で、星は自分の恩人なのだな、と。

　合宿所の居間と食堂を兼ねた広間には、中央に一枚板の長く大きなテーブルが置いてあり、四人は時間があると狭い個室を出て、その前の椅子に座ってテレビを見たり話をしたりするようになった。

　ある晩、そのテーブルで、ジムに入る際に課された会長の試験の話になった。

　全員が、やはりヘミングウェイの「五万ドル」という短編小説の感想文を書いてくるよう求められていた。

「藤原はなんて書いたんだ」

　広岡が訊ねると、藤原が笑いながらこともなげに答えた。

「金のことさ」

藤原によれば、タイトルになった五万ドルという金額についてだけ書いたのだという。果たして五万ドルというのはチャンピオンの座を売るのにふさわしい金額だったのかと。

当時、一ドルは三百六十円だったから五万ドルは千八百万円になる。「国電」の初乗り料金が二、三十円の時代の千八百万円である。眼の眩《くら》むような金額だ。きっとそれはヘミングウェイが執筆した当時のアメリカでも一生楽に暮らしていけるほどの金額だったのだろう。主人公が世界チャンピオンなのかアメリカの国内チャンピオンだったのかよくわからないが、チャンピオンの座と交換してもいい金だったかもしれない……。

藤原のその話を聞いて、なるほどと広岡は思った。自分は五万ドルがどれほどの価値の金かなど考えもしなかった。しかし、その金額の多寡こそがチャンピオンであるジャックの行動を規定していたにちがいないのだ。

「佐瀬は？」

話し終えた藤原が訊ねた。すると、佐瀬は下を向きながらつぶやくように言った。

「ジャックは……あれからどうなったんだろうって思ったんだ。確かに金を失わずに済んだ。それどころか賭けに勝った分の大金が入ってきただろう。でも、あんなふうに王座を失って、ボクシングの世界から引退して、それで幸せだったんだろうか……」

「そう書いたのか？」

藤原が言った。

「うん。大金を摑《つか》んで、それからどうなったんだろう。惜しみ惜しみ使って死ぬまで平穏な生活を続けたのか、派手な使い方をしてすぐに一文なしになってしまったのかはわからないけど、ふっと考えることがあったと思うんだ。あのとき、チャンピオンの座を死守していたらどうだったろうって」

それもまったく意表をつかれるような感想だった。主人公のその後のことまで考えは及ばなかった。のちに広岡は、それは佐瀬特有のやさしさがよく表れた感じ方だったと思うようになる。

「広岡は？」

藤原に訊《き》かれて、野球にはないボクシングの自由さについて書いたと答えた。しかし、そのやりとりを聞いていた星が最後に鼻で笑うような口調で言った。

「みんなご苦労なことだったよな。あんなもの、真面目に書いたのかよ」

「星はどうしたんだ」

佐瀬が抗議するような口調で訊ねた。

「俺《おれ》はかったるいから、あれを訳した奴の後書きの文章を丸写しにした」

「丸写し？　そんなのすぐバレるだろ」

佐瀬が怒ったように言った。

「だからさ、訳した奴がこれは戦う男の誇りを描いたものだとかなんだとか書いてあるのを丸写しにしたあとで、本の後書きにはそんなことが書いてあるが、俺はそうは思わないと書いたんだ」

それを聞いて藤原が叫ぶように言った。

「頭がいい！」

「それで終わりか？」

佐瀬が訊ねた。

「まさか。一応、自分はどう思うのか書いたよ。これは男の誇りを描いたものなんかじゃない、ボクシングという格闘技の残酷さを描いたものなんだってな。あの老いぼれのチャンピオンにとっては、勝つも地獄、負けるも地獄、そんなところに落ち込んでしまったのは、ボクシングなんかをやっていたからなんだって書いたんだ」

「そんなこと書いて、会長はよく入れてくれたな」

佐瀬が呆《あき》れたように言うと、その佐瀬と星に向かって藤原が笑いながら言った。

「でも、感想文にどう書いてあっても試験の合否には関係なかったんだよ」

「えっ？」

「どういうことだ？」

佐瀬と星が口々に声を上げた。すると、その反応を楽しむようにしばらく黙っていた藤原が、おもむろに口を開いた。

「会長は、最初から感想文なんて読む気がなかったんだよ」

藤原がトレーナーの白石に聞いたところによれば、会長の判断の基準は感想文の内容ではなく、書いてくるかどうかだけだったのだという。

「会長に来週までに感想文を書いてこいと言われると、たいていの奴は恐れをなしてやって来なくなった。書いてきたのは俺たちのような変わり者だけだったのさ」

ジムに合宿生になりたいという希望者がやって来ると、トレーナーの白石が素質の有無を判断し、あると思えば会長の真田に会わせる。

のちに、広岡はトレーナーの白石に訊ねたことがある。ただ外見を一瞥しただけでボクサーとしての素質があるかどうかなんてわかるもんですか、と。

すると、白石は、わかる、と答えたあとでこう説明してくれた。

「私たちが育てたいと思ったボクサーに必要な素質は、体にバネがあるかどうかということだけだった。バネさえあれば腕っ節の強さなどはどうでもよかった。バネがあれば、あとはスピードとタイミングだけでどんな相手でも倒せる。そのバネのあるなしは、普通に歩いているときの後ろ足の蹴り方を見れば簡単にわかるんだよ」

ただ、会長の真田には、その上に、頭の良し悪しが重要なことだという思いがあったのだという。それが合宿生の募集広告の中の「頭脳明断な者に限る」という文句になった。

　白石が素質ありと判断した希望者を真田に会わせる。真田は、しばらく言葉をかわすことで「頭脳明断」かどうかを判断したのだという。そして、「頭脳明断」だと判断すると、文庫本を取り出して感想文を書いてくるように命じる。希望者の多くは、ボクシングジムに入ろうというのに、小説の感想文を書くなどという奇妙な試験に恐れをなしたり、腹を立てたり、失望したりして、そのまま姿を消してしまった。感想文を書いてきたのは、藤原と広岡と佐瀬と星の四人だけだったのだ。

　藤原の説明を聞き終わったあとで、佐瀬が溜め息をつくようにして言った。

「俺たちは頭脳明断かね」

　すると、即座に星が言い放った。

「とてもそうは思えないね」

　しかし、広岡には、それぞれがそれぞれの明晰さを持っているように思えた。

　少なくとも、ヘミングウェイの「五万ドル」を読んでの感想には、それぞれの性格がよく表れていた。藤原の生活者風の現実性、佐瀬の他を思いやる気持の強さ、星の頭の回転の速さ。そして、それらは、ほとんど明晰さと言ってよいものに思えた。

　四人は、ジムに入って一年後にプロ・デビューすると、全員が快進撃を続けた。

　それは、会長としての真田の、人の見方が正しかったということを物語っていたのかもしれない。

だが、誰ひとり世界チャンピオンになれなかったということの中には、その見方の限界というものがあったのかもしれないとも思える。真田の言う「頭脳の明晰さ」は果たしてボクサーにとってどうしても必要なものだったのだろうか……。

3

真田と白石だったら黒木翔吾をどう評価しただろう、と神代楡のテーブルの前に座りながら広岡は考えていた。

一カ月前、多摩川の土手で走りを見ることになったとき、翔吾の背後からその歩き方を眺めてみた。一瞥しただけで、白石の言っていたことが理解できた。歩くときの後ろ足の蹴り方だけで、翔吾にバネがあることがわかったからだ。

翔吾の歩き方を見た白石は、素質のある者として真田に翔吾を会わせるだろう。その翔吾を真田はどう評価するか。真田がいま生きていたとしても、さすがに現代の若者である翔吾にヘミングウェイの短編集は渡さないかもしれない。だが、どのようなかたちかで頭脳が明晰かどうかを判断しようとするだろう。果たして、翔吾は真田の言っていた頭脳の明晰さを持っているだろうか。

考えているうちに、翔吾が四人のパンチを教わりたいと言い出したときのことが思い浮かんできた。

翔吾が教わりたいと言ったのは、自分のクロス・カウンターだけではなかった。佐瀬のジャブの三段打ちや星のボディー・ブロウも教わりたいと言ったあとで、街頭での乱闘のときにはいっさい手を出さなかったため、見たこともないはずの藤原のインサイド・アッパーも教わりたいと言った。

どうして藤原のインサイド・アッパーのことを知っているのか疑問に思ったらしい星が、何かで調べたのかと訊ねると、翔吾は黙ってうなずいた。

そのときは気にもしなかったが、何かとはなんだったのだろう。

常識的に考えれば、インターネットで調べたということになる。確かに東洋タイトルを取っている藤原は何らかのかたちでインターネットに出ている可能性は高い。しかし、インサイド・アッパーについてまで出ているだろうか。

「話の途中で悪いけど、ちょっと部屋に……」

広岡は、まだ翔吾の話を続けたいという気配を漂わせている佐瀬を残して一階の自室に戻った。

扉を閉めると、カウンター式のテーブルの前に座り、置いてあるノート型のパソコンを開いて起動した。

検索エンジンに藤原次郎の名前を入力してみると、何カ所かのサイトに名前が出てくる。しかし、記されているのはライト級の東洋タイトルを取ったことを除くと、あとは世界タイトルに二回挑戦してすべて失敗したということだけだった。

黒木翔吾はどうして藤原の得意のパンチがインサイド・アッパーだということを知ったのだろう。

あのとき、翔吾は、「真拳ジムの四天王……世界へ一直線……試合の様子……得意なパンチ……」とつぶやいていた。

そういえば、と広岡は思い出すことがあった。四十数年前、四人が合宿所にいるとき、ボクシング雑誌に大きく特集されたことがあった。タイトルは「真拳ジムの四天王」であり、サブタイトルは「世界へ一直線」だった。そこでは、合宿所での四人の生活ぶりを中心に、おのおののベストファイトや、得意のパンチの解説までが載っていた。「真拳ジムの四天王」という言葉が使われ出したのも、それが契機だった。もしかしたら、翔吾はあの記事を読んだのかもしれない。

そうだとすると、四十年以上も前のボクシング雑誌をどこで探し出したのだろう。普通のボクシングジムが四十年前のボクシング雑誌を保管しているとは思えない。あるいは図書館で読んだのだろうか。しかし、普通の公立図書館に四十年前のボクシング雑誌が保管されているだろうか。そうでないとすれば、どこか大きな図書館に行って探したのかもしれない。

いずれにしても、何かを知りたいと思い、その何かがどこに行けば手に入るかを考えつく。それは真田が言っていた「考える習慣」を持っているということのはずだ。

広岡がパソコンをシャットダウンし、部屋から出ていくと、ちょうど競馬中継が終わったらしく、星がテレビを消すところだった。

星は立ち上がり、二階の自室に上がっていき、広間には広岡と佐瀬だけが残されるかたちになった。

佐瀬は依然として新聞に眼を落としている。

まだ日暮れには間があるが、九月に入ると少しずつ日が傾くのが早くなってくるように感じられる。

広岡がそろそろ夕食の準備をしようかと思っていると、玄関のドアが開く音がして、藤原の大声が響いた。

「お客さんだぞ！」

広岡は立ち上がり、玄関に出た。すると、靴を脱ぎ終わった藤原の背後に、スポーツバッグを手にした翔吾が立っていた。

「おう」

広岡が驚いて声を出すと、翔吾が黙ったまま頭を下げた。

「駅前でバッタリ会ったんだ。ちょうど、ここに来るところだったらしい」

藤原が広岡に説明するように言った。

「まあ、上がれ」

広岡が翔吾に向かって言うと、藤原の声に誘われたらしく、二階の手摺《てす》りから顔をのぞかせた星が階段を降りて来ながら言った。

「噂《うわさ》をすれば、何とやらだな」

まさにその通りだった。広岡には、まるで「あいつはどうしてるかな」という佐瀬のつぶやきが翔吾を招き寄せたかのように思えた。

広間に戻り、テーブルの前に座って、あらためて翔吾の顔を見ると、日に焼け、精悍《せいかん》さが増している。それだけでなく、かつての、どこか不機嫌そうな表情が消えている。

星が言った。

「よく焼けてるな」

そして、続けた。

「走れるようになったのか？」

「はい」

翔吾が明るい笑顔で返事をした。

「あの走りができるようになったのか」

藤原が念を押すと、翔吾がまた同じような調子で応えた。

「はい」

「本当か？」

藤原が疑わしそうな声を出したのも無理はなかった。広岡たちでも、土手の斜面を一キロにわたって登り降りすることができるようになるまで二、三カ月はかかったのだ。それをわずか一カ月で走れるようになったという。

「もし本当なら、多摩川で見せてもらおうか」

星が翔吾に言ってから、他の三人に諮《はか》るように言った。

「どうだろう」

「いいな」

藤原が即座に応えた。

「これから、すぐ多摩川に行こう」

佐瀬が珍しく性急に言った。

「いいのか？」

広岡が訊ねると、翔吾はむしろ望むところだとでもいうようにうなずき、言った。

「着替えさせてもらってもいいですか」

「二階のシャワー室を使うといい」

広岡が言うと、翔吾はバッグを手に広間を出ていった。

翔吾が着替えるのを待っているあいだ、四人はなんとなく言葉少なになってしまった。自分たちの経験から、そんなに早く走れるようになるはずがないとは思うが、翔吾の自信に満ちた顔つきからすると、本当に走れるようになったのかもしれない。その、疑念とも期待ともつかない奇妙な思いに支配されていたのだ。


四人は翔吾を伴って多摩川の土手に出ると、さらに上流に向かった。

翔吾はタンクトップ風のシャツにランニング用の短いパンツをはいている。顔だけでなく、腕も脚も、皮膚の出ているところはどこもいい色に焼けている。それはこの一カ月でどれほど走り込んだかを示しているようでもあった。

やがて、その一カ月前、翔吾が五、六回の登り降りで音を上げてしまったところにやって来た。

「さあ、走ってみろ」

藤原が言うと、翔吾は土手の斜面を軽やかな足取りで斜めに降りはじめた。

そして、河原に降りると、また斜めに登り返しはじめた。スピードはもちろん遅くなっているが、さほど登ることが苦痛とは見えない滑らかな走りだった。

翔吾は斜面を登り切り、少し土手の上の道を走ると、また斜面を斜めに駆け降りていった。

二回目の登りもほとんど表情を変えずに登り切った。三回目も、四回目も、まったく走るリズムに変化がないまま登り降りを続けた。

一カ月前とは見違えるような走りになっている。藤原と佐瀬の口から、おお、というような感嘆の声が洩《も》れた。

翔吾はそのまま波形の走りをどこまでも続け、ついに斜面全体に藪《やぶ》のような低木が生えているためその先はもう走れないというところまで走り切ってしまった。

「おーい！」

そこで藤原が翔吾に声をかけた。

「わかった！　戻って来い！」

翔吾はそこから土手の道を軽やかに走って戻ってきた。

いくらか呼吸は速くなっているが、さほど苦しそうな様子はうかがえない。

「あのまま、二キロを走り切ることができるのか？」

藤原が驚きを隠せない口調で訊ねた。

だが、あらためて訊かなくても、この走り方なら間違いなく走れるだろうということは四人全員にわかっていた。

黙ってうなずく翔吾に、藤原がさらに訊ねた。

「ひとりで練習したのか」

翔吾がまた黙ってうなずいた。

「俺たちは四人で走っていたから、なんとか走り切れるようになった」

藤原が昔を思い出すように言うと、星もうなずきながら言った。

「それも三カ月近くかかってだ」

「おまえは、凄《すご》いな」

佐瀬が率直な賛辞を口にした。

この若者は恐ろしいほどの素質を持っているか、恐ろしいほどの練習をしたか。あるいは、その両方なのかもしれない。広岡も思いがけないものを見せてもらったという気持を込めて翔吾に言った。

「いい走りだった」

「合格ですか」

翔吾が広岡に訊ねると、かわりに藤原が答えた。

「合格だ」

すると、翔吾があらたまった口調で四人に向かって言った。

「教えてもらえますか」

佐瀬は嬉しそうにうなずいたが、広岡と藤原と星の三人は互いに顔を見合わせた。土手の斜面を登り降りしながら走りつづけるなどということが、そんな簡単にできるようになるとは思っていなかった。そのため、実際に翔吾が走れるようになり、自分たちが教えるという局面に遭遇するとは考えもしていなかったようなところがあったのだ。

「おまえは、俺たちのパンチを身につけたいんだな」

藤原が訊ねると翔吾が首を横に振った。

「どういうことだ」

星がわからないというように訊ねた。

「俺は……俺はボクシングが教わりたいんです」

「ボクシングなら、ジムで教われればいいだろう」

星が言うと、翔吾が下を向きながら言った。

「ジムは……とっくにやめてます」

広岡たち三人は、また顔を見合わせた。

パンチの打ち方なら、時間をかければ教えることができるかもしれない。だが、翔吾はボクシングを教わりたいという。

翔吾の口にした「ボクシング」という言葉は、広岡にはほとんど「人生」という言葉のように聞こえた。自分たちに、いや自分に、人生など教えることができるとは思えない。

「ボクシング……」

広岡がつぶやくと、藤原も困惑したようにつぶやいた。

「ボクシングか……」

しばらくして、佐瀬が固まってしまったその場の空気をほぐそうとでもするかのような口調で言った。

「とりあえず、チャンプの家に戻ろうか」

多摩川からチャンプの家に戻る途中、星が翔吾に言った。

「家に戻ったら、庭でシャドーを見せてくれないか」

翔吾は何のためにと訊くことなく、即座に返事をした。

「わかりました」

星は翔吾のシャドー・ボクシングを見たいという。広岡には、佐瀬だけでなく、星もまたこの若者にボクシングを教えるということに心を動かしはじめているらしいのが意外だった。

家に着くと、星が言った。

「おまえはそのまま庭に廻ってくれ」

四人は玄関の鍵を開けて家に入り、広間からベランダに出た。

佐瀬は庭に出て塀の扉の留め金をはずすと、倉庫からスコップを持ち出してきた。そして、ちょうど庭の中に入ってきた翔吾に手渡し、言った。

「庭のここから……あそこまで、線を引いてくれないか」

佐瀬が指示したところを見ると、小さな石が埋め込んである。翔吾がスコップの先で石から石まで線を引くと、佐瀬はさらに同じようなことを四回繰り返させた。すると、そこに描かれた四本の線は、リングほどの大きさの空間を示すものになった。

なるほど、佐瀬が畑作りを諦めた理由もここにあったのかと、広岡は驚きをもって眺めていた。ということは、最初から佐瀬はこの庭で翔吾を教えるつもりだったことになる。藤原も星も、広岡と同じように眼を見張っていたが、翔吾が線を描き終えると星が声をかけた。

「いいだろう。そこがリングだ。一ラウンド、おまえのシャドーを見せてくれ」

すると、藤原が言い添えた。

「一ラウンドは四分だ」

本来、ボクシングでは一ラウンドは三分だが、真拳ジムでは一ラウンドを四分として練習していた。そのおかげで、実際の試合のつらいはずの三分が短く感じられるようになったものだった。

藤原が腕時計を見ながら言った。

「よし、始めろ！」

庭のリングの中央に立った翔吾は、左手と左足を少し前に出す、右利きのボクサーのごく普通のファイティング・ポーズを取った。そして、一呼吸置くと、ゆっくり動きまわりながら宙にパンチを放ちはじめた。

左のジャブを軽く二発出すと、右のストレートを打ち、さらに左のフックから右のフックを放つ。体を小刻みに動かしながら前進し、左のストレートから右のストレート、左のフックから、右のアッパーを突き上げる。そして、足を使って、素早く体の向きを変えると、幻の相手との距離を少し取るようにしてから、左と右のワン・ツーのストレートを顔面のあたりに叩き込む。ストレート、フック、フック、ストレート、ストレート、アッパー。放つパンチのスピードがしだいに速くなり、翔吾が叩き込んだパンチによって、幻の相手の姿がくっきりと見えるようになってきた……。

「よし、四分だ！」

藤原の声に、翔吾は動きを止めた。そして、四人の感想を待つように、両手をダラリと下ろした。

だが、広岡は何も感想を述べることなくベランダから広間に上がると、誰にともなく言った。

「そろそろ夕飯の支度をしなければな」

　すると、星も翔吾のシャドー・ボクシングについては何も反応しないまま、広岡に向かって言った。

「手伝おうか」

「ありがたい。時間がないから、サラダを作ってくれるか」

「わかった」

「材料はレタスとトマト。それにワカメとエノキダケを軽く茹《ゆ》でたものを混ぜた和風のサラダにする。任せてもいいか？」

「もちろんだ」

　二人のやりとりを聞いていた佐瀬が、庭のリングの真ん中で茫然と立っていた翔吾に言った。

「二階でシャワーを浴びてこい」

　その夜は、やはりいつもの日曜日のように佳菜子もやって来て、六人でカレーを食べることになった。

　翔吾の旺盛な食欲は前回以上だったが、三杯目のおかわりのとき、佐瀬が言った。

「おまえは確かライト級だったはずだな。あまり体重を増やしすぎると、戻すときにつらくなるぞ」

もうリングには上がりたくないと言っていた翔吾に、試合のときの体重のことを心配している。広岡は、翔吾が佐瀬の取り越し苦労を笑い飛ばすのではないかと思っていたが、意外な反応を示した。

「ライトに戻すつもりはないんです。それに、戻そうとしても戻せません」

確かにTシャツの下の体はライト級のものではなくなっている。ライト級のリミットは六十一キロを少し超える程度だが、とてもそれでは収まりそうもない体つきをしている。しかもほとんど無駄な肉がついていない。さすがに身長は伸びていないにしても、若い体はまだ成長を続けているのだろう。

「やるなら……」

翔吾はそこまで言うと、思わず口走ってしまったというようにいったん口をつぐんだが、すぐに気を取り直して、はっきりと宣言するように言った。

「やるならウェルター級です」

「スーパー・ライト級を飛ばして？」

佐瀬が信じられないというように訊ねると、翔吾がうなずきながら言った。

「広岡さんと同じ……」

「そうか、仁と同じクラスがいいか」

星が、広岡に、いくらか皮肉っぽい視線を送りながら言った。

食後は、佳菜子がホールごと買ってきてくれたレモンパイを食べた。コーヒーを飲んでいる広岡たちとは別に、ひとりだけほうじ茶を飲んでいた佐瀬が、他の三人に相談するような口調で切り出した。

「どうする？」

藤原がそれを受けて言った。

「そうだな、どうしようか」

翔吾の望みどおりボクシングを教えるかどうか。四人はそれぞれ思案するかのように黙り込んでしまった。

しばらくして、星が結論を先送りするように翔吾に向かって言った。

「俺たちに教えられるかどうか、おまえが帰ってからみんなで相談する」

それがいい、と広岡も思った。佐瀬はいくらか不満そうだったが、四人だけで率直に意見を交換する必要がある。

そこで、翔吾に言った。

「いずれにしても、四人が揃《そろ》って昼間からいるのは土日しかない。次の土曜にまた来るといい」

その言葉をいいタイミングと見たらしい佳菜子が立ち上がり、翔吾に向かって言った。

「黒木君、食器を洗うから、手伝ってくれる？」

翔吾は驚いたように立ち上がると、ケーキ皿やコーヒーカップを集めて、佳菜子のあとについてキッチンに入っていった。

佳菜子の言葉に驚いたのは翔吾だけでなく、広岡も同じだった。佳菜子がいつも年長の自分たちに向かってつかっているのとは異なる、同年代の男性へのごく普通の言葉づかいをしている。それが不意打ちのような驚きを生んだのだ。

しかし、その驚きは広岡だけのものではなかったらしく、藤原が面白そうに笑いながらつぶやいた。

「黒木君……か」

キッチンでの食器洗いが終わると、翔吾は佳菜子の軽自動車で駅まで送ってもらうことになった。

佳菜子と共に広間を出ていく翔吾に藤原が声をかけた。

「佳菜ちゃんに悪さをするなよ」

一カ月前の台詞とまったく同じだった。そのときは、まさか、といくらか憤然としたように応じていたが、それが藤原の親愛の情を示すものだということが伝わったらしく、今度は、振り向いた翔吾も笑いを浮かべたまま何も言わなかった。

4

佳菜子と翔吾が出て行き、玄関まで送っていった佐瀬がテーブルに戻ってくると、藤原が口を開いた。

「どうする？」

「自分たちに、誰かを教えるなんていうことができるんだろうか……」

広岡が独り言のようにつぶやくと、星が言った。

「仁、おまえはもう教えているよ」

「…………？」

「一カ月前、おまえがどうして自分のクロス・カウンターを見せられないか説明したときのあいつの顔を覚えているか。ジャブについても、クロスについても、おまえの言うことは、すべてあいつにとっては初めて聞くようなことだったんだ」

星の言葉に、藤原もうなずいて言った。

「おまえがあいつを目覚めさせてしまったんだよ、ボクシングに」

広岡が言葉もなく黙っていると、佐瀬が呻《うめ》くように言った。

「……教えてみたい」

そして、付け加えた。

「あんな素質を持った奴には初めて出会った。俺のジムにもいろいろな若者がやって来たが、教え甲斐《がい》のありそうな奴はみんな東京に出ていってしまった。無理もない。山形ではマッチメークひとつ思うようにしてやれなかったからだ。しかし、あいつはそんな奴らと比べても桁《けた》が違う」

「俺もサセケンと同じ意見だ」

星が言った。そして、いつものクールな物言いとは異なる熱っぽい口調で話しはじめた。

「俺はボクサーを引退したあと、サーフィンをするだけの人生に戻った」

そうだったのか、と広岡は思った。

星が、ボクシングを始めるまでサーフィンに熱中していたという話は聞いていた。サーフィンは高校時代に始めたが、大学に入ってからは、授業にも出ないで日本中の海を廻って波に乗っていたという。

その星がどうしてボクシングを始めることになったのか。

サーファーの世界では、初めて訪れた海でサーフィンをしようとすると、ローカルと呼ばれる地元のサーファーと、いい波を奪い合っていさかいが起きることがあるらしい。ある浜辺で、星が地元のサーファーたちと殴り合いの喧嘩《けんか》になってしまったとき、加勢してくれたビジターのサーファーがいた。それが真田会長の息子の茂樹だった。大学生だった茂樹もまた、星と同じような日々を送っていたのだ。

茂樹のパンチは鮮やかなものだった。茂樹は父親の真田にはボクシングなど絶対に習わないと言いながら、別のジムでひそかに練習していたらしいのだ。その茂樹と親しくなった星は、浜辺で会うたびに初歩的なパンチの出し方を習うようになった。やがて、それを繰り返しているうちに、自分はひょっとするとボクシングに向いているのではないかと思うようになったのだという。星は左利きだったが、最初のときから右利きのオーソドックスな構えからでも、左利きのサウスポーの構えからでも、同じように威力のあるパンチが出せたのだ。しかも、サーフィンで鍛えられた上半身と抜群のバランス感覚があった。

ちょうどそのような時期、電車の中で揉《も》め事になり、駅のホームで睨《にら》み合った相手に、茂樹から習った通り、腰を入れてパンチを放つと、一発で相手を倒すことができた。

どこかのジムでボクシングを習おうと思い、茂樹に相談すると真拳ジムを紹介してくれた。それが茂樹の父親の経営するジムだということは、合宿生となってから初めて知って驚いたが、星にとってそれ以上の驚きは、応対に出てきたジムの合宿生が駅のホームでノックダウンした相手だということだった。

かつて駅のホームで広岡を一発で倒した若者はやはり星だったのだ。一発で倒されたことで広岡はボクシングに目覚め、一発で倒したことで星はボクシングにさらに強く惹かれることとなった。

「……引退して何もすることのなくなった俺は、またサーフボードを手に、日本中を車で廻るようになった」

星は話しつづけた。

「あるとき、山陰の小さな浜辺でひとりの少年に出会った。夏の終わりに、俺が見つけた誰もいないサーフポイントでボードに乗っていると、その少年がいかにも乗りたそうにして見ている。そこで俺のボードを貸して乗らせてやると、驚くほど早く波に乗れるようになった。俺が何回も海に入ることで身につけたことを、たった一回でマスターしてしまったんだ。次の年の同じシーズンにまた行ってみると、驚いたことにその少年は自前のボードを持つ、一人前のサーファーになっていた。しかも、とてつもなくうまい。もし、このまま育てていったら世界的なサーファーになるかもしれないとも思った。しかし、俺は自分がボクシングの世界の頂点に登ることを諦めて、まだ間がなかった。たとえ別の世界でも誰かを世界の頂に連れて行くことの手助けなどしたくなかった。それに、俺自身、その頃にはもう、サーフィンどころじゃない泥沼にはまりはじめていたこともあった……」

そこで星は思い出したくないものを振り払うかのように首を振り、言った。

「まあ、いずれにしても、その後、そいつのことをサーフィンの世界で見たり聞いたりすることはなかったから、いつまでサーフィンを続けていたかはわからない。でもときどき思い出すんだ。あの少年は、間違いなく俺を待っていた。それがわかっていながら俺は決してその浜辺に行こうとしなかった。もし俺が……いや、俺のような奴が教えていたら……」

「教えてやろう」

藤原が腹に力を込めた声で言った。

「あいつを教えてやろう」

しかし、広岡はいくらか懐疑的な口調になって言った。

「自分たちにいったい何が教えられるんだろう……」

すると、星が言った。

「それは、いまのあいつに欠けたものだ」

「さっきのシャドーを見て、あいつに何が欠けているか、わかったか？」

藤原が言うと、佐瀬がすぐさま応じた。

「俺は、連打だと思う。あいつはアマチュアでやっているうちに、ポイントを取るボクシングが身についてしまった。一発一発を正確に当てることはできる。しかし、あいつは相手を決定的に追い詰めるための連打が打てるようになっていない。これまでの相手はポイントを取っているうちに、いいパンチが入って倒すことができていたかもしれない。しかし、これから先は、そうはいかなくなる」

連打は佐瀬のトレードマークとも言えるものだった。ジャブの三段打ちも究極の連打と言えなくもないが、それだけでなく、チャンスのときに浴びせる連打のしつこさには、相手をうんざりさせるほどのものがあったのだ。

すると、藤原が言った。

「俺はリスクを冒す勇気だと思う。あいつは打たれないで打つことはできる。俺たちとよく似たタイプのボクサーだ。しかも俺たち以上に足が速い。だが、アマチュアと違ってプロのボクサーには、打たれても打たれても、打たれるとわかっていても打たなければならないときがある。たとえ、打たれないことが生命線のボクサーであってもだ。それには勇気が必要なはずだ。あいつにはボクサーとしての本物の勇気が身に備わっていないと思う」

間違いなく、かつての藤原のように、接近戦の中であえて一歩踏み込んで相手の顎《あご》にアッパーを突き上げるのには勇気が必要だろう。あの若者、黒木翔吾にはその勇気が欠けているのだろうか……。

広岡が考えていると、星が言った。

「俺は肉体の、体幹の強さだと思う。あいつにはバネもスピードもある。バネとスピードがあれば顔面へのストレートとフックは打てる。しかし、ボディーへのフックやアッパーは体幹の強さがないと打ち切れない。あいつにはまだそれがない」

星は自分の話を切り上げると、広岡に向かって訊ねた。

「仁はどう思った」

「あいつはいま二十か二十一だろう。自分たち四人のその頃と比べても、はるかに多くのものを持っている。しかし……」

翔吾には何かが不足している気がする。それはかつての自分にも不足していた重要な何かだ。だが、それが何か、何だったかは正確にはわからない。

「足りないものがあるとしかわからない」

そう言いながら、広岡はある種の感動を覚えていた。

たった一ラウンドのシャドー・ボクシングを見ただけで、四人が四人ともそのボクサーの欠けているものを見抜いている。まるで、四方から放射線を浴びせて肉体の内部を透視でもしたかのように。もし、黒木翔吾が、そのすべての欠点を克服し、四人が得意とするパンチを身につけたら……。

広岡は、昂揚《こうよう》しかかる自分の気持を抑えて、三人に問いかけた。

「だが、あいつを引き受けて、自分たちはいつまで関わりつづけられるんだろう」

　すると、星が自分に言い聞かせるような口調で言った。

「教えてくれという若者がいて、教えたいという年寄りがいる。それだけでいいじゃないか」

　あの若者が自分たちを巻き込んだのか、自分たちがあの若者を巻き込もうとしているのか。いずれにしても、両者の人生の糸はすでに絡みはじめているのかもしれない、と広岡は思った。いいだろう。

「やるか……」

　広岡が言うと、三人がほとんど同時にうなずいた。

第十四章　庭のリング

1

次の日、佐瀬がオンボロの軽トラックに乗って山形に向かった。何のためか詳しくは話さないまま、二日くらいで戻ってくると言い残してチャンプの家を出た。

言葉どおりその翌日の夕方には帰ってきたが、トラックの荷台を見て山形に行った目的がわかった。荷台には、酒田でジムを開いていたときに使っていたと思われるボクシング用具が積み込まれていたのだ。

サンドバッグと、パンチを受けるためのミットと、プロテクターのような革の胴衣などの他に、練習中の時間を表示するデジタルのタイマーや、何に使うのかよくわからない、先端がTの字になっている鉄製のポールのようなものもある。

これらの大部分は酒田のジムを閉めるとき、処分しようとして処分しきれずに家の納《な》屋《や》にしまっておいたものだという。

サンドバッグは二つあった。ひとつは山形の佐瀬の家の庭先に吊《つ》るされていた布に砂を入れたものだったが、もうひとつは、ジムを始めるとき、まだ健在だった真拳ジムの会長の真田が祝いに贈ってくれたという黒い革製の大きなものだった。この黒いサンドバッグは、二人がかりで運ばなければならないほど重たかった。

佐瀬は、山形から帰ってきた翌日、ホームセンターでセメントを買ってきた。それを使って庭に掘った小さな穴にコンクリートを流し込み、先端がTの字になった鉄のポールを埋め込んだ。それが、サンドバッグを吊るすための支柱だということは、土曜日になってわかった。

土曜日の午後二時過ぎ、スポーツバッグを手に翔吾がやって来た。

「おまえを教えることにした」

藤原がいくらか芝居がかった口調で言うと、翔吾は笑顔になって言った。

「ありがとうございます」

「二階のシャワー室で着替えてこい」

佐瀬が言い、こう付け加えた。

「靴はボクシングシューズを履《は》かなくていい。というか、リングは庭だから履くのは無理だ」

トレーニング・ウェアーに着替えた翔吾がベランダから庭に出てくると、先に庭に出ていた佐瀬が倉庫からビニールシートを取ってきて、それを広げながら言った。

「ストレッチはここでやってくれ」

翔吾はビニールシートの上でゆっくりと体の屈伸を始めたが、広岡はその体の柔らかさに眼を見張らされた。自分はかなり体が硬い方だったので、腰を下ろした姿勢で脚をYの字に開き、そこに頭をつくなどという動きをするのに苦労したが、翔吾は頭だけでなく胸まで脚につけることができる。

ストレッチが終わると、佐瀬はビニールシートを畳み、スコップでリングを表す四本の線を描いた。そして、ベランダに山形から運んできたタイマーを置き、スイッチを入れながら言った。

「シャドーを五ラウンド、一ラウンドは四分。始めろ」

翔吾はゆっくりと宙にパンチを放ちはじめた。

強い日差しの中、一ラウンドが終わらないうちにうっすらと汗ばんでくる。

それを見ながら、美しいシャドー・ボクシングだなと広岡は思った。星が言う通り、まだ体幹の強さは欠けているにしても、ほぼ理想的なボクサー・ファイターの体を持っている。

ボクサーは、相手と離れて戦うアウト・ボクシングが得意な「ボクサータイプ」と、接近しての打ち合いであるイン・ファイトが得意な「ファイタータイプ」とに分かれるが、アウト・ボクシングもイン・ファイトもできるボクサーを「ボクサー・ファイター」と呼ぶのだ。

翔吾が仮想の相手の動きに合わせて自分の体の向きを変えるときの足の運びの素早さには、ボクサータイプのボクサーに必要な天性のスピードが備わっていることがわかる。だが、それだけでなく、その足を止め、仮想の相手の内懐《うちぶところ》に入って、フックからアッパーに切り替えて小さく連打する動きからは、イン・ファイトでも充分に戦えることをうかがわせるものがある。

五ラウンドのシャドー・ボクシングが終わると、佐瀬が言った。

「一ラウンド休んだら、次はサンドバッグだ。倉庫に二つあるから、持ってきてそこに立っているポールに掛けてくれないか」

翔吾が倉庫に行き、まず布製の砂のサンドバッグを抱えて持ってきた。かなり重いはずだが、軽々と上に持ち上げ、佐瀬の指示に従って、T字型の鉄製のポールの片側についている輪に吊るした。

そして、次に黒い革製のサンドバッグを取りに行ったが、しばらくすると引き返してきて、佐瀬に言った。

「ひとりでは持ち上がりません」

それを聞くと、佐瀬が嬉《うれ》しそうに笑って言った。

「やっぱりおまえでも駄目か」

二人で倉庫に行き、運んできた黒いサンドバッグを布製のサンドバッグと反対側に吊るすと、不安定そうだったポールのバランスが取れたように見えた。

「あのポールはどうしたんだ」

藤原が佐瀬に訊《き》いた。

「このあいだ山形に帰ったとき、知り合いの鉄工所で作ってもらったんだ。チャンプの家にはサンドバッグを吊るせそうなところがないんでな」

佐瀬は藤原にそう説明してから、翔吾に向かって言った。

「サンドバッグも五ラウンドだ。黒い方のサンドバッグを使ってくれ」

タイマーからラウンド開始のブザー音が鳴ると、翔吾が黒いサンドバッグに向かってパンチを打ち込みはじめた。

パンチはサンドバッグにめり込み、革をきしませる重く鈍い音が響き渡る。

だが、そのラウンドの途中で佐瀬が声をかけた。

「よし、ストップ！」

翔吾は打つのを止《や》めて佐瀬の方を見た。

「どういうつもりで打っていた？」

佐瀬が訊《たず》ねると、翔吾が困惑したようにつぶやいた。

「どういうつもりって……」

何を言われているのかわからないという表情を浮かべている翔吾に佐瀬が言った。

「サンドバッグはただ打っているだけだったらボディー・ビルダーの筋肉作りと同じだ。ボクサーにただの筋肉は必要ない。ボクサーがサンドバッグを叩《たた》くのは筋肉や馬鹿力をつけるためじゃない。サンドバッグは戦う相手の体と同じものなんだ。どこをどう打っていくか、それを考えながら打っていかなければ意味がないんだよ」

それは真拳ジムのトレーナーである白石が常に言っていたことだった。

佐瀬は、かつての白石とそっくりな口調で言うと、倉庫から今度はあらかじめ用意してあったらしい白いペンキと筆を持ってきた。

そして、サンドバッグの黒い革の上に数字を書き込みはじめた。

真ん中より上の部分に①と②をくっつけて書き、その斜め下に③と④を二、三十センチほど離して書き、またその少し下に⑤と⑥をくっつけて書いた。つまり、①②と③と④と⑤⑥は、一辺を二十センチくらいとするひし形を描くように配されたのだ。

佐瀬はさらに、中央より下の部分に、横一列になるように間隔を空けて、⑦、○、⑧と書き入れた。ただし、○は山の頂のように両脇よりいくらか小高くなっている。

「いいか、これが相手の急所だ」

そして、佐瀬が翔吾に説明したところによれば、①と②は相手の顔の正面、③と④は顔の左右の側面、⑤と⑥は顎《あご》を示すのだという。⑦と⑧は左右の脇腹で、ただの丸の囲みはみぞおちを示しているという。

「奇数は左で打つパンチ、偶数は右で打つパンチ、丸はどちらでもいいパンチだ」

佐瀬はそう言うと、もう少し厳密にパンチの種類について述べはじめた。

①と②はストレートで相手の顔の正面を打つ。③と④はフックで顔の側面のこめかみから頬《ほお》にかけてを狙《ねら》う。⑤と⑥はアッパーで顎を突き上げる。⑦と⑧は相手の左右の脇腹をフックかアッパーで打つ。みぞおちだけは狙って打てるものではないから、打てるタイミングで打つことになるので左右どちらと指定はしていない……。

「ペンキが乾くまで縄跳びをしていてくれないか」

翔吾は茫然《ぼうぜん》とサンドバッグに記された数字を眺めていたが、佐瀬にそう言われてスポーツバッグからロープを取り出し、ロープ・スキッピングを始めた。

一ラウンド、二ラウンド、三ラウンド、四ラウンド……。

日差しに照らされた白いペンキがみるみる乾いていくに従って、翔吾の体から汗が滴

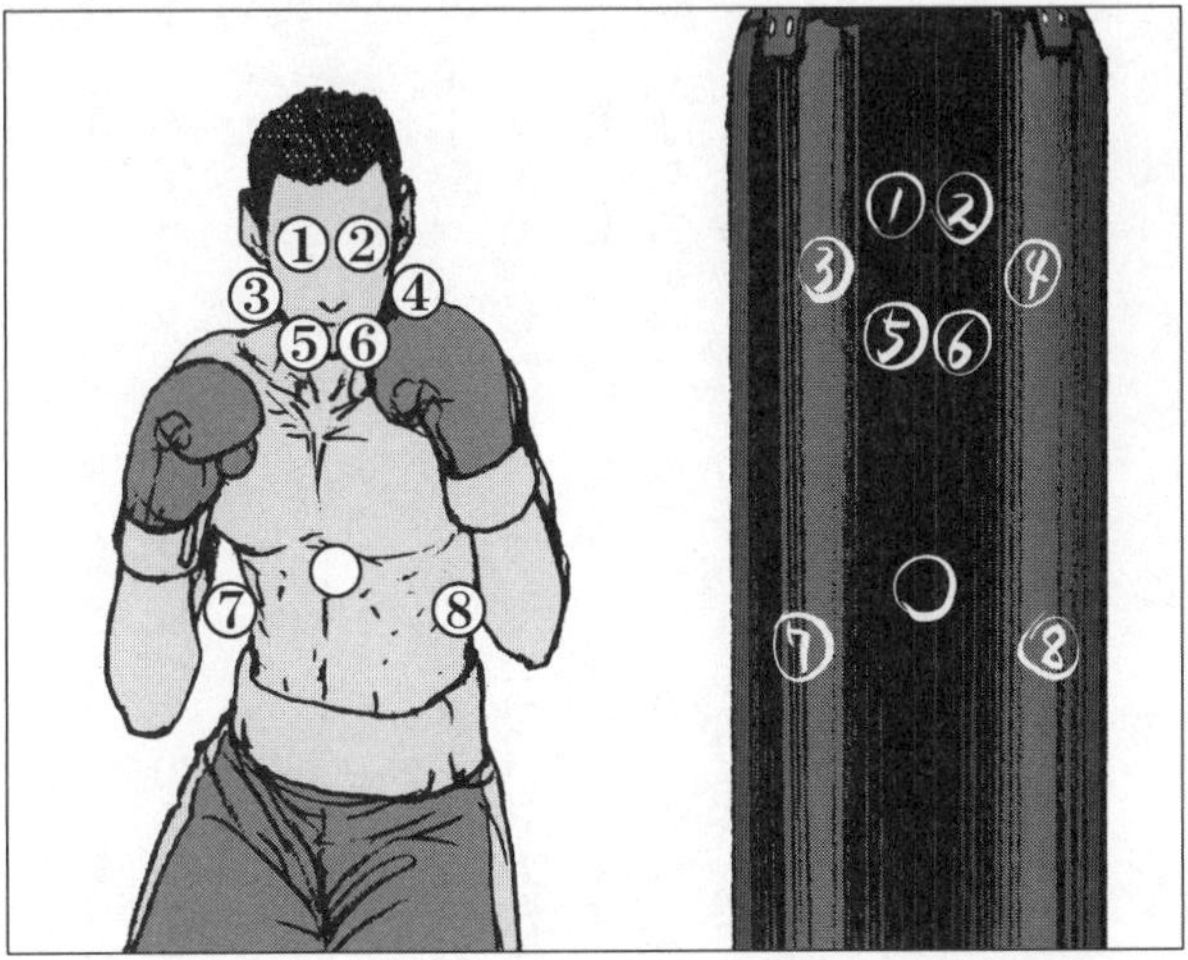
①②
③
④
⑤⑥
⑦
⑧
①②
③
④
⑤⑥
⑦
⑧

り落ちるようになる。

「よし、縄跳びは終わりだ。一ラウンド休んだら、サンドバッグを再開してくれ」

タイマーのブザー音が鳴り、タオルで汗を拭っていた翔吾がふたたびサンドバッグの前に立って打ちはじめた。

今度は、佐瀬によって書き入れられた数字の丸を狙って打つようになった。

「あれはもしかしたら、タイソンの……」

藤原が翔吾の方に眼をやったまま訊ねると、佐瀬が嬉しそうに言った。

「そう、マイク・タイソンを育てたカス・ダマトのパンチのナンバリング法の変形なんだ。ダマトのパンチの種類は少し細かすぎる。タイソンのようなパワーのあるボクサーは別だが、普通は、相手に深いダメージを与えられるのは、顔と腹しかない。あとは硬い骨で守られている。もちろん、肋骨《ろっこつ》の上からでもたとえば心臓にいいパンチを当てれば動きを止めることはできる。しかし、通常そこは相手の左の腕でカバーされている。だから、顔と腹の二カ所を徹底的に、連続的に打てるようにしたいんだ」

そして、独り言のように付け加えた。

「この練習法に相応《ふさわ》しい奴が現れるのを、ずっと待っていたんだ……」

見ていると、数字が書き入れられただけで翔吾のサンドバッグの叩き方が違ってきた。打つ場所が明確になり、パンチも多彩になっている。

五ラウンドが終わり、タオルで汗を拭っている翔吾に佐瀬が言った。

「これから俺《おれ》が数字を言うから、そこを狙って打ってくれ」

タイマーのブザー音が鳴って新しいラウンドが始まると、佐瀬がサンドバッグの前に立った翔吾に号令をかけはじめた。

「一、二！」

翔吾は、顔の正面の①と②と記された部分に左、右と真っすぐにストレートを二発繰り出した。

「三、四！」

頬のあたりの③と④に左と右のフックを叩き込んだ。フックは英語で鉤《かぎ》を意味する。ボクシングにおけるフックとは鉤のような形に肘《ひじ》を曲げて横に打つところから名づけられたパンチだ。

「五、六！」

一歩踏み込むと顎の⑤と⑥の部分に左右のアッパーを下から突き上げた。

「七、八！」

翔吾は上半身を沈め、脇腹に記された⑦と⑧の部分にアッパー気味のフックを叩き込んだ。

「丸！」

誰もがそのままの体勢から右か左でアッパーを打つと思っていると、翔吾は意外な行動に出た。スッと後退して、体を低くすると、左のストレートで相手のみぞおちの○を打ったのだ。

「いいぞ！」

佐瀬が弾《はず》んだ声を上げた。翔吾のアイデアが佐瀬を嬉しがらせたらしい。

だが、すぐに声の調子を元に戻すと、それまでより掛け声のスピードを上げた。

「一二、三四、一四四、一四六……」

翔吾は、サンドバッグの顔の正面にあたるところに左ストレートと右ストレート、側面に左フックと右フック、正面に左ストレート、側面に右フックの連打、正面に左ストレートを打ってから側面に右フックを打ち、さらに同じ右で顎にアッパーを突き上げた。

多少のもたつきはあったものの、ほぼ佐瀬の掛け声どおりにサンドバッグに記された数字のあたりにパンチが放たれた。

続けてもう一ラウンド、佐瀬が数字を言い、翔吾がそこを打つという練習が続けられた。翔吾の体から汗が噴き出し、滴り落ちる様子を、広岡たち三人は黙って見つづけた。

翌日、佐瀬はホームセンターに行き、長いビニール製のロープを買ってきた。それを庭に埋めてある小石のところに張り巡らし、四隅を鉄杭《てつくい》で打ち留めると、リングの輪郭がくっきりと浮き出るようになった。

この日も翔吾は午後二時にやって来た。

シャワー室で着替えると、庭に出て自主的にサンドバッグを吊るしはじめた。砂のサンドバッグを吊るし終えると、ちょうど庭に出てきた広岡に声をかけた。

「一緒に出してもらえますか」

二人で倉庫に行ったが、先に中に入った翔吾が壁に立てかけられている黒い革のサンドバッグを見て、不思議そうな表情を浮かべた。続いて入った広岡もそれを見て驚いた。革の表面に書き込まれていたはずの白い数字が消えていたのだ。揮発性の油で拭き取ったらしく、元通り綺麗《きれい》になっている。

それをポールまで運び、二人で吊るしていると、佐瀬が出てきて翔吾に言った。

「数字は消したけど、頭の中にはあるはずだ。昨日と同じようにやってくれ」

翔吾は、ストレッチから縄跳び、さらにシャドー・ボクシングからサンドバッグへと練習のラウンドを進めていった。

やがて佐瀬が番号を言い、翔吾がサンドバッグにパンチを叩き込むというラウンドになった。最初のうちは番号が消えているため何度かまごつくシーンが見られたが、やがて徐々にぎこちなさが薄らいでいった。広岡にも、翔吾の頭の中にサンドバッグの打つべき場所と数字がくっきりと刻み込まれていくのがわかった。

夜は佳菜子が来るのを待って、いつものようにみんなでカレーを食べることになった。

広岡たち四人は、冷蔵庫からビールの缶を取り出してきて、グラスに注いだ。

「翔吾も飲むか」

藤原が言った。

「俺、酒を飲まないんで」

「このあいだの焼き鳥屋では飲んでたろ」

藤原が言うと、翔吾が苦笑して言った。

「あのときはウーロン茶でした」

「そうか。俺たちの時代も、現役中は飲むなと禁止されているジムの方が多かったけどな」

藤原が弁解するような口調で言うと、グラスを手に持ったまま星が言った。

「真拳ジムは、会長もトレーナーも酒が好きだったんで、野放しだった」

「でも、飲まないにこしたことはない」

佐瀬が生真面目《きまじめ》な口調で言った。

「佳菜ちゃん、ビールを飲んでみないか」

藤原が、みんなのためにスライスしたレモン入りの水を用意してくれている佳菜子に言った。

「わたしも、これにしておきます」

「どうして」

「黒木君が飲まないのなら、ひとりくらい仲間がいなくては」

「俺に遠慮しないで……」

翔吾が言いかけると、佳菜子が言った。

「遠慮じゃなくて、ちょっとした配慮」

「遠慮と配慮は、やっぱり違うか」

藤原が笑いながら言った。

「……なんて、もともと飲めないんです。車で来てますから」

広岡はそのやりとりを聞きながら、佳菜子が「黒木君」と呼びかけると、自分の心のどこかが反応するのに戸惑っていた。それはかつて真田の娘の令子が広岡に呼びかけていた「広岡君」という声の響きを思い出すからかもしれなかった。

その夜も、駅まで佳菜子の車で送ってもらうことになった翔吾に藤原が言った。

「佳菜ちゃんに悪さをするなよ」

いつもと同じ台詞《せりふ》を飽きずに投げかける藤原に広岡たち三人が思わず苦笑すると、翔吾がおかしそうに声を出して笑った。

そのとき、広岡は、初めて翔吾の笑い声を聞いたことに気がついた。それは、普段の話し声とは異なり、軽い響きの、澄んだ笑い声だった。

佳菜子と翔吾が広間を出ていったあとで、もしかしたら、藤原のこの言葉が、逆に二人の仲を接近させることになるかもしれないなと、理由もなく広岡は思った。

2

次の週の土曜日も、翔吾は午後二時頃にやって来た。

佐瀬が指示した練習のメニューは前の週と同じだった。

ストレッチ、縄跳び、シャドー・ボクシング、そしてサンドバッグ。

翔吾は、数字の消えた黒いサンドバッグに向かい、そこにいまなお数字が書かれているかのように正確にパンチを当てた。

①②、③④、⑤⑥、⑦⑧、さらに○のみぞおちと、一通りパンチを叩き込むと、軽くステップを踏みながら打つ場所を目まぐるしく変えてパンチを放ちつづけた。

①②、③④④、①②①、③④、⑤⑤⑥、①②、⑦⑧……。

ひとりで打つラウンドが終わり、佐瀬が口にする数字に合わせてサンドバッグを打つラウンドに入っても、まったく滑らかな動きでパンチを叩き込んでいる。それは前の週までのどこかぎこちなさの残った動きとは別人のようだった。

この一週間、どこかで練習を続けていたのかもしれない、と広岡は思った。そうとでも考えなければ、とても追いつかない進歩だった。しかし、ジムはやめているという。どこで練習をしているのだろう。

サンドバッグが終わると、一ラウンドの休憩時間に佐瀬が倉庫からパンチング・ミットを取り出してきた。パンチング・ミットとは、トレーナーが両手にはめて、ボクサーのパンチを受けるためのものだ。

佐瀬はそのミットをはめると、次のラウンドから翔吾のパンチを受けはじめた。

「一、二、一、一、四、三、四、四、六、六、三、四……」

数字を言いながらミットを出し、そこに翔吾がパンチを叩き込む。翔吾の放つパンチも、サンドバッグに対する重いパンチとは違い、生身のボクサー相手に放つパンチに近いキレが出ている。

以前、久しぶりに訪れた真拳ジムで行われているのを見たときにも感じたことだったが、広岡の眼にはこのミット打ちが新鮮に映った。

真拳ジムのトレーナーの白石は、このパンチング・ミットをまったく使わなかった。教えるときは素手だった。だから、広岡たちは思い切りパンチを叩き込んだりすることはできず、白石が出した手のひらに軽く当てるだけの、いわば寸止めをするというのが約束事になっていた。パンチの型の習得や足の運び、そして悪い癖の矯正などについては白石とのマンツーマンでの寸止めのラウンドで学ばせ、あとは徹底的にスパーリングをさせることで学び取らせていくというのが真拳ジムの練習法だった。

ロサンゼルスでついたトレーナーのペドロ・サンチェスもパンチング・ミットを使わなかったので、広岡にはまったくミット打ちの経験がなかった。

ぼんやり眺めていると、二ラウンドが終わり、肩で息をつくようになった佐瀬がいきなり言った。

「仁、交代してくれないか」

広岡は、心臓に無理がかからないかなと一瞬思いかけたが、翔吾のパンチを受けてみたいという気持の方が勝った。

「番号はいいから、好きなところにミットを構えてくれ」

佐瀬は広岡にパンチング・ミットを渡しながら言った。

ミットをはめて翔吾と向かい合った広岡は、戸惑いながら右手を肩のあたりに構えた。そこにスパッと翔吾の右ストレートが飛んできて、ミットが弾《はじ》かれてしまった。

佐瀬は難なく翔吾のパンチを受けていたが、実際に自分がやってみると、意外に難しいことがわかった。

ミットの構え方やパンチの受け方だけでなく、ミットを出すタイミングにも巧拙がある。タイミングが遅かったり早かったりすると、グラヴがミットを弾く音がくすんだり湿ったりする。構える方と打つ方のタイミングがぴったり合うと、グラヴとミットが鋭く乾いた音を立てる。

しばらくすると少しずつ慣れてきて、鋭く乾いた音が出るようになった。ピシッ、ピシッ、パチーンと響くようになったのだ。

翔吾のパンチはさほど重くはないがスピードとキレがある。会心のタイミングで打ち抜かれると、腕ごと体を飛ばされるような衝撃を受ける。

パンチは、打ったらすぐ腕を引かなくてはならない。引かないと次のパンチが打てないだけでなく、相手のパンチを防ぐこともできない。しかし、稀《まれ》に、止《とど》めの一発というように打ち抜くパンチを放つことがある。それが相手をノックアウトするパンチになることもあれば、逆にカウンターを食らって倒されることにもつながる。

翔吾に、何発かその打ち抜くパンチを浴びているうちにミットをつけた手のひらが痺《しび》れてきた。しかし、それが心地よい。

二ラウンド受けると、翔吾以上に広岡の体が汗びっしょりになってきた。だが、それもまた久しぶりの気持のよい汗だった。

「あとは次郎に頼む」

広岡が藤原にミットを渡して頼んだ。

藤原もミットを受けるのは初めての経験らしかったが、徐々に慣れるに従って、独自の打たせ方をするようになった。佐瀬や広岡に比べて、アッパーを多用させるようになったのだ。

二ラウンドが終わる頃には藤原も汗だくになっていた。

「次はキッドだ」

ミットを星に渡しながら藤原が言った。

星は広岡や藤原より素早く要領を呑《の》み込み、ミットからいい音を出させながらパンチを受けている。翔吾も気持よさそうにそのミットにパンチを叩き込んでいる。星はミットを低く構え、何度もボディーを打たせながら、翔吾のフックの打ち方を観察しているようだった。

四人が交代しながら受け手となったミット打ちが合計八ラウンドに達すると、佐瀬が翔吾に言った。

「これでいい。あとはゆっくりクール・ダウンして終わりにしろ」

翔吾は入念にストレッチをすると、広岡に手伝ってもらって二つのサンドバッグを倉庫にしまった。

夕食は広岡が手早く作った薄切り牛肉のステーキを五人で食べた。

すき焼き用だという薄切りの牛肉に塩と胡椒《こしょう》をまぶしてフライパンで軽くあぶり、ポン酢をかけた大根おろしで食べる。その付け合わせとしては、夏野菜を練習の前に大量に蒸してあった。

「おいしいですね」

翔吾は何度も言って、肉と野菜を口に運んだ。しかし、よく見ていると、空腹なはずなのにかなり控え目に肉を食べている。遠慮しているのだろうか。あるいは、体重のことを気にかけはじめているのかなと広岡は思った。

食事のあとも、翔吾は四人の昔話にさほど無理をしているというふうもなく付き合ってくれ、午後十時過ぎに帰っていった。

翔吾が帰り支度をしているとき、広岡の口から出かかった言葉がある。明日もまた来ることになる。面倒だから今夜はここに泊まっていったらどうか、と。

翔吾と出会った夜、帰りが遅くなった佳菜子も泊めることになった。そのとき佳菜子には、寝間着として、広岡が買い置いてあったパジャマを使うよう渡した。すると、次の週の日曜に来たとき、持って帰ったそのパジャマを洗ってアイロンをかけた状態で返してくれた。広岡がどこか適当なところに置いておいてくれと頼むと、翔吾が泊まった二階の部屋のクローゼットにしまった。佳菜子も、翔吾がまた泊まることがあると見越していたのかもしれなかった。

しかし、ついに広岡は翔吾に泊まっていかないかと勧めることはなかった。そのようにして関係を深めていってしまうことにある種のためらいがあったからだ。

翔吾が帰ってしまうと、広間が急に寂しくなったように感じられた。

「さあ、俺たちも早く寝るとするか。疲れがたまるといけないからな」

藤原が冗談めかして言ったが、佐瀬はその言葉どおりすぐに二階の自室に上がっていってしまった……。


それからというもの、広岡たち四人は、週末が来るのをどこか心待ちにするようになった。少なくとも広岡は、一週間が翔吾とのトレーニングのある土曜と日曜を中心に廻っているような気さえするようになってきた。

翔吾は見る見る変化していった。一週ごとに、というより、一日ごとに変化していく。そして、自分が変化しているということを自覚することで、ボクシングだけでなく、立ち居振る舞いにまで潑剌《はつらつ》としたものが滲《にじ》むようになってきた。それが広岡たち四人にもわかり、気持を弾ませてくれている。

翔吾が姿を現し、着替えるためにベランダから二階のシャワー室に上がっていくと、四人は庭に出て、おのおの軽くストレッチをするようになった。

翔吾がトレーニング・ウェアーを着て庭に降りてくると、広岡と二人で倉庫からサンドバッグを運んできてポールに吊るす。

そこから翔吾の練習が始まるのだが、最後のミット打ちは四人が交代で二ラウンドずつ受けるのが決まりのようになっていった。そして、そのミット打ちのラウンドで翔吾にどのように打たせるか、四人がそれぞれに工夫をするようになった。

佐瀬は連打のときのスピードを上げさせるように、藤原は接近戦のときの踏み込みを深くさせるように、星はストレートとフックの打ち分けが正確にできるように、そして広岡は左のパンチが右と同じようにスムーズに打てるように、徹底して打たせようとした。

広岡は、自分だけでなく、他の三人も、ミットでパンチを受けることで、それぞれがそれぞれに翔吾と会話をしているように思えた。そして、その会話を密かに楽しんでいる……。

ある朝、四人で散歩していた。

秋の気配が漂うようになって、全員で朝食前に多摩川沿いの土手を散歩するようになっていたのだ。

歩きながら佐瀬が遠慮がちに言った。

「……俺たちも走ったらどうだろう」

「俺たちが？」

藤原が訊き返すと、星が冷淡に言った。

「無理だろう」

「もちろん土手の斜面を走るのは無理だ。そうじゃなくて、普通のランニングだ」

佐瀬の言葉に、しばらく考えていた藤原が意外な反応を示した。

「そうだな……いいかもしれない。こちらも少しは体を鍛えておかないと、あいつのパンチを受け切れなくなりそうだ」

広岡は三人のやりとりを黙って聞いていた。自分は、去年、心臓発作を起こしてからというもの、激しい動きを避けるようになっている。いまの自分に長時間のランニングが可能かどうか、自分の心臓がそれに耐えられるのかどうか、よくわからなかった。

半月ほど前、ひとりターミナル駅の構内を歩いていて、不意に胸が苦しくなった。急いで、駅のベンチを探し、そこに座って常に持っている小さな瓶《びん》からニトログリセリンを一錠取り出し、舌の下に含んで眼を閉じた。やがて、胸の苦しさは鎮まり、恐る恐る電車に乗り、家に戻った。

「仁はどう思う」

星が訊ねてきた。

「そうだなあ……」

走ったりすると、心臓に負荷をかけ過ぎることになるかもしれない。しかし、みんなが走るというなら、一緒に走ってもいいかもしれない。運動も少しくらいなら問題ないと医師も言っていたような気がする……。

広岡が頭の中で思いを巡らせていると、星が話を打ち切るように言った。

「無理に走ることはない」

それを聞いて、自分が走らないと三人も走らないということになるかもしれない、と広岡は思った。

「いや、どんな格好で走ればいいか考えていただけだ」

広岡が言うと、藤原が笑いながら言った。

「いまさら誰が見ているわけでもあるまいし、ステテコ姿でもいいくらいだ」

翌朝から、四人は思い思いの格好で多摩川の土手を走るようになった。

広岡は、最初のうちこそ自分の心臓に訊ね訊ねするようにして走っていたが、特に問題はないようだった。やがて走ることが楽しくなってくると、むしろ心臓の近くの血管が気持よく流れるような気がしてきた。

土曜日、いつものように翔吾が午後二時近くに来て、トレーニングを始めた。

翔吾は黙々とトレーニングのメニューを消化し、ミット打ちのラウンドに入った。

佐瀬がミットで翔吾のパンチを受けていると、もう九月も下旬になるというのに、まるで真夏のような黒い積乱雲が空を覆いはじめた。やがて、稲光が走り、爆音のような雷鳴が轟《とどろ》くようになった。

「夕立が来るな」

藤原の言葉が終わるか終わらないかのうちに雨が降り出し、たちまち激しい降りになった。翔吾と広岡が、慌てて黒いサンドバッグをポールからはずし、倉庫にしまった。

しかし、一瞬のうちに全員がずぶ濡れになってしまったので、そのままミットを使ってのパンチングを続けることにした。

佐瀬の掛け声が聞こえないほどの激しい降りだ。それでもなおトレーニングを続けていると、近くに落ちたらしい雷の凄《すさ》まじい音に全員が飛び上がった。

そんな自分たちの姿がなんだかおかしくて、藤原が笑い出すと、それが次々と伝染し、やがて笑いが止まらなくなってしまった。

さすがに途中で練習を切り上げ、順番にシャワーを浴びて、テーブルについた。

雨に濡れ、シャワーを浴び、全員が海水浴から帰ったときのような、上気した顔つきをしている。食事のだいぶ前だったが、四人はビールを飲みはじめた。

おいしいビールだ、と広岡は思った。

ひとりだけ、まさに喉《のど》を鳴らすようにして水を飲んでいた翔吾が、コップを飲み干すと、ふうっと息をついてつぶやいた。

「試合が……」

そして、そこで言葉を切り、しばらくしてあとを続けた。

「したいな……」

「したいか」

藤原が訊ねた。

翔吾はうなずいた。

「見たいな、翔吾が戦うところを……」

佐瀬が言った。

「試合か……」

広岡がつぶやくと、星が力のこもった口調で言った。

「いいな、翔吾に試合をさせよう」

3

月曜日の夕方、広岡は真拳ジムに続く駅前の通りを歩いていた。

七月にチャンプの家に引っ越してからというもの、一度も来ることがなかった。

真田会長の墓参りをした折、会長の跡を継いだ令子のところに四人揃《そろ》って挨拶《あいさつ》に行こうという話はしていたが、平日は藤原の仕事の都合で行くことができず、土曜と日曜は思いがけないことから翔吾のトレーニングに付き合うようになり、タイミングを逸しつづけていた。

しかし、前日の日曜の夜、翔吾が帰ったあとの四人の話し合いの結果、広岡が真拳ジムに行かざるをえなくなったのだ。

その話し合いの中で、星が翔吾に試合をさせてやろうと言い、佐瀬はもちろん、藤原も賛成した。広岡は賛成しなかったが反対もしなかった。それが翔吾にとっていいことかどうかはわからなかったが、やはり広岡もどこかに翔吾の戦う姿を見てみたいという思いがあった。無限の可能性を秘めているかに見える若者が、自分たち四人の「ボクシング」を吸収している。四人はそれぞれ異なるボクシング観を持っている。それは異なるボクサー観を持っているということだが、それぞれの理想のボクサー像を翔吾に託そうとしている。翔吾はそれを受けて、まさに乾いた大地が水を吸い込むようにボクシングを吸収し、急速に「ボクサー」になりつつある。

翔吾によればすでにジムをやめているという。その翔吾に試合をさせるためにはどこかのジムに所属させなければならない。

では、どこのジムに翔吾を引き受けてもらうか。

それは考えるまでもなく真拳ジムしかなかった。真拳ジムから翔吾が属していたという平井ジムに話を通してもらい、了解を得られたら移籍の手続きを取る。そう結論が出たとき、三人が広岡の顔を見た。

広岡も仕方なく言うほかなかった。

「それなら、自分がお嬢さんのところに行って、相談してみよう」


真拳ジムに続く駅前の商店街を歩かなくなってまだ三カ月しか経っていないのに、広岡には妙に遠い街のように感じられた。

やがて「真拳ジム」の看板が掲げられているビルに着くと、エレベーターに乗って三階で降りた。

ガラスで仕切られたジムの中では、すでに七、八人の若者が練習をしていた。

広岡が扉を開けて入っていくと、すぐに気がついたトレーナーの郡司《ぐんじ》が挨拶をしてくれ、事務室に声をかけた。

「会長、広岡さんがいらっしゃいました」

事務室から出てきた令子が、広岡の顔を見て、いくらか弾んだような声を出した。

「あら、久しぶり」

「ご無沙汰して、申し訳ありません」

広岡が頭を下げると、令子が首を振って言った。

「謝るほどのことじゃないわ」

「いろいろ、思いがけない展開になってしまって」

すると、令子がいつもの悪戯《いたずら》っぽい笑顔を浮かべて言った。

「聞いているわよ。みんなで一緒に暮らしているんですって？」

「ご存じでしたか」

「進藤さんが、わけありの家を借りてくれて助かったと喜んでいたわ」

「四人で挨拶に行こうと話していたんですけど、順序が逆になってしまって……」

その口ぶりから、ただの訪問ではないことを察知したらしい令子が訊ねた。

「何か用？」

「実は……」

広岡はそこで言い淀《よど》んでしまったが、単刀直入に話すことにした。

「実は、ひょんなことから若いボクサーの面倒を見ることになりましてね」

「面倒を？」

「みんなでボクシングを教えることになったんです」

「広岡君たちが？」

「ええ。ボクシングを教えてくれというんで、家の庭で教えているんです」

広岡が庭でボクシングを教えていると言うと、令子が不思議そうな声を出した。

「庭で？　ボクシングを？」

「そうなんです」

「青空教室？」

笑いを含んだ令子の言葉に広岡は苦笑せざるをえなかった。

「まあ、そんなところです」

「それが？」

「なんでも、そいつはプロのライセンスを持っているということなんですけど、以前いたジムをやめてしまっているらしいんです。それで、真拳ジムに所属させていただけないかと」

「名前は？」

「黒木翔吾というんですが……」

広岡が名前を口にすると、令子が驚いたような声を上げた。

「それって、ライト級の高校三冠のホープじゃない」

「ご存じですか」

「だって、あの子は、いずれうちの大塚の東洋太平洋のタイトルに挑戦してくるだろうと思われていたんですもの」

令子はそう言うと、リングに視線を向けた。その視線の先には、若いトレーナーとミット打ちをしている大塚の姿があった。

翔吾がそれほどの有望株と見なされていたとは知らなかった。広岡がつい翔吾と見比べるような眼で大塚を眺めていると、令子がいくらか断定的に言った。

「でも、あの子なら、黒木さんが手放すはずがないわ」

「黒木さん？」

広岡が訊き返した。

「平井ジムの会長よ」

今度は広岡が驚く番だった。

「翔吾は、ジムの会長の息子だったんですか？」

「知らなかったの」

そうだったのか。翔吾はボクシング好きのアマチュアの父親の手で育てられたのだとばかり思っていたが、ジムを経営するボクシング関係者の息子だったのだ。

「そうでしたか……でも、ジムはやめたと言ってました。それで、自分たちにボクシングを教わりたいと」

広岡が言うと、令子が首をかしげた。

「だけど、あの子は手を痛めて休んでいるんじゃないの？」

「いえ、手はまったく痛めてません」

「不思議ね」

広岡もどういうことだろうとしばらく考え、それから言った。

「もしかしたら、それは平井ジムから意図的に流されたものかもしれないですね」

「どういうこと？」

「翔吾は……黒木翔吾はもうボクシングをやるつもりはなくなって、ジムの会長に……父親とは知りませんでしたけど……リングにはもう上がらないと言っていたみたいなんです。ジム側はそれをカモフラージュするために手を痛めたという噂《うわさ》を……」

「そうだったの……それで、広岡君たちはあの子を移籍させたいと思っているのね」

「ええ」

「まず無理だと思うけど、万一うちに移籍できたら、どうしたいの」

「すぐにも試合をさせたいんです」

「一年近くもブランクがあるのに？」

「どうしてそんなことを？」

「それはそうよ。大塚のライバルのひとりとして気をつけて見ていたから」

「ブランクはまったく感じさせません。自分たちが見るようになってたった一カ月ですが、いつ試合が決まっても困らないだけの体に仕上がっています」

「ほんと？　それは凄《すご》いわね」

「それに、翔吾はライト級からウェルター級にクラスを上げるつもりなので、大塚と戦うことはありません」

かつて広岡たちのデビューした頃は、ウェイトによって十一のクラスに分かれていた。

ヘビー級
ライトヘビー級
ミドル級
ウエルター級
ライト級
フェザー級
バンタム級
フライ級

この基本の八つのクラスのあいだに三つの中間クラスが設けられていたのだ。ミドル級とウェルター級のあいだにジュニア・ミドル級、ウェルター級とライト級のあいだにジュニア・ウェルター級、ライト級とフェザー級のあいだにジュニア・ライト級の三つだ。

ところが、現在では、ヘビー級とライトヘビー級のあいだ、ライトヘビー級とミドル級のあいだ、フェザー級とバンタム級のあいだ、さらにはバンタム級とフライ級のあいだにも中間クラスが設けられているばかりか、フライ級の下もさらに細分化されて二つもの階級ができている。

それだけでなく、かつて中間クラスの名は「ジュニア」という名をつけて重いクラスの名前を借りていたものが、それぞれ「スーパー」と名前を変え、軽いクラスの名をつけるようになった。

つまり、ウェルター級とライト級の中間クラスとして設けられていた「ジュニア・ウェルター級」は、ウェルターの名を捨て、「スーパー・ライト級」となったのだ。ウェルター級より軽い「ジュニア」ではなく、ライト級より重い「スーパー」だと。ウェイトのリミットは以前と変わらないが、「ジュニア・ウェルター級」より「スーパー・ライト級」の方が、なんとなく強そうに感じられるからかもしれない。

真拳ジムの会長の真田は、広岡たちがその中間のクラスでデビューすることを喜ばず、多少無理をしてもジュニア・フェザーではなくフェザーで、ジュニア・ウェルターでなくウェルターで出ることを望んだものだった。広岡たちが、翔吾からライト級からスーパー・ライト級を飛ばしてウェルター級に上げたいと言われたときもあまり強く反対しなかったのは、真田の好みをどこかで受けついでいたからかもしれない。

翔吾がライト級からウェルター級にクラスを上げるつもりだと言うと、令子が不思議そうに言った。

「あら、偶然ね」

「………？」

「うちの大塚もライト級からクラスを上げたの。ライト級の東洋太平洋のベルトを返上して、七月にスーパー・ライト級で試合をしたのよ」

日本に帰ったばかりの広岡が、偶然、後楽園ホールで試合を見ることになった大塚が、ライト級からスーパー・ライト級にクラスを上げたという。

「フィリピンから世界七位のランカーを呼んでね。判定だったけど圧勝したのでいきなり世界六位になったの。そこで今度こそ世界に挑戦させたいと思ってね。ライト級ではチャンスを作ってあげられなかったけど、なんとかスーパー・ライト級では世界戦をさせてあげようって」

「そうでしたか……」

「そうなの。黒木君なら、ちょうどいいスパーリング・パートナーになってくれるかもしれないわね」

令子はそこまで言ってから、急に思いついたように訊ねてきた。

「でも、どうして広岡君たちが？」

「いろいろあって……」

広岡が口を濁すと、令子はさっぱりとした口調で言った。

「そう。わかったわ。難しいと思うけど、今週末に後楽園で試合があるから、そのとき会場で黒木さんに話をしてみるわ。きっと見にいらっしゃるでしょうから」

「よろしくお願いします」

広岡は、チャンプの家に引いた固定電話の番号を残し、ジムを後にした。

4

その週の土曜日も翔吾はチャンプの家に午後二時にやって来て、トレーニングが開始された。

いつものメニューをいつものようにこなし、四人が交代で受け手となる八ラウンドのミット打ちが終わった。

練習を終え、シャワーを浴びたあと、広岡たち四人はビールを飲みはじめた。

途中で広岡が席を立ち、キッチンでつまみを作って、テーブルに出した。豆腐の上にザーサイと刻んだネギをのせた、中華風冷や奴とでも言うべきものだった。

「これでしばらく飲んでいてくれないか」

広岡はそう言い残すと、またキッチンに向かった。

「仁はもう飲まないのか？」

星が広岡の背中に向かって訊ねた。

「夕飯の準備をする」

「手伝おうか」

広岡は振り向き、立ち上がろうとする星を制して言った。

「今夜は簡単なものだから大丈夫だ」

それから二、三十分ほどすると、キッチンの広岡が広間にいる翔吾に呼びかけた。

「翔吾、この皿を出してくれないか」

翔吾がキッチンに入ってきて、調理台に並んでいる五つの皿を見て、声を上げた。

「これが簡単なものなんですか？」

皿には、焼き目のついた骨付きの鶏のもも肉に薄茶色のソースがかかり、ブロッコリーとポテトとグラッセしたニンジンが付け合わせとして添えられている。

「とても簡単だ。少なくともカレーよりやさしい」

「カレーより？」

翔吾が不思議そうに訊き返した。

「カレーはタマネギを死ぬほど炒《いた》めなくてはならない」

「これは？」

「フライパンで鶏肉を焦げ目がつくまで焼く。そこにレバーと香味野菜を小さく切ったものを入れて白ワインで煮込む。そのあいだに付け合わせの野菜の準備をする。しばらくして鶏肉を引き上げたら、残った煮汁を漉《こ》したものに小麦粉とバターを入れて少し滑らかにする。最後に生クリームを入れて味を調《ととの》えたら、皿にのせた鶏肉にそのソースをかけて、付け合わせの野菜を並べたら終わりだ。簡単だろう」

「ええ……でも、何も見ないで、そんな料理が作れるものなんですか」

翔吾が、キッチンを見渡し、料理の本やレシピが記された紙のようなものがどこにもないのを確かめて、訊ねた。

すると、広岡が笑いながら言った。

「一回目はレシピを見ながら作る。二回目はわからないところだけ見て作る。三回目はできるだけレシピを見ないで作る。四回目は記憶のままに好きなように作る。それでその料理はその人のものになる」

翔吾が嘆声を洩《も》らした。

「広岡さんは何でもできるんですね」

「何でもは、できない」

広岡が笑みを浮かべたまま言った。

「でも、このあいだ、シャツに上手にアイロンをかけているところを見ました」

四人が共同生活をするようになって、家事分担もはっきりしてきた。夕食は広岡と星が作る。必要な野菜の多くは佐瀬が家庭菜園で作ってくる。藤原は、あまりやることがないからと、週に一回、全館に掃除機をかけることを引き受けるようになった。各自の部屋の中だけはそれぞれが好きなタイミングで掃除機をかけるが、それ以外のところは広間も玄関ホールも階段も二階のフリースペースも、すべて藤原が掃除する。

あるとき、掃除機をかけている藤原に星が自分の部屋にもかけてくれないかと頼んだ。そして、冗談めかして「百円！」と声を上げると、藤原も「よし！」と笑いながら引き受けた。

以来、佐瀬も、百円で藤原に掃除機をかけてもらうことを頼むようになった。

それが念頭にあったのだろう。アイロンをかけている広岡に、今度は藤原が長袖《ながそで》のシャツのアイロンかけを頼むとき、やはり「百円！」と付け加えた。広岡は、金は要らないと言いかけたが、みんながその百円のコインのやりとりを楽しんでいるらしいことに気がつき、素直に貰《もら》っておくことにした。

この広岡のアイロンかけにも、それ以来、誰かが一枚頼むごとに百円払うことになった。そうすることで頼みやすくなったのか、星も佐瀬も広岡のところにあれこれと持ってくるようになった。

翔吾が見たというのも、あるいは誰かのシャツのアイロンかけをしていたときかもしれなかった。

「アイロンはかけられた方がいいし、料理は作れる方がいい。おまえはできるか」

広岡が言うと、翔吾は首を振った。

「自分も、おまえくらいのときは何もできなかった。カレーを作る以外はな。でも、アメリカでひとりで生きていくうちに少しずつできるようになった」

「…………」

「真拳ジムの亡くなった会長は、なぜボクサーがトレーニングをするのか、それはリングの上で相手より自由になるためだ、と常に言っていた」

「自由になるために……」

「そう、料理もアイロンかけも、ボクシングのトレーニングと同じだ。家事が難なくできれば、日常というリングで自由に振る舞えるようになる」

「…………」

「自分はまともにやらなかったが、勉強というやつも同じなんだろう。家で勉強しておけば、教室で自由に振る舞えるようになる。何でもそうだ。トレーニングというやつは、そこで輝きたいと思っているリングで自由になるためにするんだ」

「…………」

「さあ、冷たくならないうちにこの皿を出してくれ」

翔吾を含めた五人の夕食が済んだ。しかし、その夜は、料理に使った白ワインの残りを飲み、さらに一本開けた安物の赤ワインを飲みながら話が続けられた。

その場で広岡は、翔吾に、平井ジムからの移籍の交渉を真拳ジムに依頼したことを伝えた。

「仁に聞いたけど、おまえ、ジムの会長の息子だったんだってな」

藤原が言うと翔吾が黙ってうなずいた。

「どうして親父さんのジムが嫌なんだ？」

佐瀬が翔吾に訊ねた。

「親父は……俺を日本最速のスピードで世界チャンピオンにしたいと望んでました。二十歳までに六戦か七戦やってタイトルを取らせるということを目標にしていたんです。親父はフライ級より軽いクラスをほとんど認めていなかったから、バンタム級の辰吉丈一郎が持つ八戦目の二十一歳という記録を破ろうというのが口癖でした。だけど、俺はそんなことにはまったく興味がなかった。最速だの、何階級制覇だのという記録には意味がないと思っていたからです。強い相手をひとりずつ倒していって、倒す相手がいなくなったら自然と世界チャンピオンになっている。体が大きくなってしまったら階級を上げて、また強い奴とやっていく。それでいいはずだと言ったけど、親父は聞く耳を持たなかった。記録は一生ついてまわると言って……」

「そうか……」

佐瀬がいつものように翔吾の言うことを柔らかく受け止めながらうなずいた。

そのとき、不意に電話のベルが鳴った。

携帯電話の音ではなく、広岡が携帯電話を持っていない藤原のために引いたといってよい固定電話のベルだった。

藤原が使う以外ほとんど利用されていない電話なので、全員が少し驚いた表情を浮かべた。しかし、広岡は、もしかしたら令子からかもしれないと思った。

広岡が立ち上がってサイドテーブルに置いてある電話の子機を取り上げて出てみると、予想どおり令子の声が聞こえてきた。

「広岡君？　ついさっき、後楽園ホールで黒木さんとお会いしたから、思い切って話してみたの」

令子によると、翔吾の移籍話を切り出すと、平井ジムの会長の黒木は、意外にも頭ごなしに拒否したりせず、じっくり聞いてくれたという。しかも、いまは翔吾のことを広岡たち四人が面倒を見ているらしいと付け加えると、逆によろしく頼みたいくらいだと頭を下げられたのだという。

電話口の向こうで、令子のいくらか興奮したような口調の話が続けられた。

「黒木さん、息子さんのことは、半ば諦《あきら》めていたらしいの。もう二度とリングに立つことはないだろうって。もういちどボクシングの世界に戻って試合をしてくれるのなら、どこのジムから出てもかまわないと言うの。その言葉からは、ジムの会長としてではなく、父親の息子に対する切実な思いが感じられたわ」

「そうでしたか……」

広岡はそこで言葉を途切れさせてしまった。会ったこともない黒木という人物の複雑な心のうちを思いやると、嬉しいとか、よかったとかというようなはしゃいだ言葉を口に出すことはできなかったのだ。

「最近、黒木君が見違えるように変わったのが不思議だったけど、理由がわかって安心したともおっしゃってたわ」

「いろいろありがとうございます。それで、翔吾を引き受けていただけますか」

「もちろんよ。喜んで」

そうと決まれば、次は試合だ。広岡がそのマッチメークを頼もうと思っていると、令子が軽い口調で付け加えた。

「それはそうと、このあいだ、黒木君に試合をさせたいと言ってたでしょ」

「ええ」

「黒木さんとの話が終わると、石坂ジムの会長さんが待ち構えたように声をかけてきてね。うちの大塚と、石坂さんのところの山越《やまこし》君とやらせてくれないかというのよ」

広岡は、後楽園ホールの狭い通路で、ジムの会長たちが立ち話をしながら情報交換をしている姿を思い浮かべた。

「山越君というのはスーパー・ライト級の東洋太平洋チャンピオンなんだけど、来月末に予定されていたタイトルマッチがタイの挑戦者の怪我《けが》で流れそうになっているんですって。よほど切羽詰まっているらしくて、うちがそんな急な話に乗ってこないのはわかっていても、声だけはかけてみようということだったみたい。丁重にお断りしたんだけど……」

令子によれば、石坂ジムの提案を断ったあとで、ふと翔吾のことを思い出したのだという。

「山越君は、もしうちの大塚とやって勝てば世界ランクの上の方に行かれるという大きなメリットがあるけど、こちらはもう目標は世界しかないので東洋太平洋のタイトルは必要ない。だから、たとえ充分な準備期間があっても戦わせる意味がないの。でも、お断りした瞬間、ふと大塚の代わりに黒木君ではどうだろうと思ってね。ライト級からウエルター級に上げたいということだったけど、少し無理をすればスーパー・ライトくらいまでなら落とせるかもしれないでしょ。石坂会長に黒木君がうちに移籍することになったことを話して提案すると、とても興味を示してね。山越君は、試合と試合のインターバルが空きすぎて困っているらしいの。それに黒木君は一年近くブランクがあるでしょ。そんな選手が階級を上げるというのはよっぽど肉体的に問題を抱えているのだろう。あるいは拳を痛めているという噂は本当かもしれない。もしそうなら、山越は軽く勝つことができそうだ。それでも黒木君には高校三冠で七戦七勝という人気はまだあるからチケットは売れるにちがいない。とっさにそう計算したみたいで、ノンタイトル戦でどうかというのよ。十月末までは一カ月しかないけど、どうかしら。もちろん、急すぎるから、やはり無理でしたと断るのは簡単よ」

「いや、むしろそれはありがたいですね」

広岡は、思いがけないほど早くチャンスが訪れたことを、翔吾のためというより、藤原たち三人のために喜んだ。

いずれにしても、東洋太平洋のチャンピオンがコンディション維持のために軽い対戦相手を探している、ということらしい。

「山越というのはどんなボクサーです」

広岡が訊ねると、令子は即座に答えた。

「スピードはないけどスタミナはあるの。一発当たれば、相手をダウンさせるパンチはあると思うけど、黒木君が以前のスピードをまだ持っていれば打たれないと思う」

「それでは、翔吾に話してみます。いろいろありがとうございました」

広岡が令子からの電話を切ってテーブルに戻ると、翔吾の眼が輝いている。電話のやりとりを聞いて、話の筋はあらかた呑み込めたのだろう。

「移籍は、オーケーになったんだな」

藤原が広岡に念を押すように訊ねた。

「平井ジムの会長が、よろしく頼むと頭を下げたそうだ」

広岡が答えると、星が冗談ぽく言った。

「それはなかなかできた会長だ」

「翔吾の話より、よさそうな親父だな」

藤原はそう言い、翔吾に向かっていくらか非難するような調子で言った。

「おまえ、少し話を盛って、親父を悪役にしすぎてないか」

「そんな……」

翔吾が当惑したようにつぶやいた。

「それで、試合の話はどういうことになったんだ」

佐瀬が話を元に戻して広岡に訊ねた。

「来月末に、スーパー・ライト級の東洋太平洋チャンピオンがノンタイトル戦をやりたがっている」

「なんていう奴だ」

星が訊ねると、広岡が答える前に、翔吾が口を開いた。

「山越……ハヤト。カタカナでハヤト」

「ハーフかなんかなのか？」

藤原が訊いた。

「いえ、バリバリの日本人です」

「まあ、一種のリングネームなんだな。それで、そいつのこと、知ってるのか」

翔吾は星の言葉にうなずいてから、何かを読み上げるような調子で言った。

「十七戦十五勝二敗」

「どういう奴だ」

藤原がシンプルに訊ねると、翔吾は一瞬どう説明しようか迷ったようだった。

そこで広岡が令子から聞いた話をした。

「スピードはないがパンチはあるということだ。典型的なファイタータイプのボクサーらしい」

すると、星が言った。

「そいつの試合ぶりを見てみたいな」

「どこかでビデオを借りてくるか」

藤原が言うと、星が首をかしげながらつぶやいた。

「レンタル屋にあるとは思えないが……」

そのやりとりを黙って聞いていた翔吾が遠慮がちに口を挟《はさ》んだ。

「山越の映像ならありますけど」

「どこに」

「どこにでも」

「どこにでも？　何を言ってるんだ」

藤原がからかわれているとでも思ったのか声を少し荒らげた。すると、翔吾はジーンズのポケットからスマートフォンを取り出し、右手で持って、親指でしばらく操作していたが、藤原の方へ液晶の画面を突き出すように向けた。

「それは？」

広岡が訊くと、翔吾が答えた。

「ユーチューブです。これは去年の東洋太平洋のタイトルマッチで、山越がノックアウトでオーストラリアのチャンピオンを倒した試合です」

「そんなのが、簡単に見られるのか」

驚いたような声を出した藤原はしばらくその画面を見ていたが、小さすぎていかにも見にくそうだった。

そこで、広岡が自室に置いてある薄いノート型のパソコンを持ってきた。パソコンを起動し、翔吾の言う通りユーチューブのサイトを開くと、すぐに山越ハヤトの試合がいくつかアップされているのが見つかった。

そして、東洋太平洋のタイトルマッチをクリックすると、誰かが遠い位置から撮ったらしい私製の動画が映し出された。

広岡たち四人は、テーブルの上に置かれたそのパソコンの画面をじっと見つめた。

試合は、ファイター同士の足を止めての打ち合いが続き、両者ほとんどグロッキー状態になりながら、ついに山越が第十一ラウンドで倒すことになるというものだった。

見終わって、佐瀬が言った。

「こいつの足なら、翔吾は打たれない」

「前半はヒット・アンド・アウェイでポイントを重ねる。後半、相手が疲れたところで倒す」

藤原が言うと、星が翔吾に訊ねた。

「おまえは、勝てると思うか」

翔吾が力強くうなずいた。

「よし。いよいよ、俺たちのパンチを教えるときが来たか」

藤原が嬉しそうに言い、星がそれに呼応するように言った。

「そうだな。まず、来週からはサセケンの三段打ちだ」

「サセケンの三段打ちの次は俺のインサイド・アッパーにしよう。山越という奴は、打たれて、疲れてくると、逆にラッシュしてくるという根性タイプのボクサーみたいだ。翔吾もきっと、何度かロープ際に押し込まれるだろう。そのとき、あのアッパーが有効になるはずだ。キッドのボディー・フックも、仁のクロス・カウンターも、たぶんまだ必要ないと思う」

藤原はそう言うと、大きく伸びをしながら続けた。

「俺は再来週から仕事を休ませてもらうことにする」

「いいのか」

佐瀬がいくらか心配そうに訊ねると、藤原は苦笑しながら答えた。

「代わりはいくらでもいる。俺の日当が減るだけの仕事だ」

そして、自分に言い聞かせるような口調になって言った。

「しかし、あのパンチは俺しか教えられない」

たぶん、藤原は、ボクシングをやめてからというもの、代替不能な仕事というのについたことがなかったのだろう。いま、自分にしかできないことをしているということが、藤原をこれほどまで生き生きさせている。掛け替えのない存在になるということが藤原に大きな活力を与えている、と広岡は思った。

広岡が藤原から佐瀬の方に眼を向け直すと、いつになく引き締まった表情になった佐瀬が翔吾に向かって静かに言った。

「来週からは……毎日だ」

第十五章　伝授

1

佐瀬の言葉どおり、翌日からトレーニングは毎日行われることになった。

土曜の夜、翔吾の意思を確認すると、広岡はすぐ令子に連絡を取った。固定電話に記録されている令子の携帯の番号に折り返しの電話を掛け、翔吾が山越ハヤトとの一戦を承諾したこと、その翔吾を連れて二、三日中に真拳ジムに挨拶《あいさつ》に行くつもりだということを伝えた。

電話を切ったあと、五人で試合までの練習のスケジュールを決めた。

十月末の試合日まで残された日数は五週間しかない。

一週目は佐瀬の「ジャブの三段打ち」を練習する。二週目は藤原の「インサイド・アッパー」を習得する。三週目と四週目は令子に見つけてもらう相手と三十ラウンドを目標に実戦形式のスパーリングをこなす。五週目はウェイトに気をつけながら試合当日までコンディションを整えていく。

それが五人によって大まかに考えられたスケジュールだった。

しかし、新たなトレーニングの、記念すべき最初の日となるはずの日曜日は、残念なことに朝から雨だった。

午後、翔吾がチャンプの家にやって来たときもまだ雨は降りつづいていた。

「今日は休むとするか」

藤原が外の空を見上げながら言うと、翔吾が返事をする前に佐瀬が言った。

「いや、屋内でやろう」

家の中でトレーニングをするという発想のなかった広岡は、言われてみて、なるほどそういう手があったかと感心した。確かに、この居間兼食堂の広間は、多くのボクシングジムの練習空間と同じように、床材に木の板が使われている。

佐瀬の指示に従い、全員で広間にあるテーブルと椅子《いす》とソファーとサイドテーブルとテレビ台を壁際に片付けると、小さめのリングほどの空間ができた。

それを見て、藤原が言った。

「悪くないな」

翔吾はシャワールームで着替えを済ますと、チャンプの家に通うようになって初めてボクシングシューズを履《は》いて練習を始めた。

チャンプの家には頑丈な梁《はり》のようなものがないのでサンドバッグを吊《つ》ることができない。そのため、ストレッチと縄跳びとシャドー・ボクシングのあとはサンドバッグによる練習を省略せざるをえなかった。だが、庭の土の上でスポーツシューズを履いてする練習と比べると、板の間でボクシングシューズを履いてする練習では動きの滑らかさが違っていた。

藤原が隣で見ている広岡に話しかけた。

「雨が降らなくても、室内でやらせた方がいいのかもしれないな」

「あるいは」

広岡が返事をすると、そのやりとりを耳にした星が言った。

「でも、床が傷《いた》むぞ」

「それは大丈夫だ。持ち主から好きなように使ってくれと言われている」

広岡が応じると、星が小さくうなずきながら言った。

「そうか。だったら、冬は室内でやることにしよう」

その言葉に広岡は胸をつかれた。夏が終わったばかりだというのに、もう冬に入ったときのことを考えている。それは星が、翔吾を教えることにどれほど真剣になっているかを示しているように思えたからだ。

いつものように四人が交代で翔吾のパンチを受けるミット打ちが終わったが、その日はそれで練習が終わりにならなかった。翔吾が体をクール・ダウンさせるためのストレッチを始めようとすると、佐瀬が待ったをかけたのだ。そして、二階の自室から一本の真新しい竹刀《しない》を持ってきた。

それは、かつて真拳ジムのトレーナーの白石が常に持っていたのと同じ「三九」と呼ばれる竹刀のようだった。「三九」は三尺九寸、約百二十センチの長さそのものが通称となった竹刀だ。柄《つか》の部分が三十センチ、刀身の部分が九十センチの割合になっており、その刀身の部分には剣先から三十センチのところに中結《なかゆい》と呼ばれる革の紐《ひも》の結び目がある。

アメリカ育ちの白石が「三九」の竹刀を持っていたのは、それでボクサーを叩《たた》いたりするためでないことはもちろん、杖《つえ》としてつくためのものでもなかった。広岡が最初に窓の外からジムの中をのぞいたときは、竹刀を杖のようについている白石が老人のように見えた。それはすっかり白くなった頭髪から受ける印象が大きかったが、もちろん実際は杖をつく必要があるほど老いたりはしていなかった。竹刀は、ミットを持って教えることをしなかった白石の、重要な補助教材だったのだ。

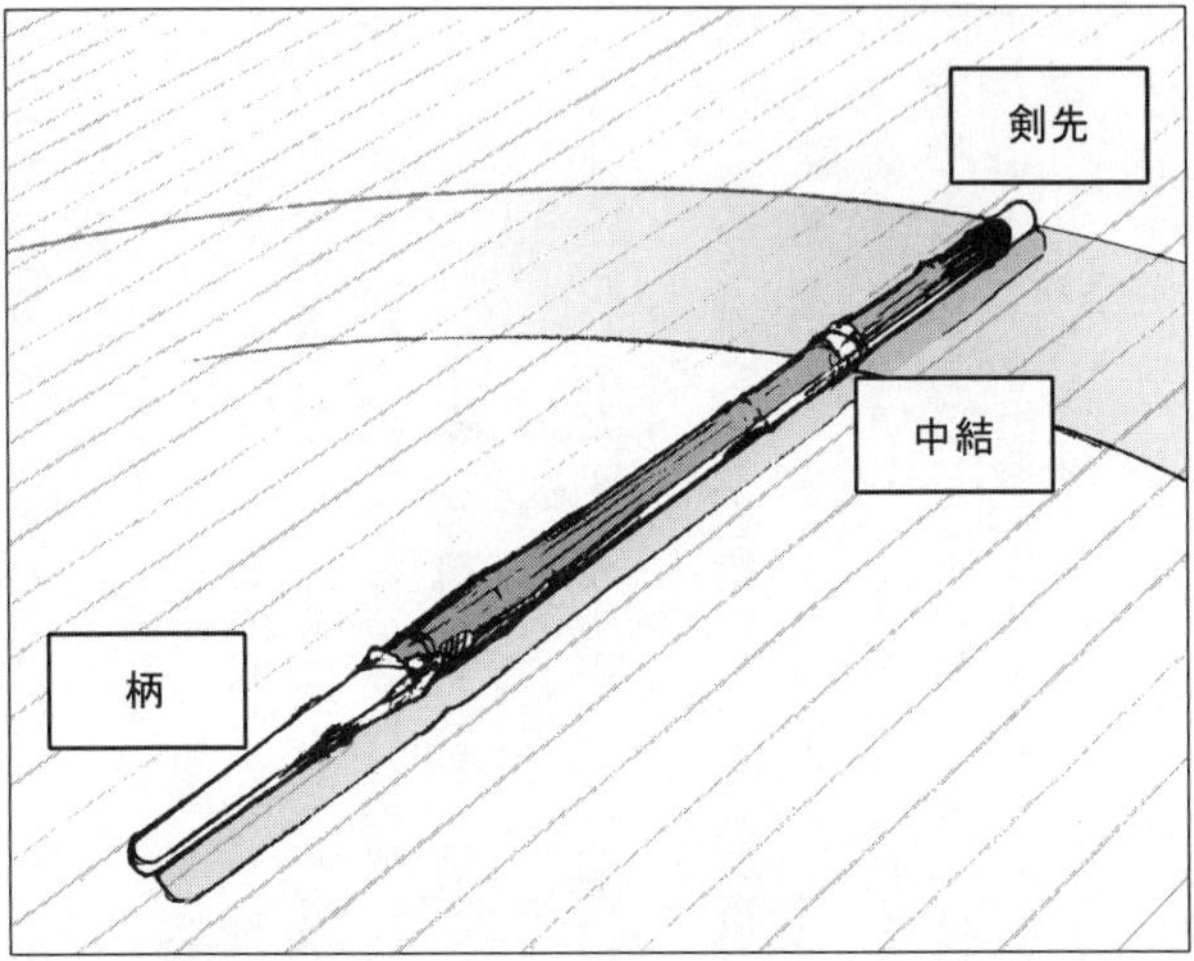
剣先
中結
柄

佐瀬は、鍔《つば》をはずしたその竹刀をリングの中央に置くと、広岡に向かって言った。

「翔吾に教えてやってくれないか」

「いや、それは……」

サセケンがやるべきだと言いかけて、やはり自分の方が適役かもしれないと思い返した。かつての真拳ジムでも、四人のしばらくあとから入ってくることになった新しい練習生には、白石に命じられて広岡が説明することになっていたからだ。

広岡は、床に寝かせられた竹刀の剣先の前に立つと、翔吾を呼んでその竹刀の横に立たせて向かい合った。

「いいか、リング上で相手を前にしたボクサーの動きは、ほぼこの竹刀一本分の中に収まる」

翔吾はその眼に強い好奇心を浮かべて広岡の口元を見つめた。

「もしおまえが、後ろ足を竹刀の柄のギリギリの端まで下げると、相手からのパンチは届かなくなる。ということは、おまえのパンチも届かないということだ。もし、前足を、剣先から約三十センチのところにある、この中結という革の紐の結び目まで進めると、おまえのパンチはノー・ステップで相手の体に届くことになる。もちろん、相手のパンチもおまえに届く。しかし、そのパンチは、互いに軽く上体を反《そ》らすだけで、つまりスウェーバックするだけでよけられてしまう」

広岡は眼の前の翔吾に語りつづけた。

「ところが、この中結から竹刀の剣先までさらに一歩前に出れば……つまり相手の前足と接触しかねないところまで踏み込めば、相手はおまえのパンチをスウェーバックするだけではよけられなくなる。ダッキングやウィービングをして大きく体を動かすか、足を使ってステップバックをしなくてはならなくなる。もしおまえがイン・ファイトに持ち込もうとするなら、できるだけ前足を中結から剣先の方に近づける必要がある。その適正な距離は相手のリーチの長さと、ファイティング・スタイルによって変化するだろう。そして、アウト・ボクシングをしようとするなら、後ろ足を柄の端の近くまで下げることになる。下げ方は、自分がどれくらい足が速いかによって変わってくる」

翔吾は足元の竹刀を見つめながら広岡の話に耳を傾けた。

「おまえはたぶんボクサー・ファイターだろう。おまえの前足と相手の前足との距離は、この中結から剣先までの約三十センチでいいはずだ」

広岡はそう言うと、素手でファイティング・ポーズを取って翔吾と向かい合った。

「前足を中結まで進めてみろ」

翔吾が言われた通りにすると、広岡の爪先との距離が三十センチほどになった。

「ジャブを打ってみろ」

翔吾がジャブを打つと、広岡が体を後ろに反らすだけでそのパンチをよけた。

「今度は竹刀の剣先まで踏み込んで打ってみろ」

翔吾が一歩踏み込んでジャブを放つと、広岡がそれをよけるためには一歩後退せざるをえなくなった。

「わかるか。中結から剣先までがおまえの距離だ。よく覚えておくんだ」

広岡はそう言うと、床に置いてある竹刀を壁に立てかけ、あらためて翔吾とファイティング・ポーズを取って向かい合った。

「あの距離を意識して、かかって来い」

翔吾はうなずいて、ゆっくりと床のリングの上を動きまわりはじめた……。


月曜日もトレーニングは行われた。

朝までに雨は上がり、庭のリングでトレーニングすることができるようになった。

この日、佐瀬は初めてジャブの三段打ちの練習に入った。

体型に似合わない俊敏さで手本を示した佐瀬は、まず、翔吾に三段打ちの手の伸ばし方と足の運び方を教えはじめた。

佐瀬の三段打ちは独特だった。

まずノー・ステップで一段目のジャブを打つ。すぐに一歩踏み込んで二段目のジャブを打つ。そして、さらに半歩前に出て三段目のジャブを打つ。

佐瀬はリングの中に竹刀を寝かせ、翔吾と向かい合うと言った。

「一発目をノー・ステップで打つのは、相手に油断させるためだ。それくらいのジャブならスウェーバックで簡単にかわせると思う。そこをこの竹刀の剣先まで一歩前に出て二発目を打ち、さらに半歩踏み込んで三発目を繰り出していく。三発のジャブを可能なかぎり素早く打つと、それは一本の長い槍《やり》を突き刺すようなパンチになる」

かつて広岡は、佐瀬がジャブだけで相手の顔面を膨れ上がらせた試合を見たことがあった。瞼《まぶた》が腫《は》れ、眼が塞《ふさ》がれてしまった相手は、距離感を失ってまったく佐瀬にパンチを当てられなくなってしまった。

だからといって、佐瀬が常に三段打ちをしていたというわけではなかった。何回か三段打ちによってダメージを受けつづけていると、相手は佐瀬のジャブに過剰反応するようになる。ノー・ステップのジャブを一発放っただけで、ステップバックをしたり、大きく体を動かしたりしてよけようとする。そうすることで、相手はバランスを崩してしまうため、佐瀬はジャブの次のパンチをヒットさせやすくなる。

三段打ちが間遠になると相手もふっと気を抜くようになる。そこを狙《ねら》ってまた三段打ちをすると、相手は前以上のダメージを受ける。パンチは、相手が予測していないときに当てると、最大のダメージを与えることができるからだ。

佐瀬が翔吾に三段打ちの説明を続けた。

「大切なのは、前に繰り出す槍のような手に常に足が追いついていなければならないということだ。しかし、槍のようなパンチと言っても、突き刺そうとしてはだめなんだ。突き刺そう、打ち抜こうとすると、一発、一発が途切れてしまう。三発がまるで連続した一発のパンチのようになるには、顔面にパンチを打つというより、相手の面の皮を引きはがそうという意識で腕を伸ばすんだ。打つのではなく引くんだ。伸ばしたらすぐに元に戻す。戻したら、また面の皮を引きはがしにいく……」

その説明を聞きながら、広岡は内心、佐瀬の三段打ちがまるでひとつのパンチのような素早さを持っていたのはそのせいだったのかと唸《うな》りたくなった。それは四十年以上経って初めて知るパンチの秘密だった。

2

火曜日からは、三段打ちをするときの間合いの詰め方が重点的に教えられた。

最初のうちは、翔吾もノー・ステップで動きを開始することに慣れなかったが、しだいに滑らかになってきた。

それは、マス・ボクシングをしてみると、さらにはっきりした。

マス・ボクシングとは、互いに自由に動きながらパンチを相手の体に当てず、寸止めしつつ打ち合うスパーリングを意味する。佐瀬に頼まれて素手でマス・ボクシングの相手を務めるようになった広岡も、翔吾のジャブの初動がノー・ステップのため、ついスウェーバックで簡単によけようとしてしまうのだが、そこから二の矢、三の矢というように続けざまにジャブが飛んでくるので、体勢を崩されることが重なるようになった。寸止めされるマス・ボクシングでなければ、ストレートのように速い翔吾のジャブを顔面に食らっていたにちがいなかった。

ジャブが一発だけのときも、体を大きく動かしてよけようとすると、反対の手である右のストレートやフックが飛んできて、顔面の手前でピタリと止められるというようなことが繰り返されるようになった。

水曜日になると、翔吾のジャブの三段打ちは、もともと彼自身のものだったのではないかと思われるほど自在なものになっていった。

次の週からは、仕事を休んだ藤原が、インサイド・アッパーを教えはじめた。

その最初の日、藤原は、倉庫から、佐瀬が庭のリングの仕切り線に使ったロープの残りを持ってくると、その両端を広岡と星に渡してピンと張らせ、そこに背中を預けながら言った。

「誰でも戦っていると、一度や二度はロープに追い詰められることがある。時にはダウン寸前まで追い込まれることもあるかもしれない。相手は嵩《かさ》にかかって打ち込んでくる。だが、そのピンチのときは逆にチャンスのときでもあるんだ。相手はフィニッシュに持ち込もうとパンチが大きくなっていく。そして、追い詰められたボクサーが両腕を前にして必死に顔面を防御していると、側面から打ち崩そうと必ず大きなフックを振るってくる。そのとき、相手の体の中心線に空白ができる。左右の腕が離れて隙間《すきま》ができる。その瞬間、ロープの反動を利用して素早く一歩踏み出し、相手の懐に飛び込んで顎《あご》をアッパーで突き上げる」

藤原は、翔吾に自分をロープ際に追い込ませると、ロープの反動を使って一歩前に踏み出し、ほとんどぶつかりそうな距離まで接近してアッパーを突き上げた。

「あっ！」

顎の下で寸止めされたが、そのパンチの鋭さに翔吾が小さな叫び声を上げた。

「ロープ際に追い込まれると、打たれまいとしてさらに後ろに下がりたくなる。下がれば、相手の大きなパンチの餌食《えじき》になる。しかし、逆に前に出てしまえば、大きなパンチは後頭部をかすめるだけで済む」

藤原は、次に攻守ところを変え、翔吾にロープを背負わせると、素手で寸止めしながらパンチを乱打しはじめた。そして、フックを叩き込もうと大きく振りかぶった瞬間、鋭く声をかけた。

「前に出ろ！」

翔吾が前に出ると、藤原のフックは後頭部をかすめて過ぎた。

「あっ！」

翔吾がまた声を上げた。

藤原は翔吾から体を離しながら言った。

「大事なのは、打たれても背中を丸めず、上体を真っすぐに保ちながら、顔の前に出して防御している両腕のあいだから相手の動きをよく見ていることだ」

翔吾は眼を輝かせながらうなずいた。


その日は、練習が終わると、星は普段のウィークデーと違って早めに夕食の準備を始めた。いつもは仕事から帰ってくる藤原の帰宅時間を考えて作りはじめる。だが、この週は、藤原が仕事を休んでいるため早い時間から用意を始められたのだ。

キッチンにいる星が、シャワーを浴びて広間に入ってきた翔吾に声をかけた。

「夕飯を食べていくか？」

「いいんですか」

「もちろんだ」

すると、テーブルに座ってすでにビールを飲みはじめていた藤原が言った。

「翔吾はまだ食ったことがないから知らないだろうけど、星が作ってくれる飯もうまいんだ。なあ、サセケン」

「こんなものを毎晩食べられるなんて、ほんとにありがたいくらいだ」

佐瀬が言うと、そのやりとりが聞こえたらしく、星がキッチンで言った。

「ありがたいのはこっちの方だ」

「どういうことだ？」

藤原が大きな声で訊《たず》ねた。

「俺《おれ》ひとりなら、何も作らない。おまえたちが食べてくれるから作ることができるんだ。おかげで俺も一緒に食べられる」

そう言ったあとで、星は笑いを含んだ声で付け加えた。

「ただし、俺が作るのは魚と野菜が中心だから、翔吾には物足りないかもしれないけどな」

しかし、翔吾はそれに几帳面《きちょうめん》に応じて言った。

「俺、魚、好きですから」

その夜のメニューは、三種のキノコの炊き込み御飯にサンマの塩焼きと厚揚げと野菜の炊き合わせとアサリの吸い物だったが、翔吾は言葉どおりの食欲を示した。

「ウェイトはどうなってる？」

佐瀬が少し心配そうに翔吾に訊ねた。

「一キロを切りました」

スーパー・ライト級のリミットである六十三・五キロまであと一キロ絞ればいいだけだという。

「おまえも仁と同じようにウェイトでは苦労しなくていいクチなんだなあ」

佐瀬が羨《うらや》ましそうに言うと、星が翔吾の体を眺めながら言った。

「いや、半年したらどうかわからないぞ。こいつはもっと大きくなる気がする」

半年後か、と広岡は意味なく胸の奥でつぶやいた。

食事が終わり、みんなで後片付けを済ますと、藤原が壁際のサイドボードからウィスキーのボトルを取り出しオンザロックを作って飲みはじめた。

そして、しばらくすると翔吾に語りかけた。

「俺たちの会長が常々言っていたことがある。ボクサーというのはリングの上で自由になるために練習をするんだってな」

それは広岡がすでに話して聞かせていたことだった。しかし、翔吾は、初めて聞くかのように深くうなずいた。すると、藤原がしばらく沈黙したあとで、まるで自分自身に言い聞かせるような調子で言った。

「だが、俺はそうじゃないと思う」

翔吾が不思議そうな表情を浮かべて藤原を見た。

「というか、それは半分しか正しくない言葉のような気がするんだ。アマチュアのボクサーならそれでいい。でも、プロのボクサーは、それだけでは駄目だと思う。プロとアマの違いは金を貰《もら》ってボクシングをするということだ。ただ自分が自由になるところを見せるだけでは金は貰えない。プロのボクサーというのは、観客に勇気を見せることで金を貰う職業なんだ。打たれても向かっていく。倒されても立ち上がる。死んだ会長もトレーナーの白石さんも、そういうボクサーを嫌っていた。打たれないで打つ。倒されないで倒す。それが理想のボクサー像だった。でも、実際にギリギリの戦いをしていると、打たれるとわかっていても打ちにいかなくてはならないときがある。あのインサイド・アッパーも一歩間違えば逆に倒されてしまう。ボクサーはその恐怖を乗り越えて打ちにいく。観客はその勇気に金を払ってくれるんだ……」


その夜、翔吾が帰ったあとも、藤原はひとり飲みつづけた。

広岡が風呂から出ると、佐瀬と星は二階の自室に戻ったらしく広間にいなかったが、藤原はまだ神代楡《じんだいにれ》のテーブルの前に座って飲みつづけていた。

そして、深く酔っていた。きっと飲みたい理由、酔いたい理由があるのだろう。

広岡は藤原に言った。

「一杯、付き合おうか」

藤原は酔った眼を細め、嬉《うれ》しそうにうなずいた。広岡は、キッチンから氷を入れたグラスを持ってくると、藤原の前に座ってボトルのウィスキーを注いだ。

「さっきの俺の話……間違ってたか？」

呂律《ろれつ》の怪しくなった藤原が言った。

会長が自分たちに言っていたのは、アマもプロも含めたボクサー全般についてだったろう。しかし、プロに限っていえば、藤原の意見にもうなずけるところがなくはないように思えた。

「間違ってなかったと思う。次郎の言う通り、勇気というものを客に見せることで金を得るのがプロなのかもしれない」

「そう、勇気を見せて金を貰う……」

藤原はグラスに残っているウィスキーをすすり、しばらく沈黙したあとでつぶやくように言った。

「俺は……勇気がなかった」

「そんなことはない」

「リングの上では勇気のあるふりをしていたが、リングを降りた俺は臆病者だった」

「………」

「俺は……息子に何もしてやれなかった」

息子がいたのか、と広岡は思った。妻子と別れて暮らしているということは聞いていたが、詳しいことは知らなかった。話したければ自分から話すだろうと思い、これまであえて何も訊《き》かないでおいたのだ。しかし、いま、藤原は何かを話したいと思っている。

「いくつのときに別れたんだ」

広岡が訊ねた。

「娘が十一、息子が七歳のときだった」

「それから会ってないのか」

「離婚して実家のある関西に帰るとき、女房に、これからはいっさい会わないでくれと言われた。こちらがすべて悪い。俺は受け入れざるをえなかった」

「いま、息子さんはいくつになる」

広岡が訊ねると、藤原が遠い眼をしながら答えた。

「三十を超えているはずだ」

「そんな齢《とし》になるのか」

そう言ったあとで、広岡はむしろ自分たちは四十近い子供がいても不思議ではない年齢であることにあらためて気がついた。

「俺の妹から聞いたところによれば、息子は父親とは正反対の堅気《かたぎ》の生活をしているという。どこかの信用金庫に勤めているらしい。きっと父親のようにはなるまいと思ったんだろう」

「そうだったのか……」

「息子にひとつくらい教えてやりたかった」

「たとえば、何をだ」

「何だろう……」

宙に視線を泳がせている藤原を見ているうちに、ふと思いついて広岡が言った。

「……勇気についてか？」

「そう、そうかもしれない。勇気を持って生きること」

「堅気の生活をしているというのは、その子なりの勇気だったんじゃないか」

「そうかもしれない。しかし、俺の勇気も伝えたかった。ロープを背負って、殴《なぐ》られつづけながら一歩前に踏み出す勇気を。そう、勇気……勇気……勇気……」

練習に際しての、翔吾の真剣な眼差しとすべてを吸収しようという態度が、藤原の心の奥にしまわれていた悔恨と願望がないまぜになったものを引き出してしまったのだろう。男はひとつくらい息子に何かを伝えたいと望むものなのかもしれない。

広岡がぼんやり考えていると、藤原はいつの間にか、手にグラスを持ったまま眠っていた。広岡は手を伸ばしてそっとグラスを抜き取り、テーブルに置いた。

翌日から広岡は、星と二人でロープの端を持ちながら、藤原に追い詰められた翔吾がしだいに素早く相手の懐に飛び込むことができるようになっていく姿を見守りつづけた……。

3

山越ハヤト戦に向けてのトレーニングは三週目に入った。

この週は月曜日から実戦形式のスパーリングが予定されていた。

移籍が決まった次の週の半ば、練習が終わったあとで、広岡は翔吾を伴って真拳ジムを訪れた。令子に対して移籍の礼を言わせるためだった。

郡司たちトレーナーとの顔合わせも済ませると、そこで広岡はスパーリングの相手を探してくれるよう頼んだ。できれば対戦する山越と似たタイプのボクサーを見つけてほしいと。

その週のうちに真拳ジム側が見つけてきてくれたのは、蔭山《かげやま》ジムに所属する藤田という選手だった。スーパー・ライト級の日本三位で、山越と同じファイタータイプのボクサーだという。

真拳ジムまで来て相手をしてくれるという藤田は、この週に四ラウンドを五日間、次の週に六ラウンドを二日間、七日間で計三十二ラウンドやってくれることになっていた。

月曜日、広岡たち四人はスパーリングが開始される三十分ほど前にジムに着いた。

翔吾には、チャンプの家に寄ってから真拳ジムに向かうのは面倒だろうからと、直接行くように命じてあった。

佐瀬と藤原は新しくなった真拳ジムの建物を知っていたが、星は初めてだという。

星は三階でエレベーターを降りると、ガラス越しに見えるジムの内部をしばらく物珍しそうに眺めていた。

広岡たちが扉を開けて入っていくと事務室から令子が出てきた。

「どうも」

「ご無沙汰してます」

星と佐瀬はごく普通の挨拶をしたが、藤原は令子の顔を無遠慮に見てから言った。

「相変わらず綺麗《きれい》ですね」

すると、令子が笑いながら軽く受け流した。

「相変わらず藤原君は調子がいいのね」

そして、続けた。

「でも、みなさん元気そうね」

翔吾はすでに着替えを済ませ、軽くサンドバッグを叩いている。

藤田と思われるボクサーも床に敷かれたマットの上でストレッチをしていた。

五時になると郡司が声をかけた。

「そろそろ始めさせてもらいます」

それを合図に、リングの上で練習していた真拳ジムのボクサーたちが降り、代わりに口の中が切れないようにするためのマウスピースをはめ、顔面を守るためのヘッドギアーをかぶった翔吾と藤田の二人が中に入った。

タイマーのブザーが鳴り、スパーリングが開始された。

藤田はファイターらしく前に前に出てくる。それに対して、身長とリーチに勝る翔吾は左に廻りながらジャブを打つ。そして不意に足を止めると、打ち下ろすような左右のストレートを顔面に決める。藤田はさかんにフックを放って翔吾の懐に飛び込もうとするが、空を切るばかりだ。

足の速い翔吾は、藤田がロープに押し込もうとしても、簡単に体を入れ替えてリングの中央に戻ることができてしまう。

第二ラウンド、ロープ際からリングの中央に戻った瞬間、翔吾はジャブの三段打ちを試した。三発とも綺麗にヒットし、藤田の体勢が崩れると、右の顔面へのフックから左のボディーへのフックを連打し、大きくよろめかすことになった。

それをきっかけとして、まるで数字が書き込まれたサンドバッグを打っていたときと同じように、軽々と連続的なコンビネーション・ブロウを打ちはじめた。
①②、①②④、①④③⑧……。
日本のランキングで三位に入っているボクサーを、これほどまでに軽くあしらうことができるということが、練習の手を休めて周囲で見ている真拳ジムの練習生たちの驚きを生んでいるのがわかる。

予定していた四ラウンドのスパーリングが終わると、世界ランキングで六位になったという大塚が広岡に近づいてきて言った。

「黒木君、強くなりましたね。一年もブランクがあるとは思えません」

そして、大塚は笑いながら付け加えた。

「一年休んで、あんなに強くなるんだったら、僕も休んでみたいです」

二日目以降は、スパーリングをしている翔吾と藤田との力量の差がさらに歴然としはじめた。

藤田はいくら追っても翔吾を捉《とら》えられなくなり、誰の眼からも途方に暮れているのがわかるようになった。翔吾のパンチを無数に受け、自分のパンチがほとんど空を切る。

荒っぽく間合いを詰めようとすると、待ち構えていたような翔吾のカウンターを食らってしまう。

山越戦に向けてのトレーニングも四週目に入った。

この週は火曜と水曜に少し長めの六ラウンドのスパーリングをすることになっていた。実戦で十ラウンド戦うときの感覚を少しでも取り戻させたかったからだ。

ところが、月曜日の午後に令子から急な電話が掛かってきた。藤田のトレーナーから足を捻挫《ねんざ》したためスパーリングができなくなったという連絡が入ったという。

令子によれば、捻挫というのは表向きの理由で、本当のところは翔吾に一方的に打たれてしまうため、自信を喪失しているのだろうという。これ以上、心理的に打ちのめされてしまうとまずいので、トレーナーの判断で止めさせることにしたのだろうともいう。

「困りましたね」

広岡がつぶやくと、令子が提案した。

「もしよかったらうちの大塚とやってみない。タイプは山越君と違うけど、黒木君にはいい練習になるわよ。大塚もしばらく試合の間隔が空いているのでスパーリングをやりたがっているの」

願ってもないことだった。近く世界に挑もうとしているようなレベルの選手が相手なら文句はない。

火曜日の夕方、広岡たちは四人で真拳ジムに向かった。

ジムでは、翔吾が大塚と並んでサンドバッグを叩いていた。

五時が近づき、リングに入った大塚と翔吾は、それぞれのコーナーでヘッドギアーをかぶり、マウスピースをはめた。

大塚と翔吾の準備が整ったのを見て、郡司が言った。

「では、これから六ラウンドのスパーリングを始めます」

ラウンド開始のブザー音が鳴り響き、二人はリングの中央に進み出ていった。そして、互いに左手のグラヴとグラヴを軽く叩き合わせると、距離を取って動きはじめた。

だが、しばらくは、互いにパンチを出すことなく、動きまわりながらの睨《にら》み合いが続いた。

翔吾が足を止め、パンチを出そうという構えをしただけで、大塚は瞬間的に跳びすさり、打つことすらさせない。

ボクサータイプの大塚は翔吾以上にスピードがありそうだった。

ラウンドの中盤に、一度だけ、互いに足を止めての打ち合いがあったが、翔吾は腕のブロックによって、大塚はウィービングやダッキングなどの多彩なボディー・ワーク、上半身の動きによって、相手のパンチを殺すことになった。

第二ラウンドに入ると、大塚は左のジャブを多用するようになった。軽いジャブだが、スピードがあるため、何発かに一発は顔面にヒットする。だが、そのあとの右のストレートは、翔吾に見切られて当てることができない。

一方、翔吾も佐瀬直伝《じきでん》のジャブの三段打ちを試すが、大塚は前の週に行われた藤田とのスパーリングを見ていたせいか、最初から大きくステップバックしてそれを巧みによけてしまう。

華々しい打ち合いはまったくないが、緊張感の漂うスパーリングに、ジムの練習生たちもトレーニングの手を休め、食い入るようにリングの中の二人を見つめている。

第三ラウンド、大塚の動きがさらに速くなった。それと同時にジャブのスピードも増し、ビシッ、ビシッと翔吾の顔面に当たるようになった。ストレートのようなジャブを当てては、離れる。まさに、絵に描いたようなヒット・アンド・アウェイのアウト・ボクシングを展開しはじめたのだ。

翔吾は大塚のスピードについていかれないかと思えた。

しかし、第四ラウンドに入ると、徐々に大塚のジャブのタイミングを摑《つか》むようになり、体を斜めにしてウィービングでかわすと同時に、カウンター気味に出す右のパンチを当てられるようになった。

すると、大塚は、一転して、足を止めて積極的に打ちはじめた。左のジャブから右のストレート、少し離れて、翔吾のパンチをかわすと、いきなりの右フックから左のストレートをヒットさせる。あるいは、翔吾のジャブの三段打ちをかわすと、その伸び切った左の脇腹にフックを叩き込む。

広岡は、その大塚の戦い方の変化を見ながら、翔吾のために、自らのアウト・ボクシングを封印して、イン・ファイトをしてくれているのだ、と思った。このスパーリングが、ファイタータイプである山越ハヤトとの戦いの一助になるようにと。

翔吾もその大塚のイン・ファイトに足を止めて応戦し、何発かのパンチをヒットさせた。

そして、そのラウンドの終盤、いきなり出てこようとした大塚にジャブの三段打ちをヒットさせ、体勢が崩れたところを顔面に右で強烈なフックを浴びせることができた。

だが、五ラウンド目に入ると、さすがに翔吾は少し疲れを見せはじめた。動きが鈍くなってきたのだ。それが、あるいは、一年近く実戦から遠ざかっていたことの結果だったのかもしれない。

大塚が足を止めて左、右と、スピードのあるストレートを打ち込む。さらに、リズムよく、左右のフックをヒットさせる。翔吾も応戦するが、大塚に軽くかわされてしまう。

翔吾は大塚の勢いに押されてジリジリと後退しはじめた。大塚は体を小刻みに動かしながら距離を詰めると、左のリードパンチなしに、いきなり右のストレートを翔吾の顔面に叩き込んだ。

「うっ！」

翔吾のコーナーに立っている佐瀬が息を呑《の》んだ。

大塚の強烈なストレートによってぐらついた翔吾は、いったん踏みとどまったが、さらに大塚が左のストレートを放つと、腕でブロックできているにもかかわらず、二、三歩後退してロープを背にした。

大塚は翔吾を追って、さらにストレートのワン・ツーを放った。翔吾は両腕を顔の前に揃《そろ》え、防御するのに精一杯のように見える。すると、大塚は、その腕を避け、横からフックで攻めはじめた。

フックによって、翔吾の顔面を防御している両腕が左右に微《かす》かに開き気味になると、今度はその隙間を狙ってストレートのワン・ツーを打ち込む。

大塚が攻め、翔吾が守るという一方的な展開になった。

ところが、ロープに背中を預け、ただ打たれているだけと思われた翔吾は、顔の前に構えた両腕の隙間から大塚の動きをじっと見ている。

大塚がストレートからまたフックに打ち変え、左から右のフックを打とうとしたその瞬間、広岡にも翔吾が何をしようとしているのかがわかった。

「打つな！」

広岡が声を上げると、同時に藤原も叫んだ。

「出すな！」

だが、二人の声の前に、翔吾は背中のロープの反動を使って鋭く一歩前に踏み出すと、右のアッパーで大塚の顎を打ち抜いていた。大塚は、大きく顔をのけぞらせ、そのままゆっくり背後に倒れていった。

後頭部はキャンバスに打ちつけなかったが、倒れた大塚はしばらくそのまま起き上がれなかった。

広岡はリングに跳び込むと、仰向けに倒れている大塚の眼をのぞき込んだ。

「大丈夫か？」

広岡の声を聞くと、大塚は広岡の顔を見た。一瞬、何が起きたのかわからないようだったが、すぐに両肘《りょうひじ》を使って上体を起こし、ひとつ大きくうなずいて言った。

「大丈夫です」

広岡は、事務室の前で見ていた令子に向かって言った。

「申し訳ありません。今日のスパーリングはここまでということで」

すると、令子もうなずいて言った。

「そうしましょう」

「いや、まだやれます……」

肘をついたまま大塚は言ったが、トレーナーの郡司が首を振った。

「少し休んだ方がいい」

シャワー室から出てきた大塚が広岡に近づいてきて言った。

「すいません。予定のラウンドをこなせなくて」

「いや、あれは事故だ。たまたまラッキーパンチが入ってしまったんだから」

すると、大塚が悔しそうに言った。

「ストレートやフックならラッキーパンチということもあります。でも、アッパーにラッキーパンチはありません」

「しかし、翔吾はまだ君のスピードについていかれなかった。もし先代の会長が君のボクシングを見たら喜んだと思う。これが本物のアウト・ボクシングだと言って」

「ありがとうございます」

大塚は素直に頭を下げてから、一呼吸置いて言った。

「僕も、広岡さんに教わりたかったです」

「………」

「でも、今度やるときは負けません」

「いつでも、スパーリングに呼んでやってくれ」

「いえ、スパーリングじゃなくて、次は試合で……」

「試合で？」

いくら似たような体格だといっても、同じジムに所属している者同士で試合をさせるなどということは通常ありえない。大塚がどういう意味で言っているのか広岡にはよくわからなかった。

翔吾はサンドバッグを叩き、ストレッチをして練習を終えた。


秋の夕暮れは日が落ちるのが早い。すっかり暗くなった駅前商店街を、広岡たちと翔吾が駅に向かって歩いていた。

藤原が翔吾に肩を並べながら言った。

「誘ったな」

「……はい」

「誘っては駄目だ」

「どうしてですか」

翔吾がいくらか不満そうに訊き返した。

すると、藤原は立ち止まり、翔吾の眼を見ながら強い口調で言った。

「誘って成功することもある。だが、それに味を占めると、疲れてきたときに、すぐロープを背負いたくなってしまう。いざとなればあれがあると思うと、試合運びが雑になる」

そして、ふたたび歩きはじめると、こう言った。

「俺は、それをするようになって、確実に弱くなった」

知らなかった、と広岡は思った。藤原はデビューしてからの連勝記録がストップすると、徐々に勝ちと負けが交互に並ぶようになってきた。相手が強くなってきたのだから当然だと思っていたが、それだけが理由ではなかったことになる。

「誘って引っ掛かるようなのはまだヒヨッコだ。大塚はヒヨッコじゃない。その大塚が引っ掛かったのは、あいつにいつもと違う気持があったからだろう。もしかしたら、仁にいいところを見せようとしたのかもしれない。さっきも、仁に教わりたかったとか言っていた……」

そうかもしれない、と広岡は思った。藤原の言う通り今日の大塚には慎重さが足りなかったような気もする。

「だが、いい」

星が言った。

「とにかく、世界六位のランカーと五分に近く渡り合えたんだ。自信を持っていい」

そうかもしれない、とまた広岡は思った。これなら、東洋太平洋のチャンピオンだという山越ハヤトとも、五分か、それ以上で戦うことができるだろう……。

第十六章　竜が曳く車

1

後楽園ホールは満員だった。

令子の話によれば、七戦七勝のまま消えかかっていた翔吾が、父親のジムから離れて再起戦をするということがボクシング・ファンのあいだで大きな話題になり、チケットは完売状態になっているという。それにはセミ・ファイナルの日本バンタム級のタイトルマッチもどちらが勝つかわからない好カードだということも大きかったらしい。

翔吾に割り当てられた選手控室は、大部屋を衝立《ついたて》のようなもので区切った片方の空間だった。それもセミ・ファイナルに出る挑戦者との共用だった。

広岡はその部屋の隅に立って、いくらか緊張した面持ちの翔吾を見つめていた。

そこには翔吾と広岡たち四人以外に、令子と真拳ジムのトレーナーの郡司がいた。

翔吾のセコンドには佐瀬と藤原と星の三人がつくことになっていた。リングの中に入れるチーフセコンドを佐瀬、救急の治療箱を持つのが星、水や氷を入れたバケツは藤原と、役割の分担も決まっていた。

セコンドの資格は、令子が四人共に取っておいてくれていたが、広岡は自分の体に万一異変が起きたときのことを考えて三人に任せることにした。広岡がセコンドにつかないことを知ると、翔吾は一瞬不安そうな表情を浮かべたが、何も言わずに了承した。

佐瀬たち三人は、背中に「真拳ジム」と刺繍《ししゆう》された揃《そろ》いのユニフォームに着替えている。いろいろわからないことが出てくるといけないからと、令子が前日の計量のときからつけてくれている郡司も同じ上下の服を着ていた。

セミ・ファイナルのもうひとつ前の八回戦の試合が始まると、佐瀬がストレッチを終えた翔吾の拳にバンデージを巻きはじめた。ここはもう少しきつくした方がいいかとか、そこは緩めにしてくださいとか言い合いながらの作業になっている。初めてのことなので、互いに好みを確かめ合いながら巻いているのだ。

そこに佳菜子がやって来た。控室のドアを静かにノックしてから恐る恐る中をのぞき込み、知った顔が並んでいるのを確かめてから、安心したように入ってきた。

「間に合うかなと心配してたんだよ」

佳菜子の顔を見て、藤原が言った。

「今日は六時に上がることにしました。社長も一緒に」

佳菜子が明るい口調で言った。令子によれば、佳菜子の勤めている不動産屋の社長の進藤は、翔吾がファイトマネーの一部として受け取ったチケットの多くを買ってくれ、贈ったり、売ったりしてくれたのだという。

「それと社長からの伝言です。試合のあとの祝勝会をどこでやるか決めておいた方がいいのではないかということです。この近くの店は試合が終わると混むと思うので予約しておいた方がいいって」

「気が早い」

藤原が苦笑いして言うと、星も同じような口調で言った。

「祝勝会というのは、勝ったら開くものだろ。まだ、勝つかどうかわからないうちは決められないよ」

「でも……」

佳菜子は口ごもったが、すぐにきっぱりした口調で言った。

「黒木君は、勝ちます」

「佳菜ちゃんがそう思ってくれるのは嬉《うれ》しいんだけど、どんなに優勢に試合が運ばれていても、ボクシングというのは一瞬先のことはわからないものなんだ。一発のパンチで引っくり返ってしまうこともある。終わってみなければわからないんだよ」

星が言い聞かせるような調子で言った。

「それでも……黒木君は相手を倒して勝ちます」

「おっ、佳菜ちゃんがノックアウト宣言をしてくれたぞ」

藤原が茶化すように言うと、ちょうどバンデージを巻き終わった翔吾が眼を上げ、星と藤原の方を見て言った。

「佳菜子さんが勝つというなら、きっと俺《おれ》は勝ちます」

「おいおい。佳菜ちゃんはボクシングを知らないんだぞ」

藤原が言うと、翔吾がこれもきっぱりとした口調で言った。

「でも、勝ちます」

「どういうことだ?」

藤原がいくらか困惑したように広岡の方を向いて訊《たず》ねた。広岡もよくわからないまま少し首をかしげると、翔吾が言った。

「佳菜子さんは本当のことしか言わないからです」

その言葉は恋する者の告白のようにも聞こえたし、恋愛感情とは別の信頼関係によるもののようにも思えた。

「まあ、いい。負けるというんじゃなく、勝つというんだから、それを信じて悪いことはない」

藤原が言った。

「祝勝会というほど大袈裟《おおげさ》なものはしなくていいが、ここにいるこのメンバーで軽くビールでも飲もう」

星が言うと、佐瀬も同意した。

「そうだな。勝っても負けても試合のあとはビールを飲みたい」

「それでは、駅の近くのお店のどこかを予約しておきますね」

佳菜子がそう言い残して控室を出ていった。

やがて、セミ・ファイナルの日本バンタム級タイトルマッチが始まり、同じ控室だった挑戦者が判定で負けて戻ってきた。顔が腫《は》れ、何カ所か血が滲《にじ》んでいるところもある。

「お疲れさん。いい試合だったな」

控室にあるモニターでその試合を見ていた広岡が、うなだれたまま放心したように立ち尽くしている挑戦者に声をかけた。

「ありがとうございます」

頭を下げたが、涙をこらえているような声だった。

そこに、場内から、いよいよメイン・イベントが開始されるというアナウンスが聞こえてきた。

「さあ、行くか!」

佐瀬が言うと、藤原が大声で応じた。

「おう!」

翔吾は、左右の拳にはめた青いグラヴを二度ほど叩《たた》き合わせてから、佐瀬と藤原のあとに従って歩きはじめた。その背後を固めるのは星と郡司だ。

控室を出て、青コーナーに続く階段を昇り、扉を開けてホールに出ていくと、大きな歓声に包まれた。それは翔吾のファンによるものというより、ようやく待っていた試合が始まるという喜びの声だったろう。

翔吾がチーフセコンドの佐瀬と共にリングに上がり、相手の山越の登場を待った。

しばらくすると大音響の音楽が流れ、赤コーナーへの通り道に一斉に幟《のぼり》が掲げられた。

山越ハヤトの名前と、スポンサーらしい企業の名前が入った幟だ。

「新撰組じゃあるまいし」

救急の治療箱をリング下に置きながら星が冷笑するように言った。

場内からの大きな声援を受けて登場してきた山越は、ユーチューブの動画で見たときよりはるかに大きく見えた。画面上で小さく感じられたのは、そのときの対戦相手だったオーストラリアのチャンピオンと比べてのことであり、実際は、がっしりした上半身も中南米のボクサーのような厚みがあり、角張った顎《あご》はいかにも打たれ強そうだった。

広岡がどこに座るか迷っていると、すでにリングサイドの椅子《いす》席に座っていた令子が声をかけてきた。

「広岡君、ここに」

見ると、隣の席が空いている。令子が用意しておいてくれたらしい。広岡は、すみませんと礼を言って、その席に腰を下ろした。

リングの中央では、レフェリーが、戦う二人に型通りの注意を与えている。

それが終わり、いったんそれぞれのコーナーに戻った翔吾と山越は、試合開始のゴングが鳴ると、ふたたびリングの中央に歩み寄った。

翔吾は、山越に近づくと型通りに左のグラヴを軽く前に出した。それは、これから続くだろう苛酷《かこく》な試合に際しての、互いの健闘を祈るエールの交換、のはずだった。ところが、山越は、それに応じず、いきなり大きな右フックを放った。不意をつかれたかたちの翔吾だったが、危うく山越のパンチをかわすと、すぐに戦闘モードに入った。距離を取り、しばらく山越の動きを見ていたが、やがて軽くジャブを放った。

速い、と広岡は思った。チャンプの家で見ていたときより、真拳ジムで見たときよりはるかに速く見える。だが、久しぶりの試合に緊張しているのか、山越の強引さに度肝を抜かれたのか、フットワークにいつもの軽やかさがない。

山越は前に前にと進んでくる。その圧力の強さは、同じファイターでも、スパーリング・パートナーを務めてくれた藤田とはレベルが違う。さすが東洋太平洋のチャンピオンだけのことはある、と広岡は思った。

翔吾が、左のジャブから右のストレートと、連続するパンチで軽く山越の顔面を捉《とら》えても、ものともせずに前進してくる。

第一ラウンドが終わり、翔吾がコーナーに戻ってきた。佐瀬がリングの中に飛び込み、星が椅子を用意し、そこに座った翔吾の口から藤原がマウスピースをはずし、ボトルの冷たい水でうがいをさせた。

それを見て、観客席から山越のファンと思われる男性の野次が飛んだ。

「黒木よ、自分のじいちゃんに世話を焼いてもらってるのか」

別の方向からも野次が飛んできた。

「ジジイに何を飲ませてもらってるんだ」

「年寄りの冷や水！」

そこでどっと笑い声が上がった。

すると、反対側から別の野次が飛んだ。

「年寄りの死に水！」

さすがに笑い声はまばらだったが、広岡はうまいことを言うとおかしくなった。星は野次の方向に険しい顔を向けたが、椅子に座っている翔吾が笑いをこらえ切れずに体を微《かす》かに動かすのが見えた。

第二ラウンド開始のゴングが鳴り、翔吾がリングの中央に歩み出した。

もし「年寄りの死に水」という野次を飛ばした客が山越のファンだったとしたら、それはまったくの逆効果だった。笑ったことで精神的にも肉体的にも固さがほぐれたのか、翔吾のフットワークが軽くなってきた。

山越が追ってくると、左に廻ってジャブをヒットさせ、山越が足を止めると、接近して、ストレートにフックを混じえたコンビネーション・ブロウを放つ。

そして、ラウンドの後半、不意にジャブの三段打ちを試した。

一段、二段、三段と連続的に放たれる翔吾の左のジャブがすべて顔面にヒットし、山越の頭が、ガクッ、ガクッ、ガクッと三回続けて後方にのけぞらされるのを見て、観客席からどよめきが起こった。

第三ラウンド。翔吾はますます自在に動き出した。

翔吾がジャブを放とうとすると、山越は三段打ちを警戒して、ステップバックして後退するか、大きく左にステップして体を斜めに傾ける。そこを、翔吾が右のストレートで追い撃つと、鮮やかにヒットする。

ただ、そのラウンドの中盤で、足を使って左に廻り込むとき、山越が放った大きな右フックを顔面に一発貰《もら》ってしまった。しかし、そこに襲いかかってきた山越の攻撃を、翔吾は巧みに体を入れ替えて逃れた。

ピンチらしいピンチはその一度だけであり、以後の第四ラウンドも、第五ラウンドも、翔吾は教科書のような美しいヒット・アンド・アウェイの戦い方で、着実にポイントを重ねていった。

試合の流れは、第六ラウンドに入っても変わらなかった。翔吾はほとんど打たれることなく山越を打ちつづけた。

このまま行けば、翔吾の判定での勝利は確実だと思われた。だが、山越の打たれ強さとタフネスは想像以上で、疲れてきたところを倒すという当初の目論見は簡単には達成できそうになかった。

第六ラウンドが終わってコーナーに戻ってきた翔吾に、佐瀬が顔をのぞき込みながら言った。

「これでいい。倒そうと無理をするな。まず勝つことだ。このあと山越は一発を狙《ねら》うしかない。右のロングフックだけ気をつけるんだ。わかったな」

翔吾はうなずいたが、リング下の椅子に座っている広岡の方を見た。

その表情を見て、広岡は翔吾が自分に何かを問いかけているような気がした。しかし、それが何かわからないまま、第七ラウンドに向かう翔吾を見送ることになった。

このラウンドもそれまでと同じような展開だった。ジャブの三段打ちでのけぞらせると、顔面への右フックからボディーへのフックを打ち込む。山越が乱打戦に持ち込もうと力まかせの連打を放ってくると、足を使って廻り込む。観客からは、山越が振るうパンチが空を切るたびに溜め息が洩《も》れるようになってきた。

ところが、残り一分になったとき、山越のいきなりの右フックはよけたものの、返しの左フックを食らってしまい、大きく体勢を崩してしまった。

ロープを背にした翔吾に、山越が襲いかかってきた。翔吾は、逆転のチャンスとばかりに乱打してくる山越のパンチをしばらく腕でブロックしながら受けていたが、タイミングを見て体を入れ替え、クリンチしたまま逆に翔吾が山越をロープ際に押さえつけるかたちになった。そのとき、リング下で見ている広岡はまた翔吾と眼が合った。

――何かの許可を求めている……。

広岡は、翔吾の眼を見つづけ、そうか、と理解した。翔吾はインサイド・アッパーを使いたがっているのだ。藤原には、誘ってはならない、と禁じられている。追い詰められたとき初めて使うのだと。しかし、いま、翔吾はその禁を破っても使いたいと思っており、許可を自分に求めている。このままでは判定で勝つことはできるだろうが相手を倒せない。翔吾は山越を倒したがっている。なんのために？　自分がリングの上で完全に自由であることを確かめるために。いや、藤原が言っていた勇気というものが自分にもあることを示すためにだろうか。

第七ラウンドが終わって翔吾がコーナーに戻ってきた。そして、第八ラウンド開始のゴングが鳴ってリングの中央に出て行く前に、また翔吾は広岡の方を見た。

翔吾は、少なくとも自分が疲労したためにインサイド・アッパーを使おうとしているのではないことを知ってほしいと思っているらしい。広岡は大きくうなずいた。やってみるがいい、好きなように。声に出さずにそうつぶやく口元を見て、翔吾はふっと笑ったようだった。

ラウンドの前半は、それまでのラウンドと同じく打っては離れるという戦法で翻弄していた。だが、残り一分、山越の右のロングフック一発でロープ際に吹き飛ばされた。広岡の眼にも、演技ではなく、本当にダメージを受けてしまったように見えた。

「効いてる、効いてる！」

赤コーナーからの声を受けて、山越は一気に勝負をつけようと突進してきた。

翔吾をロープに押さえつけ、右、左、また右、左と乱打しはじめた。だが、広岡には、翔吾がガードした両腕の奥から山越をじっと見ているのがわかった。

「チャンスだぞ、パンチをまとめろ！」

山越のセコンドの必死の声が、ファンの声援にかき消されそうになる。その声援にエネルギーを注ぎ込まれた山越は、左右のフックの乱れ打ちを始めた。

「フィニッシュ、フィニッシュ！」

セコンドの声を受けて、山越は止《とど》めの一発を放つため、体を少し引いて、翔吾とのあいだに間隔をあけようとした。そして、右で強烈なフックを叩き込むべく大きく振りかぶった。

そのときだった。翔吾はロープの反動を使って素早く一歩前に踏み込むと、腰の回転の力を横ではなく縦の方向に変え、山越の顎を右の拳で下から上に突き上げた。

完璧なアッパーだった。顎を打ち抜かれた山越は仰向けに倒れていき、後頭部をキャンバスに激しくぶつけると、そのまま動かなくなった。翔吾はニュートラル・コーナーにゆっくりと向かい、そこに背中を預けてレフェリーがカウントするのを聞いた。もう山越が立ち上がってくることはないと確信したかのような静かな顔つきだった。

終わったのだ。

2

階下の控室に戻ると、新聞や雑誌の記者たちが大挙して押し寄せてきた。ノンタイトル戦ながら、七戦七勝の新鋭が東洋太平洋の王者を鮮やかな一撃で倒した。一般紙では明朝のスポーツ欄でどれほどの大きさで扱われるかはわからなかったが、少なくともボクシング界においてはニュース・バリューのある出来事にちがいなかった。

記者たちは、パイプ椅子に座った翔吾を取り囲み、矢継ぎ早に質問を投げかけた。

それに対して、翔吾は当たり障りのない返事をしている。高校時代からそうした対応に慣れているのだろうと思えた。

広岡は、このインタビューという代物がどうにも苦手だった。試合のあとは勝っても負けてもひとりだけの昂揚《こうよう》感にひたっていたい。自分だけにしてほしいと何度思ったことだろう。記者たちのさして重要とも思えない質問に答えていると、いつも虚しさを覚えたものだった。

記者と翔吾のやりとりを聞いているうちに、体がむず痒《がゆ》くなってきた。広岡は控室の外に出ていることにした。

通路にぼんやり立っていると、少し遅れて控室から出てきた年配の男性に話しかけられた。

「広岡……さんですね。昔、日本タイトル戦の直前にインタビューをさせてもらったことがあります」

差し出された名刺の名前を見て、広岡も当時から有名だった若手のボクシング・ライターだということを思い出した。

「ああ、どうも」

「それにしても……黒木翔吾を真拳ジムのOBが見ているという話は聞いていましたが、まさか広岡さんたち四天王が……」

「なんとなくの成り行きでして」

「あのアッパーは藤原さん直伝《じきでん》ですか」

やはり、わかる人がいたのだ。隠しても仕方がない。

「そうです。わかりましたか」

広岡が言うと、いまはもうベテランの域に達しているのだろうそのライターが懐かしそうに言った。

「何度かこの眼で見ていますからね」

自分たちの試合を記憶しているジャーナリストがまだ現場にいる。広岡にはそれが意外だった。

「そうでしたか……」

広岡が相槌《あいづち》を打つと、ベテランのライターがふと話題を変えるように言った。

「確か広岡さんは……アメリカでずっと暮らしていたんですよね」

「今年、帰ってきました」

「何年か前にロサンゼルスに行ったとき、日本の元ボクサーが実業家に転身して成功したという噂《うわさ》を耳にしました」

「………」

「いかにも広岡さんらしいと思っていたんですが」

「とんでもない」

「ミリオネアーどころかビリオネアーになったとか」

「いや、人違いです」

広岡は強く否定してから言った。

「人を待たせていますので、失礼します」


控室の前の通路から階段を昇ってホールに出ると、観客はほとんどいなくなっていたがリング横の通路で佳菜子が待ってくれていた。

「それでは祝勝会の会場にご案内します」

広岡の顔を見ると、佳菜子がレストランの案内係のような口調で言った。

「みんなは場所がわかっているのかな」

「黒木君にメールしてありますから、ちゃんと連れてきてくれると思います」

二人でエレベーターに乗り込むと、まだ会場に残っていたらしい三人組の観客と乗り合わせた。三人は、翔吾のノックアウトについて、興奮が醒《さ》めやらないという口調で話している。

「あんな凄《すご》いアッパーは初めて見た」

「一発だもんな」

「僕のところからは山越の背中に隠れて見えなかった」

「かわいそうに。おまえは歴史的なノックアウト・シーンを見逃したんだよ」

佳菜子は下を向きながら、しかしそのやりとりを嬉しそうに聞いている。

エレベーターを一階で降り、建物の出口に向かうと、広岡と似たような年齢と思われる男性が立っていて、声をかけてきた。

「広岡さんですね」

広岡は立ち止まり、返事をした。

「ええ……」

すると、その男性は頭を下げて言った。

「黒木と申します」

あっ、と口の中で小さく声を発した広岡は、同じように頭を下げた。翔吾の父だということがすぐにわかったからだ。

「少しよろしいですか」

黒木が言った。

佳菜子はとっさに状況を判断したらしく、予約してある居酒屋に先に行っていますと言い、水道橋の駅裏にあるという居酒屋の名前を伝えて、足早に歩き去っていった。

「初めまして」

広岡があらためて挨拶《あいさつ》すると、黒木が微かな笑みを浮かべながら言った。

「いえ、初めてではないんです」

広岡は黒木の顔を見た。確かになんとなく遠い昔に会ったことがあるような気がする。しかし、どこで会ったかは思い出せない。考えていると、黒木が言った。

「といっても、黒木という名前でお会いするのは初めてです」

「………?」

「ハザマショウイチ」

「あっ！」

広岡はこんどは本当に小さく叫んでから訊《き》き返した。

「羽佐間……正一？」

「そうです」

広岡は、過去に戦った二十七人のボクサーについては、すべて、はっきりと覚えていた。名前や勝ち負けの結果だけでなく、戦いのプロセスさえも、極端に言えば、一ラウンドごとに思い出すことができる。それだけ広岡にとってはその二十七のボクシングの戦いが人生における最も輝かしい経験であり、二十七人のボクサーはその時間を共に過ごしたパートナーとも言える存在だったからだ。

対戦した相手は、顔かたちはいくらかおぼろになってしまっていても、ファイティング・ポーズを取ったときの構え方や足の運び、パンチのスピードや威力などは忘れようとしても忘れられないものだった。

羽佐間正一は、広岡が六回戦に上がって最初の試合の相手だった。ノックアウトはできなかったが、大差の判定で勝った。

翔吾と焼き鳥屋で出会い、乱闘騒ぎの末にファイティング・ポーズを取って向かい合ったとき、以前、どこかで会ったような気がすると思った。そんなはずはないと頭から振り払ったが、それは遠い昔の、翔吾の父親との記憶だったのだ。

当時の羽佐間正一のファイティング・ポーズを頭に思い浮かべ、翔吾のそれと重ね合わせると、ぴたりとひとつになった。

それにしても、なぜ羽佐間が黒木姓を名乗っているのだろう。

「どうして……」

広岡が言いかけると、黒木がまた微笑を浮かべてあとを引き取って言った。

「名前が変わったのか？」

「ええ」

「広岡さんに負けたあとで、私はボクシングをすっぱりとやめることにしました」

黒木によれば、七戦四勝三敗のあとの八戦目が広岡との試合だったのだという。広岡に敗れて四勝四敗の五分になったとき、この世界では普通以上の存在にはなれないだろうと思ったのだという。

当時ボクシングをしつつ働いていたのは段ボール箱を作る小さな町工場だった。その社長の家には二人の姉妹がいたが、ボクシングをやめて何年かすると、その真面目な仕事ぶりを認められて長女の婿《むこ》養子に入らないかと勧められた。

黒木は、やさしい性格の長女に好意を抱いていたので、自分の両親が「養子なんかに入ることはない」と猛反対するのを押し切って結婚した。

子供には恵まれなかったものの幸せな結婚生活を続けていたが、四十代に入って間もなく乳癌《にゅうがん》によって妻に先立たれてしまった。

黒木は、一人暮らしを続けているうちに体重が増えてきたということもあり、こんどはボクサーになるためではないボクシングをやってみようと思い立ち、近くのジムに通うようになった。

そのジムにはエクササイズのために通う女性もいて、彼女たちをコーチする若い女性のインストラクターがいた。やがて、その女性のインストラクターと練習帰りにビールなどを飲んでいるうちに親しくなり、妊娠させてしまった。

年の差がありすぎるのが恥ずかしかったが急いで結婚することにした。そうした中で生まれてきたのが翔吾だった。

子供は縁がないものと思っていたが、自分のところに舞い降りてきてくれた、吾《われ》に翔《と》んできてくれたという思いを込めて翔吾と名づけたのだという。

育てていくうちに、その男の子に自分の叶《かな》わなかった夢を実現してもらいたくなってきた。ちょうど、その頃、結婚後も通いつづけていたジムが後継者難を理由に廃業することになった。そこで、翔吾を理想のボクサーにするためにジムを譲り受けることにした。

翔吾は幼少期から非凡なものを発揮していたという。アマチュア時代にいくつものタイトルを取り、夢に向かって着実に歩んでくれているかに見えていたが、プロに転向して七戦目に勝利すると、突然、もうリングに上がるのはいやだと言い出した。そして、練習もせず、高校時代のボクシング部のマネージャーだとかいう友達と遊び歩くようになった。

「あいつは小さい頃から頑固で、やらないと言ったら、絶対にやりません。もうグラヴは二度とはめないだろうと思っていました」

黒木は広岡に向かって話しつづけた。

「ある日、翔吾は外泊したらしく家に帰ってきませんでした。それまではどんなに遅くなっても帰ってきていたんですけどね。翌日の午後になって帰ってきた翔吾は頰《ほお》をどす黒く腫らしていました。どうやら喧嘩《けんか》をして殴《なぐ》られたらしい。ボクサーが街で喧嘩をするようになったらおしまいです。もういよいよ駄目だと諦《あきら》めました。ボクサーとしては終わりだと」

「…………」

「ところが、しばらくすると、朝早く起きて、どこかに出かけるようになった。どうやら荒川の土手で走っているらしい。ボクシングをしているときはいやいやロードワークをしていたのにと不思議に思いましたが、黙っていました。毎朝、毎朝、二時間近く走ってくるらしい。それからまたしばらくすると、こんどは女房に弁当を作ってもらって出かけるようになったんです。ある日、私が忘れ物をしたのを思い出し、昼前に家から少し離れたところにあるジムに行くと、誰かが練習をしている。練習時間は午後三時からと決まっているのに誰だろうと思って窓からのぞくと、翔吾でした。ひとりで真剣にサンドバッグを叩いている。あんなに真剣にサンドバッグを叩いている翔吾を見たのは初めてでした。私は何も言わずにそのままそっと引き返しましたが、翔吾に何が起き、どんな心境の変化があったのかまったくわかりませんでした。ところが、先月、真拳ジムの真田会長から広岡さんたちの話を聞いて、一挙に氷解しました」

黒木の長い話を聞き終わると、広岡がつぶやくように言った。

「そうですか。翔吾はあなたの息子だったんですね」

「いろいろお世話になりました」

「移籍をさせたり、試合を組んだり、勝手なことをしてしまいました」

広岡が謝罪の言葉を述べると、黒木がそれを遮《さえぎ》るように言った。

「いえ、深く感謝しています。息子を生き返らせてくれました」

はたして自分たちは翔吾を生き返らせたのだろうか。確かにボクサーとしての翔吾は蘇《そ》生《せい》させたかもしれない。しかし、そのことが、翔吾の人生にとってよいことだったかどうかはわからない。

――これが翔吾を不幸にすることにはならないだろうか……。

広岡が考えていると、黒木は視線を足元に落として言った。

「私は本物のボクサーになれなかった男です。大事なことを息子に教えることができなかった……」

本物のボクサー、と広岡は胸のうちでつぶやいた。

――果たして自分たちは、いや少なくとも自分は本物のボクサーだったろうか。四勝四敗で引退した黒木と、どこが違うというのだろう……。

「どうか翔吾をよろしくお願いします」

黒木に頭を下げられたが、広岡はどのように応えたらいいのかわからず、ただ同じように頭を下げるしかなかった。

その場を離れかかった黒木が、不意に立ち止まって振り返ると、低い、絞り出すような声で言った。

「私は、あなたに二度負けました」

広岡は、ふたたび歩み去っていく黒木の背中を黙って見送ったが、胸のうちでこうつぶやいていた。いえ、勝ったのは黒木さんです。翔吾をこの世に送り出したのはあなたなのですから、と。

3

駅裏の居酒屋に急ぐと、半個室になった座敷に佳菜子がひとりで待っていた。

「遅くなってごめん」

広岡が謝ると佳菜子が言った。

「ここにひとりでいられたので、さっきまでのハラハラ、ドキドキがようやく落ち着いてきました」

「それはよかった。みんなもそろそろ来るはずだから……」

広岡が言葉のすべてを言い終わらないうちに、佐瀬と藤原と星と翔吾の四人と、令子と郡司の二人を加えた六人が、店員に案内されて姿を現した。

「待たせたね」

佐瀬が佳菜子に向かって言うと、藤原が苦笑しながら広岡に言った。

「なんだかしつこい記者がいて、ジムを移籍した理由について、あれこれ訊くもんだから……」

「親子間の金銭のもつれか、だってよ」

星もうんざりしたように付け加えた。

「そうか。まあ、とにかく一杯飲もう」

広岡がねぎらうように言った。

全員が席につき、車の運転があるという郡司を除いて、生ビールで乾杯した。翔吾も一口飲んでみたいと言い出し、佐瀬が笑いながら許可した結果、佳菜子も一緒にビールを飲むことになったのだ。

ジョッキを一気に半分ほど飲み干すと、藤原が大きな息をつきながら言った。

「佳菜子ちゃんの言う通りになったな」

「そうだ、佳菜子ちゃんの言った通り翔吾はノックアウトで勝った」

星が相槌を打った。

翔吾はその二人のやりとりを嬉しそうに聞いている。広岡は、その翔吾の顔つきを見て、もしかしたらと思った。もしかしたら、翔吾は佳菜子の「黒木君は相手を倒して勝ちます」という言葉を「本当のこと」にするために藤原のインサイド・アッパーを使いたがったのかもしれない、と。

「あのアッパーはすばらしかった」

星が珍しく感嘆したような声を出した。

すると、藤原も満足そうに言った。

「俺もあれほど完璧な一撃は打ったことがない」

そして、ジョッキに残っているビールを飲み干すと、藤原が星に向かって言った。

「次はキッドのキドニー……いや、ボディー・フックだな」

「そうだな」

星はうなずいてから、翔吾の顔を見ながら付け加えた。

「しかし、その前にやらなければならないことがある」

翔吾は何だろうという表情を浮かべて星の顔を見た。

「あのパンチを効果的なものにするには、もう少し体を鍛える必要がある」

「ウェイト・トレーニングをするということですか」

翔吾が星に訊ねた。

「いや、そうじゃない。できれば、俺たちと同じことをやるんだ。俺たちは、体幹を鍛えるのに一番いい方法を、知らず知らずのうちにやっていたんだ」

星が何を言おうとしているのかわかった広岡が、あとを引き受けて説明した。

「自分たちは、アルバイトに横浜の埠頭《ふとう》に行っていた。そこで荷役の仕事をさせてもらっていたんだ」

会長の真田の大学時代の友人に、本牧《ほんもく》で港湾荷役の仕事をしている会社の二代目がいて、自由な時間に自由に働くことを許してくれた。倉庫に入っている段ボール箱をトラックに積み込み、桟橋に横づけされている船まで運んでから船積み用のコンテナに移し替える。段ボール箱の中身はさまざまだったが、たとえそれが比較的軽めの繊維物であっても、数が百、二百となると、真冬でも汗が噴き出てきたものだった。

土手の斜面を登り降りする朝のロードワークだけでなく、日中に埠頭で行う段ボール箱の荷積みによっても、広岡たちは知らないあいだに体を鍛えられていたのだ。

広岡が翔吾にそう説明したあとで、ゆっくりとしたピッチでビールを飲んでいる令子に訊ねた。

「いま真拳ジムであのアルバイトをしているボクサーはいますか」

「まさか。いまどき、そんなアルバイトをしてまでボクシングをやろうという子はいないわ」

「そうですか……ところで、佐藤興業の社長はお元気ですか」

広岡が訊ねると、令子が笑って言った。

「それも、まさか、よ。いま生きていらっしゃったら百歳を超えているわ。もう亡くなって、息子さんが跡を継いでいるの。いまも、うちの選手が試合をするときは、ご自分の名前で必ず激励賞を出してくださって……黒木君の試合のときも読み上げられたでしょ」

「ああ、あの佐藤さんが……」

広岡はそう言ってから、令子に頼んだ。

「翔吾を佐藤興業で働かせてもらえないでしょうかね」

「まだ、あなたたちがやっていたような仕事があるかしら……」

「頼むだけ頼んでいただけますか」

「わかったわ」

令子が了解すると、藤原が広岡に相談するような口調で言った。

「仁、翔吾を本牧に通わせるとすると、平井からでは遠すぎる。翔吾をチャンプの家に住まわせたらどうだろう」

「そうだな、いいかもしれない」

星が同調した。

「いいんですか？」

翔吾が弾《はず》んだような声を上げた。

「どうだ」

佐瀬も賛成しているらしく、広岡に同意を求めるような口調で言った。

「そうだな……二階の部屋もひとつ空いているし……」

広岡が言うと、藤原が断定的に言った。

「よし決まった。来月から、おまえもチャンプの家の住人だ」

そして、こう付け加えた。

「住人はカステラの箱に食費として月に三万円入れることになっている。おまえも入れるんだぞ。特別待遇はなしだ」

「最初は二万円でスタートしたんだけど、ビール代が嵩《かさ》んで三万になってしまったんだ」

佐瀬が申し訳なさそうに言った。

「おまえはビールを飲まないが、やっぱり三万だ。金はあるか」

藤原が訊ねると、星が笑って言った。

「次郎より持っているさ。なによりこの試合のファイトマネーがある」

「そうだったな。それは安心だ」

すると、そのやりとりをニコニコしながら聞いていた佳菜子が、急に生真面目《きまじめ》な顔つきになって広岡に言った。

「わたしもチャンプの家に住まわせてもらえませんか」

意外な申し出だった。佳菜子の真意がわからず広岡が戸惑っていると、藤原が先に言った。

「二階の和室が空いているよな」

「いいなあ、佳菜ちゃんが一緒だったら」

佐瀬も嬉しそうに言った。

チャンプの家で暮らしたいという佳菜子に、令子が言った。

「進藤さんが心配しない？」

「かえって安心すると思います」

佳菜子が以前と同じ台詞《せりふ》を口にした。何が「かえって」なのだろう。

広岡がどうしようか迷っていると、令子が言った。

「でも、なんだか楽しそう。羨《うらや》ましいわ」

「もし住まわせていただけたら、みなさんの朝食を作らせてもらいます」

佳菜子が言った。

「それはいいなあ」

佐瀬がまた嬉しそうに言った。

「でも、どうして？」

星が訊ねると、佳菜子がおどけた口調になって言った。

「家賃が倹約できるからです」

「浮いた家賃を何に使うの」

「貯金します」

「何のために」

「それは……」

広岡は、ふと、かつて佳菜子が口にしたことのある言葉を思い出し、言った。

「ヒ、ミ、ツ、なんだね」

「そうなんです」

佳菜子がクスッと笑って言った。

翔吾と佳菜子がチャンプの家の一員になるという。そのことに藤原や佐瀬や星が浮き立つような気分になっている。広岡もまた、自分が同じように感じていることに気がつき、戸惑った。

どうしよう……広岡が考えていると、佳菜子が言った。

「こうなると思ってました」

「何が？」

広岡が訊ねた。

「黒木君がチャンプの家で暮らすこと」

「どうして？」

「黒木君が翔吾という名前だからです」

「どういうこと」

「里見八犬伝と同じです」

「里見八犬伝？」

広岡がおうむ返しに訊ねた。

「広岡さんを最初にアパートへお連れしたとき、仁一の仁は里見八犬伝から来ている名前だって話してくれましたよね」

佳菜子が広岡に言った。

「覚えてる」

「そのあとで、里見八犬伝を読んでみたんです。マンガでしたけど」

「里見八犬伝と翔吾がチャンプの家で暮らすことに何か関係があるのかな」

「里見八犬伝では犬という名前のついた人が次々登場してきますよね、犬塚とか犬山とか」

「それが？」

「気がつきませんでしたか？」

「わからない」

「黒木君は……五番目の住人になることになっていたんです」

広岡には佳菜子の言おうとしていることがまったくわからなかった。佳菜子はしばらく黙り込み、おもむろに口を開いた。

「広岡さんは仁一で、一です。藤原さんは次郎で二です」

「そうか、サセケンが健三で三だな」

藤原が口を挟《はさ》んだ。

「ええ。星さんは、亡くなった奥さんの願いを聞いて弘を弘志と名前を変えましたよね。それは奥さんが星さんに四に通じる字を与えようとしたんだと思います」

星が息を呑《の》んだ。

「あいつが……俺に……四に通じる字を？」

「たぶん」

「そして、翔吾が五というわけか」

藤原が言うと、佳菜子が口を開く前に、佐瀬が上気したような顔つきになって言った。

「チャンプの家の五人男の五人目は、猫のチャンプではなくて翔吾だったのか！」

「犬のつく名前ではなく、数を背負った名前ということなんだね」

星が確かめ、佳菜子がうなずいた。

「すると佳菜ちゃんは何になるんだろう」

藤原が首をかしげながら言った。

「佳菜子の菜で七なのかな」

佐瀬が言うと、藤原が首を振った。

「少し無理があるな。それに六がいない」

佳菜子はしばらく黙っていたが、意を決したように口を開いた。

「六はわたしです」

「どうして？」

藤原が佳菜子に訊ねた。

「土井というのは母の再婚相手の姓で、死んだ父の名字はムツウラというんです」

「ムツウラ……六つの浦？」

「はい」

「そうか、佳菜ちゃんは本当は六浦佳菜子というのか」

藤原が言うと、佐瀬が言った。

「そうすると、まだ七と八が現れてないということなのかな」

「さあ、わたしにもそこまではよくわからないんですけど……」

「いや、もしかしたら、六までかもしれないな」

星が何かに気づいたように言った。

「ほら、昔、真田会長が言っていたことがあるだろう。六頭の竜……」

「あっ、そうだ。日車、というやつ……」

藤原の言葉に導かれるようにして、広岡も一挙に思い出した。

古代の中国では朝日は六頭の竜に曳《ひ》かれた車、「日車」に乗って昇ってくるとされていたという。初期の真拳ジムは会長の真田とトレーナーの白石と四人のボクサーの六人だけだった。会長は、この六人を六頭の竜になぞらえ、一緒に真拳ジムという太陽を昇らせようと言っていた。真拳ジムを世に知らしめようと。

「仁がアメリカから帰ってこなくなって、会長は竜が一頭いなくなってしまったと嘆いていた」

藤原が言うと、佐瀬がつぶやいた。

「そうすると、この六人が新しい六頭の竜ということになるのかな」

「俺たちが曳く太陽は何なのだろう……」

星が誰にともなくつぶやくと、佳菜子が令子を見て言った。

「会長です」

「お嬢さん？」

佐瀬が驚いた声を出すと、令子が大きな声で笑って言った。

「わたしが太陽なら、朝日じゃなくて夕日になってしまうわよ」

「でも、どうして会長が」

藤原が佳菜子に訊ねた。

「会長のお名前は令子です。令は零、〇です」

「あっ、確かにそうだ、一から六までの竜が零の太陽を曳き上げるのか」

「わたしなんか曳き上げたって、何にもなりはしないわよ」

令子がさらに冗談にして笑い飛ばそうとすると、佳菜子が真面目な口調で言った。

「それは、きっと、会長の望みを叶えるということだと思います」

「令子……さんの望みは何です」

陰で呼び捨てにしている星が、令子の名前を言いにくそうに口にしながら訊ねた。

「そうね……わたしに望みなんていうのはもうないも同然だけど……もしあるとすれば、やっぱり、世界チャンピオンをうちのジムから出すことかもしれないわね」

「そうか。俺たち六頭の竜が曳き上げる太陽は、令子さんが手にする世界チャンピオンのベルトということになる」

星が言った。

「そうか、世界チャンピオンか」

藤原が繰り返した。

「翔吾を世界チャンピオンにすればいいんだ」

佐瀬がうなずきながら言った。

「真拳ジムとしては大塚じゃなくて翔吾でもいいんですか」

広岡が令子に訊ねると、それまでウーロン茶を飲みながら静かにみんなの話を聞いていたトレーナーの郡司が口を開いた。

「黒木君はもう立派に真拳ジムのボクサーです」

「そうね。大塚でも黒木君でも、もし世界チャンピオンになってくれたら、父に何ひとつ親孝行できなかったわたしが、最高のプレゼントを贈ることができる」

令子はそこで言葉を切り、続けた。

「そして、いつでもこのジムを閉められることになるわ」

そのとき、広岡は、自分が日本に帰ってきたのはこのためだったのかもしれない、と思った。

第十七章　来訪者

1

十一月も半ばを過ぎると、六人で暮らすチャンプの家での生活のリズムも落ち着くところに落ち着くようになってきた。

それは、山越戦の二日後には引っ越してきてしまった翔吾の、一日の時間の過ごし方が定まってきたことによるところが大きかった。

朝、六時に起床するとロードワークに出る。多摩川の上流で見つけた土手の斜面を使っての走りから戻ると、シャワーを浴びて朝食をとる。八時半に進藤不動産に向かう佳菜子の軽自動車に同乗し、近くの駅で降ろしてもらう。そこから電車に乗って横浜を経由して本牧まで行き、埠頭《ふとう》で荷役の仕事をする。真拳ジムの令子が佐藤興業の社長に連絡を取ると、快く翔吾を働かせてくれることになったのだ。かつての広岡たちと同じく、働く時間は前の週までに届け出れば自由に変更することが可能で、もちろん試合が近づいてきた場合は休むこともかまわないという。当面は十時から四時まで、昼の休憩時間を除いて五時間働くことになった。仕事を終え、五時半にチャンプの家に戻ってくると、七時半までミット打ちなどのジムワークをする。八時から全員揃《そろ》っての夕食をとったあとは午後十一時の就寝時間まで自由に過ごす。

この翔吾のタイム・スケジュールに従って、チャンプの家の住人のそれぞれの行動が決まってきた。広岡たちの朝のランニングも翔吾のロードワークの時間と合わせることになったし、佳菜子が作ってくれる朝食も七時半には食べられるようになった。

日曜はロードワークだけでジムワークは休む。それまでと同じく日曜の夕食は広岡の作るカレーだったが、翔吾が手伝うようになった。同じ時期にチャンプの家で暮らすようになった二人のうち、佳菜子は朝食を担当しているが自分は何もしていない。だから、せめて休日の夕食くらい手伝わせてほしいと言い出したのだ。最初のうちはタマネギを炒《いた》めるくらいだったが、やがて広岡はすべてを翔吾に任せるようになった。そうして完成したカレーの味は、日によってばらつきはあったが、全員が「おいしい」と喜んで食べた。

広岡たちにとって思いがけないことだったのは、翔吾とチャンプの家のことがボクシング誌だけでなく、一般のスポーツ誌にも取り上げられてしまったことだった。若く挫折しかかった若者と、それを立ち直らせた元ボクサーの老人たちの物語、というのがジャーナリスティックな興味をかき立てたらしかった。一年近いブランクのあった若手のホープが、ジムの先輩の助けを借りて鮮やかなノックアウトでカムバックした、と。とりわけ、山越戦の直後、広岡が控室の外の廊下で出会ったベテランのライターが書いた記事が、大きな反響を呼んだ。

真拳ジムを通してそのライターから正式に取材の依頼があったとき、広岡は即座に断ってくれるよう令子に頼んだ。だが令子は、翔吾のこれからのことを考えて取材を受けた方がいいと忠告した。そのライターは信頼できる人であり、妙なことを書こうとしているわけではない。書かれることで翔吾の人気が増せば、それだけ王座に挑戦するチャンスも巡ってきやすくなる、と。そこで、四人を代表して藤原にインタビューを受けてもらうことにしたが、のちにその記事を読むと体がむず痒《がゆ》くなるような美談に仕立て上げられていた。藤原が、翔吾との出会いの場面を筆頭に、あることないこと、好き放題に脚色してしゃべっていたのだ。

それ以後もいくつかの新聞や雑誌、中にはテレビ局からの取材依頼もあったが、広岡はすべて断ってもらうことにした。

広岡には、そうしたことが、チャンプの家での六人の生活をわずらわしいものにしてしまいかねないと思えたのだ。

チャンプの家におけるジムワークは依然として庭で行われていたが、秋が深まるにつれて日が暮れるのが早まり、練習を始める頃にはあたりがすっかり暗くなっているようになった。

そのため、藤原がベランダの屋根の部分に明るいライトを二つ取り付け、庭を照らすように工夫してくれた。

照明の問題は藤原が設置してくれたライトで解決したが、夕方になると急に冷え込んでくる温度への対策をどうするかということが問題として残った。寒さで筋肉が固まったまま練習をしていると怪我《けが》をしやすくなる。四人での話し合いの末、雨が降っていなくとも家の中で練習させた方がいいかもしれない、ということになった。

その前に、とりあえず、サンドバッグを倉庫内で叩《たた》かせることにした。納屋《なや》風の倉庫に梁《はり》を渡し、そこにサンドバッグを吊《つ》るすことにしたのだ。その作業は、さすがに藤原の手に余るため、チャンプの家の内装を手掛け、神代楡《じんだいにれ》のテーブルも作ってくれた大工の氷見《ひみ》に引き受けてもらった。

氷見は、息子の友人である田崎を助手として連れてくると、半日足らずで頑丈な梁を渡してくれた。すべての作業が終わったあとで、広間に上がって休んでもらうと、自分の作った神代楡のテーブルが部屋によく馴染《なじ》んでいるのを見て喜んでくれた。

それはウィークデーの午前中のことだった。チャンプの家に電話が掛かってきた。広岡が出ると、真拳ジムの令子が、話したいことがあるので会えないだろうかと言う。それならジムにうかがいますと応じると、ジムでは話しにくいことだと言う。

「今日の午後にでも、そちらにうかがっていいかしら」

広岡は、重ねて、こちらから出向きますと言ったが、令子は、みんなが住んでいる家を一度見てみたいからと別の理由を付け加え、自分の方から訪ねると言ってきかない。広岡も、それでは、と引き下がらざるをえなかった。

いつものように翔吾と佳菜子、それに藤原は朝から仕事に出ていた。星は、死んだ妻の後輩にあたる女性から「まこと」と同じような店を作りたいという相談を受けたとかで、昼前には横浜に出かけていた。

佐瀬も簡単に昼食を済ますと、借りている家庭菜園の手入れのために軽トラックに乗って家を出た。

広岡は、アメリカから送られてきた各種の報告書をチェックするため、自室でノート型のパソコンに向かっていた。

ホテルの経営を任せている部下からは人事に関するいくつかの緊急な案件に対しての

判断を求められている。財産の管理を委ねている会計士からも税金の処理方法の選択を迫られている。弁護士は、アメリカ有数のホテル・チェーンが二つのホテルの同時買収を持ちかけてきたことを伝えてきている。

そのひとつひとつにメールで返事を書きながら、もうほとんど自分のことのように思えないほどすべてが遠くなっていることに驚いていた。

古いながらも実質的には自分が育て上げたといってよいダウンタウンのホテルも、新たにダウンタウンから離れた海沿いの町に作った小さなリゾートホテルも、いまはどちらも遠くなってしまっている……。

午後三時になり、コーヒーでもいれようかなと思っているところに、令子が訪ねてきた。手に和菓子が入っているらしい手提げ袋を持っている。神代楡のテーブルの前に座ってもらうと、令子がその袋を差し出しながら言った。

「これはみなさんで食べてください」

広岡は、頭を下げてから、訊《たず》ねた。

「お茶にしますか、コーヒーにしますか」

「おかまいなくと言うべきなんでしょうけど、コーヒーをお願いしようかしら。佳菜子ちゃんが、広岡君のいれてくれるコーヒーはとてもおいしいと言っていたから」

「口に合うかどうかわかりませんけど」

広岡がキッチンでコーヒーをいれる準備を始めると、令子が少し声を張り上げるようにして言った。

「とても素敵なお住まいね」

「そうですか」

「同じような広さの家なのに、わたしのところは、ただのガラーンとした古い家という感じになってしまったわ。でも、ここはなんとなく生き生きとしている。人が多く暮らしているからかしらね」

「お嬢さんは、いまもあのお宅に住んでいらっしゃるんですか」

広岡がキッチンから令子に言った。

「そう。父が死んだとき、売り払ってもよかったんだけど、父のことを思うと、なんとなく手放せなくてね。必死で相続税を都合して残したの」

「そうでしたか」

「でも、わたしひとりでは広すぎてね。もう少し手狭なところで暮らしたいと思っているんだけど……」

広岡はドリップ式のコーヒーをいれるとカップを運んで令子の真向かいに座った。

「どうぞ」

一口飲んで、令子が言った。

「おいしい。なんとなく父がいれていたコーヒーの味に似ているわ」

広岡が真拳ジムに入ってコーヒーを飲むようになったのは、会長の真田とトレーナーの白石がコーヒーを切らさず飲んでいたからだった。そして、たまに真田が合宿所でいれてくれるドリップ式のコーヒーは、白石が家から持ってくるコーヒーメーカーでいれたポットのコーヒーに比べて、はるかにおいしいように思えた。広岡がアメリカでもドリップ式でいれたコーヒーを飲みつづけていたのもそれが理由だったかもしれない。

「いや、会長のいれるコーヒーはもっとおいしかったです」

広岡が言うと、令子は口元にいつもの悪戯《いたずら》っぽい笑いを浮かべて言った。

「広岡君も、やっぱりなんでも昔の方がよかったと思ったりするクチなのかな」

そんなこともないと思いますけど、と広岡は言いかけて、念のため自分のいれたコーヒーを一口飲み、真田のいれてくれたコーヒーと比べようとした。しかし、それはもう比べようのないくらい遠いものとなっていた。

何もかも遠くなっている。そのことに茫然《ぼうぜん》となりかけたが、感傷的になりそうな気持を振り払うようにして、令子に訊ねた。

「……それで、話というのは？」

「そうそう。肝心な話をしなければね」

令子は言い、こう続けた。

「実は、大塚のことなの」

「…………」

「といっても、大塚だけのことではなく、黒木君のことでもあるんだけど」

意味がわからず、広岡は黙ったまま令子の顔を見た。

「大塚の次の試合のことなの。水面下で世界戦が決まりかけていたんだけど、いやだと言うの」

「大塚が？」

「大塚が」

「やりたくないと？」

「ええ。別の相手とやりたいと言うの」

「誰です」

「……黒木君」

「翔吾と？」

「そうなの。スパーリングでノックダウンされたことがよほどショックだったらしくてね。黒木君と正式に試合がしたいと言い出したの。同じジムの選手同士が戦うなんていうのはあまりないことだし、どちらが傷ついても困るから、そんなことはできないと突っぱねたんだけど、どうしても納得しないの。黒木君を倒さなければ、自分は前に進めない。世界タイトルに挑戦するのは黒木君に勝ってからにしたいと言ってきかないのよ」

広岡には大塚の気持がわかるように思えた。いくらスパーリングだとはいえ、あれほど完璧にノックダウンされたことを簡単に忘れ去ることはできないだろう。翔吾のことを、世界に挑戦する前に乗り越えなくてはならないひとつの壁と考えても不思議はない。だが、もちろん、令子の言う通り、同じジムの選手となった二人を戦わせるなどということができるわけもない。同門だからというだけでなく、マッチメークさえうまくやれば、WBAやWBCなどという異なる団体の世界チャンピオンの座に、二人同時に就かせることも夢ではない有望な選手なのだ。

「大塚はお母さんと二人だけで暮らしていてね。お母さん思いのとてもやさしい子で、こんなに頑強に自己主張することなんて滅多にないことなの。いいえ、もしかしたら初めてかもしれない」

「そうですか……」

「トレーナーの郡司はもちろん、他の誰に相談しても、そんな馬鹿なことをさせるジムの会長はいないと言われるし、実際わたしもそう思う。どうしたらいいか、困ってしまってね。そこで……」

令子は広岡の顔を見て、言った。

「そこで、お願いがあるの。黒木君に断ってほしいの」

「…………？」

「黒木君が大塚の挑戦を退ければ、大塚も諦《あきら》めると思うの」

なるほど、と広岡は思った。確かに、翔吾が大塚の挑戦を受けなければどうしようもない。それに、大塚は翔吾が逃げたということで自尊心を満足させることができるかもしれない。

「具体的にはどうしたらいいんでしょう」

「黒木君に、大塚との試合はする気がないということを、なんらかのかたちで表明してほしいの」

「なんらかのかたち、というと？」

「黒木君にインタビューしたいというスポーツ紙の記者がいるんだけど、それに応じてもらって、そこで大塚とはやるつもりがないと宣言してもらうとか……」

「わかりました。翔吾に訊《き》いてみます」

広岡が言うと、令子がホッとしたような笑顔になって言った。

「よかった。負ける姿なんて、どちらも見たくないものね」

その夜、チャンプの家での六人揃っての食事が終わり、いつものようにみんなで後片付けを済ませると、広岡が和菓子の包みを広げながら言った。

「お嬢さんが持ってきてくれたものだ」

　すると、藤原が訊ねた。

「何の用だったんだ」

　そこで広岡は、真拳ジムの大塚が世界戦を回避して翔吾と試合をしたいと言い出していること、翔吾に勝たなければ次のステップに進めないと言っていること、しかし令子は二人を戦わせたくないので困って相談に来たということを話した。

「大塚には、よほどあのインサイド・アッパーがこたえたんだな」

　星がひとり納得するように言うと、佐瀬がとんでもないというように首を振りながら言った。

「どんな理由があれ、同じジムの有望選手が潰《つぶ》し合いをするなんて正気の沙汰じゃない。絶対に避けた方がいい」

　藤原も同意して言った。

「そうだな。翔吾だって、やるつもりはないだろ？」

「…………」

　翔吾が黙っているのを見て、藤原が驚いたように言った。

「おや？　なんだ？」

それでも黙っている翔吾に、星が半信半疑というように訊ねた。

「ひょっとして、おまえもか？」

全員の視線が翔吾に注がれた。すると、翔吾がようやく重い口を開いた。

「あのスパーリングのとき、俺《おれ》は大塚さんにまるで歯が立ちませんでした。もし第五ラウンドにあのインサイド・アッパーで倒せなかったら、第六ラウンドでボコボコにされていたと思います」

「それはそうかもしれない」

藤原がうなずいた。

「俺も、もう一度、大塚さんとやってみたいです」

「だったら、スパーリングをやってもらえばいい」

佐瀬が言ったが、翔吾はその言葉には反応せず、熱い口調で語りつづけた。

「俺も、大塚さんとやって、倒せなかったら前に進めないような気がします。大塚さんに勝てないようなら、世界タイトルなんて、夢の夢です」

「しかし……」

そう言いかけた佐瀬の言葉を遮《さえぎ》るようにして翔吾が続けた。

「大塚さんとやって、勝つことができたら、世界を摑《つか》めそうな気がします」

「危険だぞ」

星が言った。

確かに、星が言う通り、もし翔吾が大塚と戦うことになれば、勝てる確率はよくて五分くらいしかないだろうと広岡も思った。

「違う道もあるような気がするが……」

広岡が静かに言った。

「でも、やってみたいんです」

その翔吾の言葉を受けて、藤原が他の三人に向かって言った。

「大塚が言っていることも、翔吾が言っていることも、俺は真っ当だと思う。同じジムに属しているからやらせられないなんていうのは、外野の勝手な理屈だ。戦うのはボクサーだ。その二人がやりたいと言っている。それを、外野の俺たちが止めるなんていうことが許されるんだろうか」

「たまには次郎もいいことを言う」

星がまぜっ返したが、その星もまた藤原と同じ意見らしく、こう続けた。

「正直に言えば俺も翔吾が大塚と戦うところを見てみたい。あの時点ではスピードもテクニックも大塚の方が上だった。だが、翔吾は日に日に力をつけてきている。やれば、きっといい試合になると思う」

「どう思う？」

広岡が佐瀬に訊ねた。

「俺は反対だ。あと一、二試合、リスクの少ない相手とやらせたい」

すると、翔吾が遠慮がちながら、はっきりとした思いのこもった口調で言った。

「リスクのない相手と戦っても仕方がないような気がします。俺はどんなときにも自分より強い相手と戦いたいです」

たぶん、世界タイトルを目指すという意味においては、徐々に道を均《なら》していこうという佐瀬の方が正しいのだろう。翔吾のように常に自分より強い相手と戦いたいなどというのは青臭い理想論にすぎないのかもしれない。少なくとも、タイトルの獲得やランキングの上昇を第一に考えるかぎりは常識はずれということになる。だが、ひとりくらい、常識はずれのボクサーがいてもいいのではないか。それに、翔吾が言う通り、大塚に勝てないようなら、世界タイトルなど望むべくもないだろう。

「この数カ月で、翔吾を大塚に勝てるボクサーにすることはできない相談だろうか」

広岡が、佐瀬の気持を配慮し、質問するかたちを借りて自分の意見を述べた。

すると、佐瀬がしばらくじっと考えたあとで、絞り出すような口調で答えた。

「できないことは……ないと思う」

「よし、それなら、やらせてみよう」

藤原が声を張り上げて言った。

2

翌日の昼前、広岡は令子の携帯に電話を掛けた。

令子は、大塚ばかりでなく、翔吾も戦いたいという強い思いを持っていると知ると途方に暮れたようだったが、少し考えさせてほしいと言って電話を切った。

「お嬢さんは、何て言ってた？」

ひとりだけまだチャンプの家に残っていた佐瀬が訊ねた。

「少し考えたいそうだ」

広岡が答えると、佐瀬は令子に同情するように言った。

「ジムの会長としては難しい判断だからな」

広岡は黙ってうなずいたあとで、キッチンに向かいながら佐瀬に訊ねた。

「これから蕎麦《そば》を茹《ゆ》でるが、食べるか？」

「いいな。つけ汁はいつものやつか？」

「そうするつもりだ」

豚のバラ肉と佐瀬が家庭菜園で収穫してきたナスを煮込んでたっぷりとしたつけ汁を作り、ぶつ切りにして軽く焦《こ》がしたネギを入れる。茹で上がった蕎麦を水にさらして冷たい「もり」にすると、それを熱々のつけ汁につけて食べる。佐瀬は広岡が昼食用に作るその蕎麦の食べ方が気に入り、遠慮がちにリクエストするということが続いていた。

佐瀬はできあがったその「つけ蕎麦」を食べると、いつものように機嫌よく家を出て、借りている家庭菜園に向かった。

ところが、その佐瀬が、ほとんど間を置かずに戻ってきた。そして、玄関に立ったまま、薄く開けた扉のあいだから外をうかがっている。

「どうかしたか」

玄関ホールに出てきた広岡が訊ねると、佐瀬が言った。

「家のまわりを妙な奴がうろついているんだ」

「妙な奴？」

「イージー・ライダーのなりそこないのような奴が、バイクでこのあたりをグルグル廻っている」

「バイクで……」

「ビニールだか革だかわからないようなつなぎの服を着て、ヘルメットにサングラスをかけている」

そのとき、広岡の頭に閃《ひらめ》いたことがあった。佳菜子が進藤不動産に就職した経緯を話してくれたとき、進藤が高校時代に同じアイドル・グループの「追っかけ」をしていたという仲間について話していたことがあった。佳菜子によれば、かつてのその仲間は、弁護士になっているのに頭にはバンダナを巻いてバイクに乗っているような妙な人だと言っていた記憶がある。もしかしたら、その弁護士かもしれないと思ったのだ。

「心当たりがなくもない。サセケンは心配しなくていいから、菜園に行ってくれないか」

「そうか……でも、大丈夫か？」

「別に問題ないと思う」

佐瀬は玄関から車庫に行き、オンボロの軽トラックに乗り込んで家庭菜園に向かった。

広岡が家の前の道に出てあたりを見まわしていると、やがて排気量が五、六百はありそうな大型バイクが姿を現し、隣の家の手前で停まった。ライダーは、佐瀬が言っていた通り、黒いつなぎのスーツを着てサングラスをかけている。

サングラスの下の眼は見えないが、なんとなくこちらをうかがっているように思える。

広岡はバイクの方に歩いていき、声をかけた。

「もしかしたら、土井さんのお知り合いの方ですか」

広岡に声をかけられると、バイクに乗った男性は、サングラスを取り、片側の唇の端だけを上げる皮肉っぽい笑いを浮かべながら言った。

「広岡さん……ですか」

「そうですが……あなたは」

それには直接答えず、男性は広岡の全身を舐《な》めるように見てから言った。

「どうやら、聞いていた通りの方のようだ」

「土井さんに何かご用ですか」

「いや、そうじゃないんですが……」

もしかしたら、外で立ち話をするようなことではないのかもしれない。

「よかったら、家に上がりませんか」

広岡が誘うと、男性が言った。

「そうさせてもらえると……」

広岡は、男性にバイクを車庫に入れるよう指示してから、家の中に案内した。

男性は、ヘルメットを手に、玄関ホールから居間兼食堂の広間に入ってくると、部屋全体を見まわし、それが癖らしい皮肉っぽい笑いを浮かべながら言った。

「土井佳菜子も、なかなかいい家で暮らしていますね」

テーブルの前の席を示して座らせると、すぐに広岡は訊ねた。

「コーヒーは？」

「ありがたいな。少し喉《のど》が渇いている」

コーヒーをいれて戻り、カップを前に置いてあらためて向かい合うと、男性は一口飲んでから言った。

「おいしいなあ」

それが令子とまったく同じような素直な口調だったことが面白く、広岡はつい笑ってしまった。

男性はつなぎのポケットから名刺入れを取り出し、その中の一枚を広岡の眼の前に置いた。

宇佐見総合法律事務所
弁護士　宇佐見　薫

やはり、弁護士だった。

広岡が、出された名刺にじっと視線を落としていると、宇佐見という弁護士が照れたように言った。

「何が、総合、だって話ですけどね」

名刺にある宇佐見総合法律事務所という名称を指しての言葉のようだったが、広岡は、それがいかにも少年っぽい口調だったことに好感のようなものを抱いた。

「土井さんとはどういうお知り合いなんですか」

広岡が訊ねると、宇佐見がまた片側の唇の端だけを持ち上げて笑いながら言った。

「そうですね、それを説明するのは、とんでもなく長い時間がかかるんですよ」

「かまいません」

「かまわない。そうですか。でも、そちらがかまわなくても、こちらに時間の制約がありましてね。勝手に押しかけておいて申し訳ないんですけど、午後四時までには赤坂の事務所に戻らなくてはならない。クライアントに会わなくてはならないんでね。これが芸能人同士の離婚話という、まったくどうでもいいような案件なんですけど、金になる。だから、できるだけ簡単に話をすると……」

「土井さんも依頼者のひとりなんですか」

広岡が訊ねると、宇佐見が答えた。

「私と土井佳菜子との関係は、弁護士とクライアントの関係というより……そう、それまで会うことのなかった親戚の叔父と姪《めい》というような関係に近いんじゃないかな。叔父さんは可愛い姪のためにボランティアのようなことをしているんです」

「ボランティア？」

「職業はこの名刺にあるように弁護士ですが、実にいい加減な男でしてね、金になればどんな仕事でもやる。芸能人の離婚裁判も引き受ければ、風俗産業の経営者の税逃れの手伝いもする。しかし、頼まれて面白そうなら金にならなくてもやる。過激派の弁護を買って出ることもあれば、カルト教団からの脱会の手引きもします。私の友人たちは、冗談半分に、過激派からヤクザまでの宇佐見商店、と言ったりしています」

進藤と同じ年頃だとするなら五十代の半ばだろう。しかし、進藤とは違って、興味の赴くままに行動しているという腰の軽さからくる若さがあるように思われる。

それにしても、ボランティアとはどういう意味なのか。

「土井さんに、どんな援助をしているんですか」

広岡が訊ねると、宇佐見はそれには直接答えず、言った。

「先日、雇い主の進藤から、土井佳菜子が引っ越したという連絡がありましてね。これまでの一人暮らしからシェアハウスのようなところで集団生活を送るようになったというので、少し心配になりましてね」

「それで様子を見にきたというわけなんですね」

「まあ、そうです。進藤は一緒に暮らす人たちについては心配する必要はないと言っていましたけど、この眼で見ないと安心できない性分でしてね」

「それで、どうでした」

「ひとまず安心しました。少なくとも、過激派にスカウトされたわけでもなく、妙なカルト教団に入ったわけでもなさそうだということがわかりましたから」

「それはよかった」

広岡が苦笑を浮かべながら言った。

「進藤は、大量のボディーガードを無料で雇ったようなものだなんて言っていましたけど、どうやら本当のようだ」

宇佐見も笑いながら言った。

しかし、それを聞いて、広岡はボディーガードという言葉が気になった。それは、単に若い女性が都会で暮らすことによって生じる危険、といったものとは本質的に異なるものから佳菜子を守る必要があるというように聞こえたからだ。

「土井さんには、ボディーガードが必要な何かがあるんですか」

広岡の質問に、宇佐見はしばらく考えていたが、やがて意を決したように言った。

「このことは、広岡さんには知っておいてもらった方がいいかもしれません」

そこから宇佐見は、佳菜子になぜボディーガードのようなものが必要なのかについて話しはじめた。さすがに弁護士らしく、いくらでも長くなりそうな話を要領よくまとめて話してくれたが、広岡には意外なことばかりだった。

佳菜子の父親がすでに亡くなっていることは山越に勝った直後の「祝勝会」の席で聞かされていたが、まさか母親まで死んでいるとは思っていなかった。また佳菜子は、どこかの施設か病院のようなところに長いあいだ入っていたことがあるのかもしれないと感じることはあったが、そこが冬は深い雪に閉ざされる山奥の孤立した集落だったとは想像もしていないことだった。

宇佐見によれば、神戸に住んでいた佳菜子は四歳のとき交通事故で父親を失ったという。若かった母親は佳菜子を連れて再婚したが、その相手が暴力的な性向を持つ危険な男だった。離婚しようとしても応じてくれず、母親は佳菜子を連れて転居を繰り返したが、そのたびに見つけだされて暴力を振るわれた。

途方に暮れた母親は、最後に岐阜県の山深いところにある、シェルターのような集落に逃げ込んだ。

そこは京都の繊維問屋が昔から特別に手の込んだ織物を織ってもらっている集落で、戦前からさまざまな理由で庇護《ひご》を必要とする女性が逃げ込んでくる一種の「駆け込み寺」として機能していた。

逃げ込んだ女性は、そこで手織りの織機による布の織り方を覚えることで、かろうじてだが経済的に独り立ちできるようになり、逃れているものから追跡されなくて済むようになる。

その集落は、平家の落人《おちうど》部落として語り継がれてきた山間《やまあい》の村の、さらに奥に位置しており、明治時代に逃れ住むようになった五つの家族から始まっていた。そのような集落の存在を村人たちが許したのは、遠くの何かから「逃れてきた者」に対しては無条件に受け入れるという気風があったおかげだった。

その集落のことは、広く一般に知られることはなかったが、京都の繊維問屋を中継基地として、第二次大戦後も行き場を失った子連れの女性の最後の救いの場となっていた。

集落の運営は、明治時代から住んでいる五つの家族の合議に委ねられており、息をひそめるようにして暮らすということが永く貫かれていた。

だが、その集落に変化が起こった。

佳菜子が十五歳になったとき、母親がクモ膜下出血で死んだ。集落には「逃れてきた者」のひとりで医師の資格を持った女性がいて、小さな病気には彼女がすべて対応していたが、さすがに佳菜子の母親には手の施しようがなく、急いで最も近くにある市の病院に運んだが間に合わなかった。

ひとりになった佳菜子は、五つの家族の長老たちの合議の末、医師の資格を持った女性のもとへ預けられることになった。やはり一人暮らしをしていた彼女が進んで佳菜子を引き受けようとしてくれたのだ。

その女性は、佳菜子と同じ家で暮らしていくうちに、不思議なことに気がつくようになった。幼い頃から動物だけでなく、植物にも言葉をかけるような女の子であることは知っていた。しかし、注意して聞いていると、それは単なる一方的な言葉かけではなく、いかにも会話をしているようなのだ。この子には、動物や植物の声が聞こえるのではないか?

しばらくすると、佳菜子は天気の変化を正確に当てるようになった。

集落で暮らしている人は多かれ少なかれ雲の動きや風の匂いによって天気の変化を当てることができたが、佳菜子はそうした常識とは異なる、前触れなしの天気の急変を事前に当てるようになったのだ。

女性は、佳菜子に、ある種の予知能力があるのではないかと思うようになった。父親だけでなく母親をも失うという悲しみの中で、佳菜子に内在していた不思議な能力が表に現れはじめたのではないかと。

やがて、その女性のところに駆け込んでくる集落の病人に対して、応対に出た佳菜子が手を触れるだけで治してしまうということが起きるようになった。リュウマチに苦しんでいる老女の膝《ひざ》に軽く触れるだけで痛みが消えたり、ゼンソクで苦しんでいる男の子の胸を撫《な》でるだけで咳《せき》を止めたりするのを見て、女性は、佳菜子には予知能力だけでなく、特殊な治癒能力もあるのではないかと思うようになった。

佳菜子には普通では考えられない霊的な能力があるのかもしれない。そう考えざるをえないことが次々と起きている。女性は、半信半疑ながら集落の世話役である五家族の長老のひとりにそのことを伝えた。

実は、その五家族は、明治時代に政府から弾圧されて消滅したと思われていた新興の教団の信徒たちだった。九州を発祥の地とするその教団の信徒たちは、明治政府とその意を体《たい》したメディアに「淫祠《いんし》邪教」のレッテルを貼られ、徹底的に追い詰められていく中で日本の各地に小さな集団を作って生き延びていたのだ。

五家族の人々は新たにやってくる女性たちに信仰を無理強いすることはなく、信仰はその家族と、そこから分家していった家の周辺でのみ存続していた。だが、佳菜子に霊的な能力があることを知った長老たちが、教団を再興する千載一遇の機会が訪れたと考えるようになった。佳菜子こそ非業《ひごう》の死を遂げた教祖の生まれ変わりであり、新しい教祖と仰ぐことで、かつてと同じような教勢を獲得することができるかもしれないと夢を見るようになったのだ。さらにまた、大きな不幸から「逃れてきた者」である集落の女性たちにも、自分たちの悲しみや苦しみを癒してくれる存在としての教祖の誕生を受け入れる素地があった。

集落の長老たちは、五家族の力を合わせて、集落の中だけでなく、近隣の集落から人を呼び寄せ、佳菜子の霊的な能力を見せつけるようになった。

最初は長老たちの指示に従って素直に動いていた佳菜子が、時間が経つにつれてそのような自分の立場を嫌うようになった。自分の力を人のために使うのはかまわない。しかし、それが教祖というような存在への帰依《きえ》を強いるものとなったことを知ったとき、彼女はその立場からの脱出を考えるようになったのだ。

医師の女性も、佳菜子の能力が思いもよらなかったことに使われていくことに心を痛めるようになった。自分が長老たちに話したことで、佳菜子の運命を変えることになってしまったのではないかと思い悩むようになった。

ある日、弁護士の宇佐見は、赤坂の事務所にその女性の訪問を受けた。

宇佐見は、引き受け手のない過激派の弁護だけでなく、さまざまなカルト集団からの脱出の手助けをしているということでも知られており、何かのメディアで見たか読むかした上でのことだったらしい。

相談を受けた宇佐見は、しばらくしてオートバイのツーリングの途中、岐阜の山深いところにあるその村の近くに寄った。そして、女性と連絡を取り合い、村の外で佳菜子と直接会う手筈《てはず》を整えてもらった。

会って、話して、佳菜子に別の土地で生きる道を見つけてあげる必要があると判断した。

教団再興の動きはまだ初期の段階であり、反社会的な性格を持ってはいない。しかし、かつて明治時代に徹底的に弾圧されたという怨念《おんねん》のようなものが集団の記憶の古層に潜んでいる。それがいつどのようなかたちで暴発しないとも限らない。それに、少なくとも、この少女は教祖になることなど望んでいない。だが、そのとき佳菜子はまだ十七歳だった。脱出の手引きをしてもあまり面倒なことにはならないと思われる十八歳になるまで集落で待機してもらうことにした。

「その日がやってきて、私は村の外で待ち合わせた土井佳菜子をバイクに乗せると、そのまま四国の高知に住む私の母親のところに連れていきました」

宇佐見は広岡に話を続けた。

「土井佳菜子には近しい類縁がまったくいませんでした。だからといって東京の私の生活空間の近くに連れていくと、どんなことで見つけ出されてしまうかわからない。しかし、さすがに仁淀《によど》川のほとりの小さな町で一人暮らしをしている私の母親のところまでは眼が向かないだろうと考えたわけです。ピアノ教師をしている私の母親は土井佳菜子をとてもかわいがり、さまざまなことを教えたらしい。ピアノはもちろん、一緒に買い物をし、一緒に料理を作り、一緒にテレビを見る。岐阜の集落ではテレビを見ることができなかったので、最初のうちはよくテレビを見ていたそうです。もっとも、半年も経たないうちにあまり関心を示さなくなったようですけど。そのかわりに高校卒業の資格を取るための勉強をして、試験に合格しました。それは土井佳菜子にとって天界から降りて下界で暮らすためのリハビリの日々だったかもしれません。私の母親は、もし息子がもう少し若くてもう少しまともならお嫁さんに来てほしいくらいだと冗談を言うほど気に入ったようでした」

しかし、その牧歌的な生活もピリオドが打たれることになった。

ある日、二人で買い物に行き、帰る途中、ワンボックス・カーに乗った男女に襲われ、危うく佳菜子が拉致《らち》されそうになった。そのときは、偶然、車で通りかかったピアノの教え子の一家の人たちの力を借りて撃退することができたが、佳菜子をここに置いておくのは危険だということになった。佳菜子を拉致しようとしたのは集落の男女であり、目星をつけられた宇佐見との関係から母親の住所を割り出されてしまったということのようだった。

「私の母親は、もっと土井佳菜子との生活を続けたいと思っていたようでしたが、いつかは手放す必要があるとも思っていました。土井佳菜子はアメリカに行きたいという願望を持っていて、それを私の母親にも話していたので、適当なタイミングを見て都会で暮らさせてあげようと思っていたらしいんです。とにかく、自分で金を稼ぐ方法を身につけさせてあげたいと。この機会に東京で暮らさせたらどうかと言われましてね」

そこで宇佐見は、佳菜子をどこで生活させるか考えたあげく、弁護士としての自分との接点がまったくない、アイドル・グループのかつての「追っかけ仲間」である進藤のところで事務員として働かせてもらうことにしたのだという。

広岡は黙って宇佐見の話を聞きながら、佳菜子に関する疑問ともいえない疑問がひとつ、またひとつと氷解していくのを覚えた。

「しかし、彼女には本当に予知能力とか治癒能力といった霊的な能力があるんですか」

広岡が訊ねると、宇佐見が癖らしい片頬だけの笑いを浮かべて言った。

「私の母親は土井佳菜子には間違いなく不思議な力があると言っていました。母親は胃《い》潰瘍《かいよう》という持病があるんですけど、ある日、胃痛で苦しんでいると、土井佳菜子がみぞおちのあたりに手を当ててじっとしてくれているうちに、すっと痛みがなくなったというんです。だいぶ経って病院で調べてもらうと、あったはずの潰瘍がすっかり消えていたらしい。それに、あの拉致されかかった日も、土井佳菜子は珍しく買い物に行くのを躊躇《ちゅうちょ》していたというのです。いつもは私の母親と喜んで出かけていたのに。何かを予知していたようだったと母親は言っていました。でも、私は信じていないんです。母親の潰瘍も年寄りになって自然に治癒していたのかもしれませんし、たまたま買い物に行く気分じゃなかっただけかもしれない。すべて、偶然が重なっただけかもしれない」

宇佐見は自分の考えを述べたあとで、広岡に訊ねた。

「広岡さんは？」

「そうですね……」

「実際に何度かそういう局面に遭遇したことがありそうですね」

確かに佳菜子が何か不思議な力を持っているように感じたことはある。だが、それは宇佐見の母親のように「間違いなく」と言い切れるほどの強固なものではない。

「何か、自分でも持て余すものを持ってしまった者の不幸のようなものがあると感じたことはありましたけど……」

「持て余すものを持ってしまった者の不幸、ですか」

宇佐見はつぶやくように言うと、ふっと笑いながら言った。

「それは、まるで、広岡さんが自分自身について語ったような言葉ですね」

「そんな……」

広岡は苦笑して、言った。

「自分には、足りないものはあっても、持て余すようなものはありません」

「そうでしょうかね。当人は気がついていないだけかもしれませんよ」

その言い方には金銭的なものを指しているとは思えない響きがある。この自分がいったいどんなものを持て余しているというのだろう。ふと、興味が湧いて訊ねてみた。

「どんなものが過剰だと？」

すると、宇佐見は微《かす》かに笑いながら答えた。

「女子高生の会話みたいになってしまいますけど、たとえば……感受性」

広岡は苦笑して下を向くことで、その話題を終わらせる意思を示した。

しかし、感受性を持て余していると指摘されたとき、なぜか翔吾のことが思い出された。

星の提案で初めて四人で翔吾のシャドー・ボクシングを見たあと、ボクサーとしての彼に何が欠けているか話し合ったことがあった。佐瀬は連打だと言い、藤原はリスクを冒す勇気だと言い、星は体幹の強さだと言った。そのとき自分は、翔吾には足りないものがあるとしか言えないと述べた。正直それが何だかはわからなかったが、かつての自分にも不足していた重要な何かのようだった。

しかし、翔吾は不足しているのではなく、過剰なのかもしれないと思えてきた。何が？　宇佐見が口にしたように、たとえば感受性のようなものが、たとえば想像力のようなものが。

ボクサーは、パンチを繰り出しながら、戦っている相手がいまどのような心理状態にあるのか、これからどのように戦おうと思っているのか、瞬間的に察知していかなくてはならない。そのためには鋭敏な感受性と豊かな想像力を必要とする。だが、その感受性も想像力も、相手を倒すという一点に向けられるものである必要がある。もし、それらが異なるものに向けられたりすると、逆に自身を傷つける危険な刃に変わってしまうかもしれない。翔吾に一年間の空白をもたらすことになった中国人二世との試合のときのように。あるいは、自分の最後の試合となったジェイク・ミラーとの試合のときのように……。

ふと、宇佐見の前に置かれたコーヒーカップを見ると、いつの間にか空になっている。

「コーヒー、もう一杯いかがですか」

広岡が勧めると、宇佐見は待っていたという気配を隠そうともせずに返事した。

「そう願えれば」

広岡が立ち上がり、キッチンでまたコーヒーをいれて、持ってきた。そして、そのカップを差し出しながら、訊ねた。

「それともうひとつ、彼女は常々アメリカに行きたいと言っていたんですね」

「そうです」

「なぜアメリカに？」

「アメリカで映画の勉強をしたいということです」

それはまた思いがけないことだった。

「あの山奥の集落での生活の中で、彼女を支えてくれたのはアメリカの映画だったからだそうです。そこはもともとテレビの見えにくい難視聴地域だったらしいんですけど、衛星放送で見られるようになっても長老たちがアンテナを持ち込ませなかったらしいんです。世俗の風を吹き込ませないようにということだったんでしょうかね。しかし、集会所に使われているような家にはテレビモニターとビデオやＤＶＤのデッキはあって、そこにライブラリーのようなものが作られていたということです。日本の劇映画は置いてなかったけど、外国の映画とアニメーション、とりわけアメリカの劇映画とディズニーは豊富にあって、それを自由に見ることができたらしいんですね」

「映画の勉強というと、俳優にでもなりたいんでしょうか」

広岡が訊ねると、宇佐見が首を振った。

「いや、制作について学びたいそうです。アメリカの大学には映画制作に携わる者を育てるというところがあるそうでしてね」

「貯金をしたいと言っていたのはそのためなんですね。この家で暮らすのも家賃を倹約することができるからだそうです」

「なるほど。常々ニューヨークかロサンゼルスに行きたいと言っていましたからね」

確かに、東海岸のニューヨーク大学や西海岸のUCLA〈カリフォルニア大学ロサンゼルス校〉やUSC〈南カリフォルニア大学〉というような大学には映画全般について教えるコースがあると聞いている。

そのとき、広岡にひとりの女性の顔が思い浮かんだ。ロサンゼルスに住んでいたときれたおかげで一命を取り留めた。あとでわかったことだが、彼女がいつもより早く来てく部屋のクリーニングをしてくれていたエミコだ。あの朝、彼女がいつもより早く来てくれたおかげで一命を取り留めた。あとでわかったことだが、彼女が早くやって来たのは、広岡に直接会って借金の申し込みをするためだった。血液性の癌《がん》を病んでいる娘の治療費が足りなくなってしまっていたのだ。広岡は喜んで金を融通したが、治療の甲斐《かい》なく娘は死んでしまった。もし佳菜子が本当にアメリカで勉強したいのなら、エミコに世話を頼んでもいいかもしれないと思った。長いあいだ気持よく生活できてきたことへの感謝の念もあって、返済する必要はないと言って一万ドルを渡していたが、エミコはいつか絶対に返すと言ってきかなかった。もし、佳菜子を引き受けてくれたら、その気持の負担が和《やわ》らぐだけでなく、一人暮らしの寂しさも紛らわすことができるかもしれない……。

広岡がぼんやり考えていると、宇佐見はカップに残っていたコーヒーを飲み干し、それでは、と言って立ち上がった。

唐突なので驚いたが、宇佐見はもうヘルメットを持って歩きはじめていた。

「何か別の用事があったんではありませんか」

広岡が言うと、宇佐見が笑って答えた。

「用事は済みました。ここなら二重に安全そうだということがわかりました」

宇佐見を玄関から見送ると、広岡はテーブルに戻り、茫然と思いを巡らせた。

佳菜子の過去がこれほど複雑なものだったとは想像していなかった。佳菜子の霊的能力というのがどのようなものかはわからないが、たぶん彼女はそれにまつわるものから逃れようとしていたのだ。渋谷で一緒に見たアメリカ映画で、逃亡する主人公の若者にあれほど深く肩入れしていたのも、彼と同じように得体の知れないものに囚《とら》われたくなかったからにちがいない……。

次の日の朝だった。広岡たち四人は、ロードワークに出る翔吾と共にチャンプの家を出た。そして、先に翔吾が多摩川の土手に向かって走り去ってしまうと、ゆっくり走りながら、広岡が他の三人に、前日宇佐見から聞かされた佳菜子についての話をかいつまんでした。話し終わると、三人が三様の反応を示した。

藤原は、佳菜子に予知能力のようなものがあるということに関心を示した。

「俺たち六人がこうして一緒に暮らすことになるというのも、佳菜ちゃんはあらかじめわかっていたようだしな」

佐瀬は、意外にも、佳菜子の治癒能力に対して懐疑的な弁を述べた。

彼が生まれ育った山形の村にも、近くの集落に病気を治すという若い女性がいたが、結婚して出産したら、まったく普通の女性に戻ってしまったという。

「もともと、人が他人に対する治癒能力なんていうのを持っているはずはないから、ただの勘違いだったんだと思う」

兄弟がひとりもおらず、両親ばかりか妻も亡くしている星は、佳菜子が自分と同じように「天涯孤独」の身の上だということに強く反応した。

「そうか、やっぱり佳菜ちゃんはひとりぼっちだったんだな」

そして三人は、広岡が聞かなかったことにしておいてくれと念を押すまでもなく、それ以後も、佳菜子に以前とまったく変わらない対応を続けてくれた。

3

その二週間後の日曜日だった。

翔吾が夕方の早い時間にいつものようにカレーを作りはじめた。広岡は、サラダ作りを引き受けた。作ったのは、かつて真拳ジムの近くにあり、四人が通っていた定食屋でよく出されていたポテトサラダだった。その味を思い出しながら、ジャガイモをふかし、ニンジンを茹で、タマネギとキュウリを薄くスライスし、ハムを切った。

ご飯も炊き上がり、カレーも完成し、ポテトサラダもサラダ菜を敷いた大皿に盛られたところに、佳菜子が進藤不動産から帰ってきた。

全員でテーブルのセッティングをしていると、玄関のインターフォンが鳴った。

「どなたですか」

広岡が出た。

「宇佐見と申します」

年配の女性の声だった。

「ご用件は？」

広岡がそう訊ねるのと、佳菜子が声を上げるのと同時だった。

「あっ！」

その声を聞いて、広岡も訪ねてきた女性が誰かがわかった。あの弁護士の宇佐見の母親ではないか。広間から玄関ホールに飛び出していった佳菜子のあとに続いて、広岡も玄関ホールに出ていった。

佳菜子がドアを開けると、そこに老女が立っていた。豊かな白髪を束ねて後ろでまとめているが、背筋の伸びた美しい姿勢の女性だった。モスグリーンのロングコートがよく似合っている。

「マサヨさん！」

佳菜子が叫ぶように言うと、マサヨという老女はにっこり笑って言った。

「佳菜子さん、しばらく」

広岡は背後から佳菜子に訊ねた。

「もしかしたら、弁護士の宇佐見さんの……」

すると、老女は頭を下げながら言った。

「はい、宇佐見薫の母でございます」

佳菜子が振り向いて怪訝《けげん》そうに広岡に訊ねた。

「どうして宇佐見先生のことを？」

「先日、ちょっとした用事のついでに、ここに立ち寄ってくれたんだよ」

「そうだったんですか」

佳菜子が安心したように言った。

「どうぞ、お上がりください」

広岡が言うと、マサヨは申し訳なさそうに言った。

「こんな中途半端な時間におうかがいしてまことにすみません。渋谷からどのくらいの時間がかかるか見当がつかなくて。おまけに電車の乗り換え駅を間違えて、あっちに行ったり、こっちに行ったりしているうちにどんどん時間は過ぎてしまい……ようやくこの家を見つけたときにはこんな時間になってしまって。夕飯の時間をはずすためにどこかの喫茶店で時間をつぶそうと思ったんですけど、この近所には店らしい店がどこにもなくて……申し訳ありません」

「それは大変でしたね」

広岡はマサヨに向かって言い、次に佳菜子に向かって言った。

「コートを」

佳菜子はマサヨに玄関ホールに上がってもらうと、コートを脱がせ、壁のフックに下がっているハンガーに掛けた。

「どうぞ」

広岡がマサヨを案内して玄関ホールから広間に入っていくと、機転を利かせた翔吾が、部屋の隅に置いてある予備の二脚の椅子《いす》のうちのひとつを神代欅のテーブルの短い方の辺の前に出すところだった。

「どうぞ、お座りください」

広岡が勧めると、マサヨは軽く会釈してそこに座った。

「紹介します」

佳菜子がみんなに向かって言うと、藤原が遮るように言った。

「佳菜ちゃんが高知で世話になっていた人なんだろ」

それを受けて、広岡が佳菜子に説明した。

「宇佐見さんと会って君の話を聞いたのは自分だけだったんだけど、おおよそのことは三人に話してあるんだ」

「よかった」

佳菜子が言い、マサヨに訊ねた。

「ここのことは宇佐見先生にお聞きになったんですか？」

「そうなの。このあいだ久しぶりに電話が掛かってきてね。土井佳菜子にはしばらく連絡を取らない方がいいと言ってあったけれど、もう大丈夫そうだからって」

マサヨによれば、常々、佳菜子に会いたいと思っていたが、訪ねたことで佳菜子に迷惑がかかるといけないと思って我慢していたのだという。佳菜子の住んでいた集落の人々の眼が依然として自分にも及んでいることを恐れ、電話を掛けることも手紙を書くこともしなかったらしい。

「息子に心配しなくてもよさそうだと聞かされたら、電話や手紙ではなくて、どうしても会ってみたくなりましてね。ちょうど明日、わたしの教え子で、演奏家になった子のリサイタルがあるので、思い切って東京に出てくることにしたんです。でも、二十歳まで東京で暮らしていたというのに、このあたりはあまり馴染みがなくて右往左往してしまったというわけ」

「そうだったんですか」

　佳菜子が相槌《あいづち》を打つと、藤原が言葉を挟《はさ》んだ。

「でも、かえってよかったかもしれないよ。早く着いても、佳菜ちゃんはまだ帰っていなかっただろうからね」

「そうですね。佳菜子さんは不動産屋さんにお勤めらしいから、日曜も出勤しているかもしれないということは、電車に乗っているときに気がつきました。まったく耄碌《もうろく》はしたくないものですね」

　マサヨが言ったが、その言葉に反して、耄碌などとは無縁の立ち居振る舞いをしている。きびきびした歩き方も、背筋の伸びた座り方も美しい。

「マサヨさんのマサヨは、正しい御代《みよ》の正代とでも書くのかな」

藤原が訊ねると、佳菜子が代わりに説明した。

「いえ、優雅の雅に世の中の世です」

「雅世か……」

藤原が感心したようにつぶやいた。

そう言われれば、まさに優雅という名を持つにふさわしい気品のようなものが感じられる。藤原も広岡と同じ思いだったらしく、笑いながら言った。

「こうして座っていると、俺たちは女王様の謁見を受けている下っ端の家来のように思えてくるな」

確かに、上座風の席に座っている雅世を中心にして、六人が両脇に控えて座っているかたちになっている。そこでみんなも笑い、空気がほぐれてきた。

「もしよかったら、一緒に夕食をどうですか」

広岡が勧めると、星も言葉を添えた。

「遠慮は無用です」

「カレーだから、一人や二人増えても大丈夫」

佐瀬も雅世に気遣いをさせないようにと続けた。

「ありがとうございます。さっきからとてもいいカレーの匂いがしていて、まるでそれを目指してやってきたようになってしまいましたけど……お言葉に甘えて」

その言葉が終わらないうちに翔吾が席を立ち、雅世の前にカレーとサラダ用の皿を出し、スプーンと箸《はし》を並べた。

「カレーはこの黒木君が作ってくれたんです」

佳菜子が雅世に言った。

「それは素敵ね」

雅世が翔吾に軽く会釈すると、翔吾もにっこりすることで挨拶《あいさつ》を返した。

広岡にとって意外だったのは、翔吾がこの一連の出来事に対して不思議そうな表情を浮かべていないことだった。雅世の出現も、彼女の口から出てくる話も、すべて理解できているように普通の振る舞い方をしている。

もしかしたら佳菜子は翔吾に自分の過去について話をしているのかもしれない、と広岡は思った。毎朝、車で翔吾を駅まで送るときは二人きりなのだ。そのあいだに、佳菜子が自分の過去について話していたとしても不思議ではない。

「俺たちはビールを飲むけど、雅世さんは何を飲むんだろう」

藤原が佳菜子に訊ねた。

「雅世さんはお酒が飲めないんです」

佳菜子が言うと、藤原が少し驚いたように言った。

「とてもそうは見えないけど」

「ウィスキーボンボンをひとつ食べただけで酔っ払ってしまうクチで」

雅世が言うと、藤原が笑った。

「ウィスキーボンボンとは懐かしい」

すると、佳菜子が付け加えた。

「ほんとなんです。ピアノの生徒さんの家族の方からいただいたチョコレートを、その中にブランデーが入っているとは知らないでひとくちかじっただけで、大変なことになってしまったんです」

「でも、あのチョコレートは残りをみんな佳菜子さんが食べてくれたのよね」

「そうでした」

「だから佳菜子さんは酒飲みだと思ったの」

その二人のやりとりを聞いていた星が笑いながら言葉を挟んだ。

「ウィスキーボンボンくらいでは酒飲みかどうかわからないんじゃないかな」

「いえ、佳菜子さんはどんな食べ物でもおいしいと食べてくれましたけど、特に好きだったのがいかにも酒飲みが好きそうなものばかり。うちに来て初めて食べたらしいカツオの塩辛なんて、最初からほんとにおいしそうに食べていたくらいでしてね。だから、わたしの家ではお酒を飲むことはなかったけど、きっと出るところに出れば飲めるだろうなと思っていたんです」

「やっぱり佳菜ちゃんは酒が飲めるクチだったんだね」
佐瀬が頼もしそうに言うと、佳菜子が言った。
「でも、信じられないかもしれないんですけど、進藤不動産の社長も奥さんも二人とも
お酒を飲めなくて、だからお酒らしいお酒を飲んだのは広岡さんに連れていっていただ
いたレストランが初めてだったんです」
家からあまり離れたところ、人目につくところには連れていかれなかった。だから、
いろいろなものを見せたり、経験させたりすることができなかったのが残念だったと雅
世は言った。
「翔吾がハラペコだろう。そろそろ食べようか」
佐瀬が言うと、藤原が立ち上がって言った。
「ビールを持ってこよう」
すると、佐瀬が言った。
「今夜は酒を抜かないか」
「どうして？」
藤原が、酒好きの佐瀬の言葉とは思えないという意外そうな表情を浮かべて訊き返し
た。
「女王様がお飲みにならないというのに、下々の者だけで飲むというのは礼儀に反する

だろ」

「わたしのことならお気になさらず」

雅世が楽しそうな笑いを浮かべながら言った。

「いや、たまには休肝日というのも必要なんです」

「そういえば、そうだな。俺たちは、とにかく毎日飲んでるからな。たまには肝臓を労《いたわ》ってもいい」

藤原が言った。

「よし、今夜は酒なしでいこう」

星も二人に同調した。広岡にも反対する理由はなかった。

佳菜子がピッチャーからレモン・スライスの入った水を全員のグラスに注ぐと、それを手にした藤原が芝居がかった口調で言った。

「女王様のご来臨に乾杯！」

「乾杯！」

全員が和した。

グラスに軽く口をつけたあとで、自分の前に置かれたカレーの皿からひとくち食べて雅世が佳菜子に向かって言った。

「いつもこんなにおいしいものを食べているの」

「ええ、日曜日は黒木君、土曜日はこちらの広岡さん、ウィークデーはこちらの星さんが作ってくださるんです」

「佳菜子さんは食べるだけ」

雅世が冗談のように言った。

「いや、朝食を引き受けてくれているんです」

広岡が言った。

「佳菜ちゃんのオムレツはふわふわでおいしいんだよな」

佐瀬が自慢するように言った。

「オムレツは雅世さんの直伝《じきでん》です」

「料理を女王様に教わったわけだ」

星が言った。

「雅世さんには料理だけじゃなく、あらゆることを教えてもらったんです」

佳菜子が言うと、雅世は少し微笑《ほほえ》んで言った。

「あらゆることというのは少し大袈裟《おおげさ》かもしれませんね。わたしが佳菜子さんに望んだのは、本物と偽物の区別がつく人になること。人生において大事なことはそれだけですからね。人でも物でも、本物に接し、触れていること」

それを聞いて、星がようやく納得できたというように言った。

「なるほど。それで、あんな台所道具を選ぶことができたんだな。どれも質がよくて使い勝手のいいものばかりだった」

するると、佳菜子が少し誇らしげに言った。

「雅世さんは、五十年前にパリに住んでいた頃に買った素敵な服をいまも着てるんです」

「それは、たまたま体型が変わらなかったからよ」

雅世が言った。

「でも、さっきのコートも五十年以上前にパリで買ったものですよね」

「あれはそうね」

「パリに住んでいたんですか？」

翔吾が初めて口を開いた。

「ええ、ピアノを習うためにね」

「いいですね」

翔吾がどこか羨《うらや》ましそうに言った。

雅世によれば、パリでピアノを習っているとき、ステンドグラスの技術を修得に来ていた日本人と知り合い、結婚して子供を産んだ。夫は、有名な職人の下で古い寺院のステンドグラスを修復するという仕事を得たが、やがて日本に帰ると言い出し、東京で生まれ育った雅世も夫の故郷である高知に住むことになったのだという。夫は日本ではほとんど仕事に恵まれないまま四十代で死んでしまったため、あとは雅世がピアノ教師をして息子を女手ひとつで育てたということのようだった。

「あの息子さんはパリで生まれたんですね」

広岡が言った。思い起こしてみると、あの宇佐見という弁護士には、振る舞いになんとなく日本人離れしたところがあるような気がする。

「ええ、それが理由かどうかわからないんですけど、女性に対して調子がよくて、おっちょこちょいで。おかげで、三回も離婚する羽目になって。結婚相手はみんな気立てのいい子でしたから、離婚の原因は息子にあるんでしょう、きっと」

食事のあとは、雅世が持ってきて佳菜子が冷蔵庫に入れておいたチョコレートケーキを食べることになった。

雅世が泊まっているホテルは渋谷のセルリアンだという。高いところからの東京を久しぶりに見たくて、高層階に部屋を取ってあるのだという。チョコレートケーキはその近くにあるデパートの食品売り場で買ってきたらしい。

「ときどき、この店のチョコレートケーキが無性に食べたくなることがあって。自分が食べたいので買ってきたようなものなんですよ」

そう言う雅世に広岡が訊ねた。

「コーヒーはどうします」

「…………？」

雅世は質問の意味がわからないというように広岡の顔を見た。

「夜ですけど、カフェインの入ったものを飲んでも平気ですか」

「もちろん、いただきます。レストランなら、エスプレッソをダブルで、と頼むところです」

「それは頼もしい」

星が笑いながら言った。

「翔吾は？」

「俺も飲みます……なんとなく今日は特別な日のような感じですから」

「女王様に謁見した日だからな」

藤原が茶化した。

「それなら、俺も貰《もら》おうかな」

佐瀬が言うと、藤原が言った。

「無理するな。また眠れなくなるぞ」

「そうだな……やっぱり、やめておこう」

その物言いがあまりにも悲しそうだったので、みんなが笑い出してしまった。

笑いが収まると、雅世が言った。

「みなさんでこうやって暮らすのもとても楽しそうですけど、わたしはやはりひとりで暮らすのが好きかもしれませんね。好きな時間に起きて、好きな朝食を食べる。午後は何人かにピアノのレッスンをして、夜は好きなテレビを見る。極楽です。息子はさかんに東京に来ないかと勧めますけど、おさんどんとして使われそうだから近づかないようにしているんです」

みんなで、広岡がいれたコーヒーを飲み、雅世が持ってきてくれたチョコレートケーキを食べた。佐瀬はひとりだけ出がらしのほうじ茶だったが、やはりナッツ入りのチョコレートケーキをおいしそうに平らげた。

「それにしても、佳菜子さんは変わりましたね」

雅世があらためて佳菜子の顔を見ながら言った。

「そうですか」

「とても明るくなりました」

それを聞いて、藤原と星と佐瀬の三人が意外そうに同じようなことを口にした。

「前からじゃないのかい」

「以前はそうじゃなかったの」

「生まれたときから明るいのかと思っていたけど」

広岡も口には出さなかったが同じ思いだった。

三人の言葉を受けて雅世が言った。

「最初は静かすぎるくらい静かで、心が閉ざされているように感じられました。それまでの状況が状況だったので無理もないことだったのでしょうけれどね。そのうち心は開いてくれるようになりましたが、口数が多い方ではありませんでしたね」

「そうなんです。わたし急におしゃべりになったんです」

佳菜子がチラッと舌を出すような仕草をして言った。

「どうして変わったのかしら」

雅世が訊ねた。

「もしかしたら、不動産のお店に勤めたことが大きかったかもしれません」

「ほう、どうして」

広岡が言った。

「お店にはいろいろなお客さんがやって来ます。そのお客さんはいろいろな人生を背負っています。新しい生活に希望を持って住むところを探している方もいれば、どこから逃げるようにしてやって来て家を探している人もいます。家を変わることで人生を変えたいと思っている人もいれば、住んでいる家を仕方なく出て、新しい住まいに移らなくてはならない人もいます。そういういろいろな方と接するうちに、自分の人生が特別ではなく、そういう方たちと同じ人生のひとつなんだと思えてきたんです。どこかで自分をかわいそうだと思うようなところもあったんですけど、いろいろな人生を見させてもらっているうちにたいしたことはないと思えてきて……元気が出てきたんです。そうしたら、いつの間にか、うちの社長からおしゃべりの知りたがり屋と言われるくらいになってしまって」

「きっと、もともとの地がそうだったんじゃないのかな。何かによってその地が覆い隠されていたのが、表に現れてきた」

広岡が言うと、雅世がうなずきながら言った。

「もう佳菜子さんは心配いりません。何があっても、きっと乗り越えることができる力を持つようになっていると思います」

それは力強い言葉に聞こえた。

「なんだか、ありがたい託宣のように聞こえるな」

藤原が言うと、佳菜子がクスッと笑って言った。

「雅世さんは、実は占いができるんです」

「ほう、手相を見るのかい。それとも占星術でもやるのかい」

藤原が訊ねた。

「違うんです。人の顔を見ると、その人のことがわかってしまうんです」

「人相見か」

するとと、雅世が穏やかに笑いながら言った。

「そんな大層なものではないんです。昔、パリにいた頃、住んでいたのはサンジェルマン・デ・プレというところだったんですけど、借りていた部屋が三百年前に建ったという石造りの建物の中にあって、一年を通して凄《すご》く冷たい部屋だったんです。建物は一種の史跡のようなものにもなっていて、勝手に住人が部屋の内部に手入れをしてはいけないとかいろいろな縛りのあるところでした。そこに住んでいるとき、なんとなく勘が鋭くなって、初めて会う人の顔を見ると、ふっとその人の置かれている状況がわかったような気がすることが続いたんです。そして、冗談半分に口にすると、その通りですと驚かれ、こっちが逆に驚くくらいでしてね。でも、その部屋を出て、日本に戻ると、すっかりその勘は影を潜めてしまいました。きっと、その石造りの古い建物がわたしに影響を与えていたのではないでしょうか。かつてそこに不思議な力を持っていた人が住んでいたとか。いずれにしても、それはわたしの力ではなく、場の力だったと思います」

「日本に帰ったら、すっかりなくなったのかい」

藤原が訊ねた。

「ただ、ときどき、集中すると、ふっと相手のことを感じたりすることはあるんです」

「面白い。誰か占ってもらわないか。サセケンはどうだ」

「俺はいまとても幸せだから、見てもらう必要がない」

「仁は？」

藤原に水を向けられて、広岡は困惑した。もしかしたら、この老女には依然として鋭い勘が残っていて、自分のすべてを言い当てられてしまうかもしれない。とりわけ、体の問題を。

どう対応しようか迷っていると、星が口を開いた。

「俺はどうですか」

広岡だけでなく、藤原も佐瀬も意外そうに星の方に眼をやった。最もそういうことを好まないタイプのはずだったからだ。あるいは、星は困惑している自分を救うためにあえて名乗り出てくれたのかもしれない、と広岡は思った。

「そうですね……」

雅世はそう言いながら、星の顔をじっと見つめた。

しばらくして、雅世が口を開いた。

「月なら半月《はんげつ》」

「月なら半月……」

星が復誦《ふくしょう》するようにつぶやいた。

「月ならちょうどいま半月のところにいると思います」

星がよくわからないというように眉を寄せた。

「ただ、これから満月に向かうのか、やがて三日月になり、何もない新月に向かうのかがはっきりしません。どちらに向かうのか、それはご自身にかかっているような気がします」

そこまで聞くと、何か心当たりでもあるのか、星は小さくうなずいて言った。

「そうか……ありがとう」

それをいい潮時と判断したらしく、雅世が言った。

「そろそろ、おいとまします」

「そうだな、あまり遅くなるといけないな」

藤原が言った。

すると、佐瀬が言った。

「俺がホテルまで送っていくよ」

「送るって、あのポンコツの車でか」

藤原が呆《あき》れたように言った。

「渋谷くらいなら問題ない」

広岡は佐瀬がそう言うのを聞いて、乾杯の際に休肝日などということを持ち出してアルコールを回避したのは、このためだったのかと内心驚いていた。

すると、星がさらに意外なことを口走った。

「サセケンじゃあ、渋谷に辿《たど》り着けそうもない。俺が行くよ」

「いや、俺が送る。キッドにあの車を壊されたりすると困る」

「あれ以上、壊れたりしないよ」

星が笑いながら言った。

「でも……」

「いいから、いいから」

星が珍しく自分の意見を通そうとしている。もしかしたら、雅世とさっきの話の続きをしたいのかもしれないと広岡は思った。

「キッドに任せようか。東京の道はサセケンより詳しい」

広岡が言うと、佐瀬もようやく折れた。

「わかった」

みんな外に出て、雅世を見送ることにした。

晩秋というのに、外はもうすでに冬に入ったような寒さだった。

「ここらあたりは東京の都心より二、三度低いかもしれないな」

藤原が言うと、雅世もコートの襟を合わせるような仕草をした。

星が車庫から出した佐瀬の軽トラックの助手席に、雅世が乗り込んだ。

「こんな車でセルリアンに乗りつけるのは雅世さんくらいかもしれませんよ」

広岡が酒田での佐瀬の言葉を思い出しながら言うと、藤原が言った。

「着くのは、明日になってしまうかもしれないな」

すると、雅世がまさに女王のように優雅に笑いながら言った。

「でも、カボチャの馬車よりは速いでしょ」

運転席から星が言った。

「このポンコツ車から降りてくるのが女王様だと知って、ホテルのドアマンは二度驚くだろうな、きっと」

そこでみんな声を上げて笑った。

第十八章　階段を昇る

1

十一月の末、真拳ジムの令子から広岡に電話が掛かってきた。

「ずいぶん悩んだけど、やらせてみようと思うの」

それが第一声だった。令子によれば、翔吾と大塚の試合は、スーパー・ライト級の世界タイトルマッチのセミ・ファイナルとして組み込まれることになったという。

現在、スーパー・ライト級の世界タイトルのひとつは日本にある。東京翼《つばさ》ボクシングジムという新興のジムが、手っ取り早く世界チャンピオンを作るため、メキシコの有望な若いボクサーを「輸入」して日本で育てることにした。そのミゲール・ディアスは、日本で順調に勝ちつづけ、無敗のまま世界タイトルを獲得した。しかし、「純国産」のチャンピオンでないため防衛戦をしても、チケットが売れない。挑戦者が日本人のときはまだしも、外国人が相手だと大きな会場では赤字になってしまうほどの空席率だという。その状況から、ディアス側は日本での活動に見切りをつけ、アメリカ進出を希望するようになった。翼ジムの側もその希望を受け入れ、あと二試合だけ日本で試合をすると、契約を解除してアメリカに送り出すことになった。

翼ジム側は、その二試合で可能なかぎり元を取りたいと考え、人気も実力もある真拳ジムの大塚に世界戦の話を持ちかけた。会長の令子も乗り気で、話はとんとん拍子で進んでいたが、思いがけない大塚の拒絶によって暗礁に乗り上げてしまった。令子が翼ジムに事情説明に行き、謝罪すると、会長の丸岡から逆に意外な提案をされたのだという。

ディアスはこの半年以内に世界ランキングの一位のボクサーと戦わなくてはならないことになっている。タイトルを管轄する上部団体からの「指名試合」だ。翼ジム側は、大塚と防衛戦をやってから指名試合をさせるつもりだったが、順番を逆にしてもいいかもしれないというのだ。そして、その指名試合のセミ・ファイナルに、大塚と黒木の試合を組み込む。

ボクシング・ファンによるネットのサイトでは、大塚俊と黒木翔吾との試合を待望する、という書き込みが多いのだという。それを実現させれば大きな話題になるだろうし、その勝者が次のタイトルマッチの挑戦者になるということにすれば、さらに話題は沸騰するはずだ。つまり、大塚と黒木の試合を、世界タイトルへの次期挑戦者決定戦という意味を持つものにするというのだ。

日本では、日本タイトルか東洋太平洋のタイトルを取ったことのないボクサーがいきなり世界タイトルに挑戦することはできないというルールができた。翔吾が勝った場合はそのルールに抵触してしまう。しかし、幸いなことに、翔吾に敗れた山越ハヤトが東洋太平洋のタイトルを返上し、ウェルター級にクラスを上げることを決めた。山越の陣営では、翔吾に負けたのは無理な減量が祟《たた》ったからに過ぎない、という理由をつけていたのだ。

翼ジムの丸岡によると、こちらの政治力を使えば、大塚と翔吾の試合を空位になった東洋太平洋の王者決定戦とすることができる。大塚は世界六位であり、翔吾は東洋太平洋王者の山越を破っている。その二人の試合を王者決定戦とすることに異議は唱えられないだろう。どちらが勝っても世界タイトルに挑戦させる。万一、ディアスが世界一位の挑戦者に敗れたとしても、「指名試合」を前倒しすることでその次の試合の興行権を握ることが可能なので、新チャンピオンに大塚か翔吾を挑戦させてやることができるという。

翼ジム側は、そうすることで二試合続きのシンデレラ・ストーリーを構築することができ、チケットの売上げを心配しなくて済むことになる。つまり、大塚と翔吾の二人にとっては挑戦者決定戦から世界戦への道であり、ディアスにとっては日本で戦うべき相手をすべて撃破して、億という単位の金を楽々と稼ぐことのできる世界へ羽ばたくことができる道になる。第一の試合は一月下旬に後楽園ホールで、第二の試合は四月初旬に有明コロシアムで行う。すでに会場は押さえてあるというのだ。

真拳ジムにとっては、大塚対黒木という好カードを、あまり人気のない世界戦のために譲ることで、その勝者のどちらかが世界タイトルに挑戦する権利を得るということになる。それは、同じジムのホープ同士を戦わせ、どちらかのボクサーとしての価値を損なうことになるかもしれないが、真拳ジムから世界チャンピオンを出すという夢にとっては願ってもない提案かもしれなかった。

あるいは、長いブランクのあと、わずか二戦で世界に挑戦というのは、翔吾にとって少し早すぎるかもしれない。しかし、幸運の女神、チャンスの女神は、その前髪を摑《つか》まなければ、いつまた摑めるかわからないともいう。

「わかりました。翔吾も喜ぶと思います」

話を聞き終わった広岡は令子に言った。

その夜、食事が終わったあとで、令子からの電話の内容を伝えると、翔吾だけでなく、藤原たち三人にも緊張が走った。

「そうか……大塚に勝てば、次は世界タイトルマッチか……」

藤原がつぶやいた。

「大塚戦まであと二カ月……」

佐瀬が言った。

「来週から、俺《おれ》のボディー・フックを教えることにしよう」

星が翔吾に向かって言った。


しかし、次の週に入っても、星はなかなかそのボディー・フックのトレーニングを始めようとしなかった。そして、ジムワークをしている翔吾の体をじっと見ている。

翔吾は、本牧の埠頭《ふとう》で荷役の仕事をするようになって体の厚みが徐々に増してきていたが、星はその翔吾の体が相手のボディーへのフックを打ち切れる体幹の強さを獲得しているかどうかを見極めようとしているようだった。

その週の半ばを過ぎたとき、ミット打ちの相手をしていた星が翔吾に言った。

「いま、これからボディー・フックの練習を始めよう」

翔吾の表情がパッと輝いた。

星の「キッドのキドニー」と呼ばれていたボディー・フックは独特なものだった。接近戦で相手が強烈なフックを打ってきた瞬間、体を沈めて、そのパンチをよけ、体を起こすと同時に一歩踏み込んで、相手の空を切ったパンチの側の脇腹に強烈なフックを叩《たた》き込む。それは一見簡単なように見えて、実に難しいパンチだった。

相手が大きなフックを打ち込む瞬間を見極めることも難しければ、星のように柔らかく体を沈めることも難しい。さらに、相手のパンチが頭の上を通過した次の瞬間に体を起こし、その脇腹に強烈なフックを叩き込むというのも難しかった。

その三つのステップを、星はいつも流れるような動きでやってのけていたのだ。

「どんなボクサーでも接近戦のときはフックを打たざるを得ない。回が深くなって疲労が濃くなってくると、そのフックが大振りになる。その瞬間を逃さないんだ。フックが空を切ると脇腹がガラ空きになる。しかも筋肉が伸び切って打たれ弱くなっている。そこにフックを叩き込む。相手のパンチをよけるときは頭だけ下げてもだめだ。あとでこちらのフックが打てない。膝《ひざ》を柔らかく使って体を沈めるんだ」

星は、両方の手にはめたミットを自分の肩のあたりに構えると、翔吾に左右のフックを乱打させつづけた。そして、それが十発を超えたところで、鋭く声をかけた。

「よけろ！」

次の瞬間、星は左手にはめているミットを翔吾の頭に向けてスイングした。ミットが頭を直撃する寸前、翔吾は体勢を低くして、かろうじてよけることができた。

星の左のミットは大きく右に流れ、ガラ空きになった左の脇腹を翔吾に見せるかたちになった。

「打て！」

翔吾は、その脇腹を、右のグラヴで打つ動作をした。もちろん、寸止めをしてのことだったが、星のミットをよけるのも、脇腹を打つのも、タイミングが微妙に遅れている。

「動きの基本はそれでいい。しかし、いまのままでは、まったく役に立たない」

星は翔吾に言うと、自分の代わりに、パンチを寸止めしながら戦うマス・ボクシングの相手をしてくれるよう広岡に頼んだ。

グラヴをはめた広岡は、星の意を受けて接近戦をしかけ、翔吾の顔面に大きなフックを放つことを繰り返した。だが、翔吾はなかなかうまく対応できない。パンチはよけられても、その直後にパンチを打ち込めない。それは星のように柔らかく体を沈ませることができないからのようだった。


ボディー・フックの練習を始めて二週目の月曜のことだった。星が翔吾に言った。

「今週末、海に行こう」

それを聞いた佐瀬が横から口を挟《はさ》んだ。

「なんのために？」

「サーフィンをさせる」

「冗談だろ」

藤原が言った。

「風邪を引かせてしまう」

佐瀬が心配そうに言った。

すると、星が嗤《わら》った。

「ウェットスーツを着れば大丈夫だ。それに、そのくらいのことで風邪なんか引くようなら見込みはない」

土曜の早朝、星は助手席に翔吾を乗せると、佐瀬に借りた軽トラックで出発していった。以前、よくサーフィンをしていた湘南《しょうなん》の海岸に行くということだった。サーフボードやウェットスーツは旧知のサーフショップで借りるつもりだという。

その星と翔吾がチャンプの家に戻ってきたのは日曜の夜遅くだった。二日ともよく晴れていたせいか、冬だというのに翔吾の顔はいくらか日に焼けていた。

翔吾はよほど空腹だったのか、広岡が作って残しておいたカレーを、鍋《なべ》の底までさらうようにして食べた。

翌日の月曜日、ジムワークの中で、広岡とのマス・ボクシングが始まると、驚いたことに、翔吾は星のあのボディー・フックを打つ際の難しい体の沈め方を体得していた。

「どういうことだ？」

藤原が不思議そうに星に訊《たず》ねた。

「俺があのパンチを打てたのは少年の頃からサーフィンをやっていたおかげなんだ。サーフィンは腹這《はらば》いの姿勢から波に乗ってボードの上に立つ。よほど大きな波でないかぎり、そのまま真っすぐに進めばすぐに波乗りは終わってしまう。長く波乗りを楽しみたかったら、斜め横に進む必要がある。そのとき、必要なのは、腰から下の使い方なんだ。柔らかく体を上下に動かして重心を移動させる。でもな、サーフィンにとっていちばん大事なのは、どの波に乗るかということなんだ。次々と打ち寄せてくる波のうねりに身を任せながら、最もいい波になりそうなうねりを見極めて、両手で水を掻《か》きはじめる。どれが乗るべき波か、ゆらゆらと揺られながら判断する。俺のボディー・フックも同じことだ。接近戦で打ち合いをしている相手の体の動きとこちらの体の動きを同調させながら、相手が大きくフックを打ってくる瞬間を見極めるんだ。そして、体を沈める。次の瞬間、腹這いの姿勢からサーフボードに立ち上がるのと同じように、上体を起こして、相手の脇腹にパンチを打ち込む……」

そうだったのか、と広岡は思った。星になぜあのような体の動きが滑らかにできるのかわからなかったが、ようやく謎が解けた。あの一連の体の動きはサーフィンから学んだものだったのだ。学んだというより身についたものだったのだろう。

それにしても、翔吾はわずか二日だけでその呼吸を身につけてしまったらしい。

「すぐ波に乗れるようになったのか」

広岡が訊ねると、星が言った。

「すぐだ。嘘《うそ》みたいに、すぐ乗れるようになった」

翔吾は、サーフボードに乗りつづけることで、かつての星に近い体の動かし方をマスターしたようだった。

自信をつけた翔吾の動きを見ながら、階段をまた一段昇ったらしい、と広岡は思った。

2

次の日曜の午後、翔吾が少し心配そうに広岡に告げた。猫のチャンプがいなくなってしまったというのだ。聞けば、三日前から姿を見ないのだという。

チャンプは子猫の面影が薄れ、体つきもかなり大きくなってきた。最初のうちはベランダの上に置かれた段ボール箱の中で寝起きしていたが、いつの間にかベランダの床下にできている隙間《すきま》のところにいることを好むようになった。そこで、藤原が木の箱を作ってベランダの下に置いてやると、チャンプはすっかり気に入ったらしく、そこで寝起きするようになった。

朝と夕方にチャンプに餌《えさ》をあげるのは翔吾の役割だった。日曜にカレーを作るだけでは申し訳ない、せめてチャンプの世話くらいはやらせてほしいと買って出たのだ。そこで、広岡や星が夕食を作るときにチャンプ用にストックしておく肉や魚を、適当な量だけ出してあげるという役割を翔吾にさせることになった。

チャンプは相変わらず佳菜子以外に体を触れさせることはなかったが、それでも翔吾の出してくれる食べ物を待ちかねているという気配を漂わせるようになっていた。

そのチャンプがいなくなったという。

「いつか帰ってくるだろう」

広岡が軽い調子で言ってみても、翔吾は心配そうな表情を崩さない。そして、心当たりのところを捜しに行ってみると言う。

「佳菜子さんがとても心配してるんです」

別に広岡が飼い主というわけではなかったが、最初にチャンプと関わりを持ったのは自分だった。翔吾ひとりに捜させるのは悪い気がして、それならと一緒に捜しに行くことにした。

最初に翔吾が向かったのはチャンプの家から少し離れたところにある畑だった。翔吾によれば、この畑の端をチャンプが通路がわりにして歩いているところをよく見かけるのだという。

二人で周辺を捜したがチャンプの姿はどこにもない。

翔吾はさらにもう一カ所、ほとんどただの空き地というにすぎないような駐車場に向かった。かった。街なかにある駐車場とは違い、仕切り線として地面にロープが張られているだけで、そこに乗用車がぽつんぽつんと駐車されている。このあたりは一軒家に駐車スペースのないのが珍しいような地域なので、近くに建っているアパートの住人が借りているのだろうと思えた。しかし、車の下を含めてくまなく捜したが、そこにもチャンプの姿はなかった。

翔吾によれば、この周辺もチャンプが気に入っているところだという。

もしかしたら多摩川の河原のあたりにいるかもしれない、と翔吾が言い出した。猫の行動半径というのがどの程度かは知らなかったが、広岡はそこまで遠くには行っていないのではないかという気がした。しかし、あえて反対せず、翔吾に従って多摩川に向かった。

土手を歩き、河原の草むらをのぞき込みながら捜したが、チャンプの姿は見当たらなかった。

翔吾はチャンプが怪我《けが》でもしているのではないかと心配していたが、広岡にはそんな必要はないように思えた。たぶんチャンプはどこかを放浪しているのだろう。チャンプには半分くらい野良猫としての自由があるのだ。

「しばらく外の世界を楽しんだら、また戻ってくるさ」

「そうでしょうか」

翔吾は浮かない口調で返事した。

「帰るか」

二人はしばらく多摩川からチャンプの家に続く道を無言で歩いていたが、翔吾がためらいがちに訊ねてきた。

「広岡さんがアメリカに渡ったのはいくつのときでしたか」

「二十六歳のときだった」

「そうですか……」

しばらくそのまま黙って歩いていたが、翔吾がまた遠慮がちに訊ねてきた。

「どうして……どうしてアメリカで素晴らしいトレーナーと出会ったのに、ボクシングをやめてしまったんですか」

アメリカに渡った広岡がロサンゼルスでついたトレーナーはペドロ・サンチェスと言った。メキシコ生まれのサンチェスは、真拳ジムの白石と同じく、プロのボクサー出身ではなかったが、トレーナーとしての手腕に卓越したものを持っていた。広岡をハワイから西海岸に連れてきてくれたプロモーターが紹介してくれたサンチェスは、すべてを基本から徹底的に教え直してくれた。

「だが、ロサンゼルスでの最初の試合に勝ったあとで、サンチェスがこう言った。ジン、君には才能がある。しかし、ひどく才能があるわけではない。運がよければチャンピオンになれるかもしれない。だが、チャンピオンの中のチャンピオンにはなれない。悪いけれど、私は、チャンピオンの中のチャンピオンになれるボクサーしか教えるつもりはないんだ。別のトレーナーを見つけてほしい……」

サンチェスを見返したい。広岡はその思いでひとり必死にトレーニングを重ねた。その甲斐《かい》あって、トレーナーのいない広岡のためにプロモーターがセットしてくれた試合に二試合続けて勝つことができ、世界の九位にランキングされるまでになった。だが、その三試合目にぶつかったのが、サンチェスが教えていた白人のボクサーだった。無敗で世界ランキングは五位。プロモーターは、単にこの試合に勝つだけでなく、アメリカのファンに人気が出るような勝ち方をすれば、世界タイトル挑戦の可能性が大きく開ける、と広岡に言った。

広岡はさらに激しいトレーニングを積んで試合当日を迎えた。

ゴングが鳴り、リングの中央で、ジェイク・ミラーという名のサンチェスの教え子と向かい合ったとき、これは勝てないと思った。

「リング上でそいつと向かい合ったとき、サンチェスの言うことがよくわかった。こいつは、きっと、チャンピオンの中のチャンピオンになれる奴なのだろう……」

ジェイク・ミラーは、勝つことだけを考えているようなボクサーではなかった。ただチャンピオンになりたいと思っているようなボクサーでもなかった。ボクシングをしていることが楽しくてたまらないというボクサーだった。全身が、まるで命がそこでしか生きられないからリングに上がっているというような喜びに満ちていた。

自分のパンチはまったく届かず、相手のパンチだけがピシッ、ピシッと鋭い音を立てて体に当たる。

広岡は絶望した。それまで自分は本当の絶望というものを知らなかったと思った。大学生のときに肩を壊して野球を諦《あきら》めなくてはならなかった。そのときも絶望したと思っていたが、それは単なる体の一部の不具合にすぎなかった。しかし、その白人ボクサーと戦いながら覚えていたのは、すべてにおいて及ばないという全人的な絶望感だった。

第三ラウンド、第四ラウンドと回を重ねるにつれて、言いようのない心もとなさを感じるようになった。まるで自分の眼の前にはガラスでできた巨大な玉が立ちはだかっているように思える。どこにも角張った箇所がないため、まったく取っ掛かりがなく、摑みどころがない。何をしても、相手は転がるだけで倒すことはできない。やがて、これが完璧というものなのだと気がついた。その瞬間、広岡は生まれて初めての恐怖を覚えた。子供の頃、運動会の大玉転がしをやっている最中に転んでしまい、紅い玉にのしかかられたことがあった。そのときは張りぼての軽い玉だったが、ジェイク・ミラーは圧倒的な質量を持った巨大な玉だった。広岡は、ほとんどその巨大な玉にのしかかられ、身動きができなくなるという、金縛りの状態に陥ってしまったような気がしてきた。

第五ラウンド、その状態から脱すべく、なかば破れかぶれになった広岡は倒されるのを覚悟で接近戦を挑んだ。打たれても打たれても打ちつづけた。もしかしたら、当たったパンチの数は広岡の方が多かったかもしれない。しかし、ダメージの蓄積は広岡の方がはるかに深く重かった。そして第六ラウンド、ジェイク・ミラーの腰の入った完璧な右ストレートでダウンされ、どうにか起き上がったものの、さらに激しく打たれつづけ、途中でレフェリーによって試合をストップされてしまった。テクニカル・ノックアウト、TKOによる負けだった。

「自分は何ひとつボクシングをさせてもらえないまま、敗れた。その直後に、やめようと思ったんだ」

広岡が言うと、翔吾が硬い声で言った。

「でも、たった一回負けたからといって……」

「そうじゃないんだ。勝敗なんかどうでもよかった。ただ、そこに、自分が遠く及ばない人物がいる。自分は、リングの上において、世界で最も自由な人間であることはできない。それがわかっていながらその世界に止《とど》まるわけにはいかないと思ってしまったんだ」

「その相手……広岡さんをTKOで破ったボクサーは、その後、世界チャンピオンになったんですか」

翔吾が訊ねた。

「それが、なれなかった」

「そうですか……」

あれほど素質のある若者がチャンピオンになれずに消えていく。それもまたボクシングであり、ボクサーの運命なのだ。

しばらく二人とも黙って歩きつづけたが、また翔吾から口を開いた。

「佳菜子さんに聞きましたけど、広岡さんはホテルで働いていたんですよね」

「そうだ」

「ボクシングをやめたあと、どういうふうにしてホテルに入ったんですか」

「どういうふうに……どういうふうに……」

広岡は翔吾の言葉を二度繰り返してから言った。

「それは、長い話になる」

すると、翔吾が笑いながら言った。

「家に着くまでに終わらない」

どうやら、翔吾は、チャンプの家で四人が交わしている会話を耳にして、互いにあまり話したがらないことを無理に訊《き》かないという暗黙のルールのようなものがあるのを感じ取っていたものらしい。翔吾のその言葉には、もうこの話題は切り上げましょうという意思が込められているようだった。

「終わりそうもないな」

広岡も苦笑して言った。

帰り道でも、翔吾は猫のチャンプを眼で捜していたが、ついに見つからなかった。

「もういいだろう」

広岡が翔吾に言った。

「もう少しだけ捜してもいいですか」

家の近くまで戻ったとき翔吾が言った。そして、隣家の庭や空き地など、さらに三十分余りも捜しまわった。

「帰ろう」

翔吾は広岡の言葉に従ったが、まだ心を残していることが伝わってきた。

その姿を見て、広岡には胸に突き刺さってくるものがあった。自分は、いつもこのようなとき、関わりのあるものを切って捨ててきた。だが、少なくとも翔吾はチャンプを見捨てなかったし、いまでもなお見捨てようとしていない……。

広岡と翔吾は黙ったまま、チャンプのいないチャンプの家に入っていった。

その夜、広岡は自室のベッドに横になっても、翔吾との最後のやりとりが頭から離れなかった。

ホテルにどのようにして入ったのかと翔吾は訊ね、自分は長い話になるからと説明することを婉曲《えんきょく》に拒絶してしまった。

話して話せないことはなかったはずなのに話さなかったのは、まだ自分にとっては思い出したくないことのひとつとしてあるからなのだろう。

だが、それにもかかわらず、いや、それだからこそ、眼を閉じても、とめどなく思い出されてきてしまう……。

ジェイク・ミラーに敗れ、ボクシングを諦めたあとも日本に帰らなかった広岡は、華僑《かきょう》が経営する中華料理屋で日払いの下働きの仕事を見つけてかろうじて生活していた。日本人街の日系人や日本人の店なら、もっとよい仕事があったかもしれない。だが、それをするのはなんとなく恥ずかしかった。かつて日本からやって来た期待のボクサーとして、日系のいろいろな人に連れられて顔を出したことがあるかもしれなかったからだ。しかし、中華料理屋の厨房《ちゅうぼう》で食器を洗ったり、掃除をするというような仕事では、食べることはできても、部屋代を払えるほどの収入にはならず、いよいよ借りているアパートを出て行かなくてはならなくなった。

部屋を追い出されたあとは、街の空き地に野ざらしにされている廃車に寝泊まりしてのホームレス同然の生活が続いた。仕事が終わると空き地に戻り、シートを倒し、体を丸めるようにして眠る。だが、その廃車すらも安住の場ではなく、時に地元のホームレスにナイフを突き付けられ追いやられるようなこともあった。

やがて中華料理屋の下働きの口もなくなり、残ったのは破れた靴下の中に隠しておいた二十ドル札一枚になってしまった。安いクラッカーを買っては公園の水を飲むことで飢えをしのいでいたが、十ドル分がクラッカーと共に消え、ついに全財産が十ドル札一枚になったとき、さてどうしようと思った。この十ドルで、華僑たちが夜な夜な開帳している賭場《とば》でカード賭博《とばく》をするか、レストランで久しぶりの食事らしい食事をするか。そのとき、一晩だけベッドの上で体を伸ばして寝てみたいという欲求が生まれた。一度その思いが生まれると、他の考えがすべて押しのけられ、白いシーツと平らなベッドが眼の前から消えなくなってしまった。

ダウンタウンの荒れた危険な地域にあるにもかかわらず、あまり汚れていない小さなホテルがあった。ターミナルホテルという名前だったが、経営者が日系人だということは何かの機会に聞き知っていた。

広岡はそこに行き、レセプションで訊ねると、タックス込みできっかり一泊十ドルの部屋があった。最後の金を払い、部屋に入ると、シャワーを浴び、白いシーツの敷かれたベッドで、久しぶりに手足を伸ばして横になった。すぐに眠くなった広岡は、ドアの廊下側のノブに「ドント・ディスターブ〈起こさないでください〉」の札をぶら下げ、安心して眠りに入った。翌日の明け方にトイレに行き、水を飲んだのは覚えている。しかし、ふたたびベッドに横になると、また深い眠りに誘い込まれ、気がつくと、その日の夜更けになっていた。しまった、と思ったが遅かった。いま部屋を出てチェックアウトしてもらっても、二日目の料金は取られるだろう。いずれにしても金はない。明日の朝まで待って、謝ることにしよう。広岡はさらにベッドに入り、眼を閉じると、すっと眠りに入ってしまった。

翌日、昼前に部屋を出ると、常にレセプションにいるオーナー風の老人に頭を下げて頼んだ。一日だけのつもりが二日も眠りつづけてしまい、一日分の料金が足りなくなってしまった。いつか必ずお返しするから今回は見逃してくれないだろうか。

すると、老人はレセプションの背後の事務室の扉を開け、そこに入るように言った。

狭い事務室で向かい合うと、老人がさとすような口調で言った。

あんたはもしかしたら同じ日本人同士、話せばわかる、助けてくれるだろうと思ったのかもしれない。だが、それは甘い。当然、ホテルの経営者としては無銭宿泊者として警察に突き出すことになる。ただ私はあんたが日本から海を渡って武者修行にやって来たボクサーだということを知っている。私はロサンゼルスで戦ったあんたの四つの試合をすべて見ている。勝った三つの試合で私は励まされた。相手をすべてノックアウトでリングに這《は》わせた。あの試合で励まされたのは私だけではないはずだ。ロサンゼルスに住む多くの日本人を励ますことができた。日本人がこのアメリカで白人や黒人をなぎ倒していく。それだけでも素晴らしいことだった。それなのに噂《うわさ》ではたった一度負けただけでボクシングをやめてしまったらしい。どうしてなのか私にはわからない。きっとそこには深い事情があるのだろう。先ほどから見ていてもあんたは悪いことができそうな人ではない。どうしようもなくこのような無銭宿泊をすることになってしまったのだろう。

ひとつチャンスをあげよう。このホテルで雑用をしてくれれば、泊まる部屋を与えよう。給料というようなものを出すことはできないが、食べるのに困らない程度の金を渡すことはできる。しばらくそれをやったあとで次の道を考えなさい。

広岡に他の選択肢はなかった。そのホテルで地下の暗い部屋を貰《もら》い、どんな小さな仕事でもするという生活が始まった。

什器《じゅうき》や消耗品の搬入の手伝い、切れた電球の取り替え、人手が足りなくなった階の部屋の掃除、一階に併設されている小さなコーヒーショップでの皿洗い。すべてにおいて必死に働いた。

一カ月が過ぎたとき、オーナーのケン・シロタが言った。あんたの働きぶりにはホテル中のスタッフが感心している。もっといてほしいが、いつまでもあんたにこんなことをさせておくわけにはいかない。私のよく知っているガーディナーのボスが人手をほしがっている。ガーディナー、庭師といっても経験は必要ない。就労ビザの面倒も見てくれるし、住む部屋も用意されている。そこに行きなさい。そして、ケン・シロタは、別れ際に、ご苦労様でしたと、五百ドルの現金を渡してくれた。

ガーディナーの仕事はすぐに覚えられた。庭師といっても、基本的には庭の芝刈りが主で、樹木の剪定《せんてい》も枯れた枝や不格好に伸びた枝を取り除くことはするが、日本の庭師のように葉の先の先まで切り揃《そろ》えるなどということはする必要がなかった。ロサンゼルスの高級住宅地に点在する膨大な数の顧客の家を、ボスの指示によって一週間に一度か二週間に一度の割合で訪問する。ガーディナーの仕事は気楽だったが、これを一生の仕事にしようとは思わなかった。

それでも一年が瞬く間に過ぎた。そんなあるとき、顧客先の一軒に住むハリウッドのプロデューサーに仕事の口を持ちかけられた。高齢の男性俳優が運転手兼ボディーガードを必要としているのだがどうだと言うのだ。その俳優の映画を何本か見ていたということもあったが、しばらくガーディナーとは違う世界が見てみたいと思い、その誘いに応じることにした。

二年続けたが、やがてその老優は呼吸器系の重病にかかり俳優業を引退して闘病生活に入ることになった。

それが本決まりになると、すぐにプロデューサーが別の俳優の運転手の口を見つけてきてくれた。広岡の誠実な働きぶりをいつも褒めていた老優が、あらかじめ連絡しておいてくれたのだ。

確かに俳優の運転手という仕事によって、普通なら見ることもできない世界を垣間見せてもらった。しかし、そこは、やはり自分とは別の人種の住む世界だった。老優とプロデューサーには感謝したが、別の仕事に就きたいと思った。

さて、どうしようと考えたとき、ターミナルホテルのことが思い出された。あそこでの一カ月の仕事はまさに雑用だったが、ちょっとした工夫で、仕事が格段に速くなったり、綺麗《きれい》になったりするという面白さがあった。

ホテルに行き、オーナーのシロタに話すと、ちょうどスタッフのひとりの日本人が帰国してしまって、人員が必要なところだったと喜ばれた。

ふたたび地下の部屋を与えられ、今度はホテルの業務のあらゆることを覚えさせられた。レセプションでの客との対応の仕方から始まり、掃除や洗濯を担当している日系の女性のローテーションの組み方やひとりで夜勤をする際にいかに危険を回避するかという方法まで、覚えなければならないことは無数にあった。

広岡はそのすべてに骨惜しみせず懸命に取り組んだ。人手が足りないときは自ら客室に行ってベッドメイキングをし、洗濯場でシーツにアイロンをかけた。

そうして一年が過ぎたとき、オーナーのケン・シロタはこう言った。もしよかったら、ホテルの部屋を引き払って自分の家で暮らさないか、と。

ケン・シロタは同じ日系二世の妻と二人で暮らしていた。二人に子供はいなかった。シロタの家は白人が多く住む地域にあった。かつて広岡がガーディナーをしていた頃も、近くには顧客である白人の大きな家が何軒かあった。家の前の通りには背の高いパームツリーが植えられている閑静な住宅街だった。

広岡は迷ったが、シロタの強い勧めにしたがった。二階に一部屋を貰い、三人で食事をするようになった。広岡が一緒に暮らすことになって喜んだのがシロタの妻だった。ミセス・シロタは、食事を作る張り合いが増えたわと言い、一世の母親から教えてもらったという日本料理を毎晩のように作ってくれた。

七年後にケン・シロタが死ぬと、全財産を相続したミセス・シロタによって、広岡はホテル経営のすべてを委ねられた。

でも、ひとつだけ自分の願いを聞いてほしい、とミセス・シロタは言った。

「ターミナルホテルを誰でも泊まれる宿にしてほしいの」

それがミセス・シロタのたったひとつの望みだった。

実は、ターミナルホテルは白人しか客を取らなかった。例外は日系人を含む日本人だけだった。アフリカ系の黒人はもとより、ヒスパニック系も、日本人以外のアジア系も泊めなかった。

そういう客が来ると、たとえ何室空いていようと、断った。

「フル・ブッキング〈満室〉」

ケン・シロタをはじめとしてすべてのスタッフが無表情にそう言って追い返すことになっていた。

それがケン・シロタのほとんど唯一と言ってよい経営方針だった。そしてそれがこの界隈《かいわい》には珍しい清潔なホテルという評判を勝ち得ることになった経営方針でもあったのだ。

しかし、ミセス・シロタはそのことに深い罪悪感を覚えていたらしい。自分たちと同じ有色人種を差別しているのが耐えられないというのだ。

広岡も満室だと嘘をついて彼らを追い返すのが苦痛だった。断ったあとの口の苦さにはいつまでたっても慣れなかった。ミセス・シロタの望みは広岡自身の望みでもあった。

以来、どんな客でも、空室があるかぎり泊めることにした。そのおかげで、客室の稼動率も劇的に改善され、収入も増えた。

しかし、それも一時的なことだった。黒人とヒスパニックの客が増えるに従って白人と日本人の客が減り出したのだ。

そして、どんな客でも泊めるようになってしばらくすると、あることに気がついて愕《がく》然《ぜん》とした。

それまでは一日の売上の現金を計算するときも二十ドル札と十ドル札が主だった。しかし、黒人やヒスパニックの客が増えるにしたがって、皺《しわ》の寄った汚い一ドル札が急激に増えていたのだ。十ドルの部屋の代金も、五ドル札と一ドル札で払う。それもポケットから引きずり出すようにして支払われる金なのだ。

しかも、その客たちは、アルコールを持ち込んで浴びるように飲む者だけでなく、ドラッグに冒されているような者も少なくなかった。いや、それだけでなく、部屋でドラッグの売買をするような者まで現れるようになった。

それにつれて、ホテルはどれだけ必死にクリーニングをしてもしだいに汚れがとれなくなり、薄汚れてきた。それでも、広岡は、すべてに眼をつぶり、誰でも泊めるという方針を貫こうとした。

だが、ある日、事件が起きた。

部屋で黒人の中年男が変死していたのだ。ジャンキーだった。コカインの使い過ぎで急性の呼吸器不全を起こしてしまったのだ。

警察の鑑識がやってきたあと、広岡にも取り調べがあり、刑事のひとりに、ここはジャンキーご用達《ようたし》のホテルなのかい、と皮肉を言われた。

翌日、地元紙にその事件が大きく報じられた。ロサンゼルスではよくある出来事だったはずだが、ターミナルホテルというホテル名と事件を引っかけた記事の見出しがうまく決まったため、例外的に大きく報じられることになってしまったようだった。

人生のターミナル

ターミナルホテルがそのジャンキーの「人生のターミナル」だった

広岡は茫然《ぼうぜん》とした。記事を眼にしたミセス・シロタもショックを受けていたが、だからといって、経営方針を変えろとは言い出さなかった。むしろ、衝撃は広岡の方が大きかった。そして、ケン・シロタの経営方針の正しさをあらためて思い知らされた。安易な善意は無力なのだ……。

冷徹に経営というものを学び直さなくてはならない。そう決意した広岡はミセス・シロタにいっさいの相談をしないまま、方針を転換した。ふたたび徹底的な人種差別をすることにした。白人と日本人しか泊めなくなったのだ。

黒人やヒスパニックの客は断り、白人や日本人の客は来ない。歯を食いしばって耐えなくてはならない期間が長く続いたが、徐々に以前の評判を取り戻すことができるようになった。ダウンタウンには珍しい清潔で気持のよいホテルがある、と。

しかし、そんなある日、ダウンタウンに古い友人を訪ねたあとでミセス・シロタがホテルに立ち寄った。

広岡とロビーにあるソファーで話しているとき、ヒスパニック系の客がやって来た。レセプションにいるスタッフが満室だと断った。次に黒人が来たが、また同じように断った。広岡はなんとなく不吉な予感がして、コーヒーショップに移動しないかと勧めたが、ミセス・シロタは気にしなくていいのよと断った。

そこに、白人の客がやってきた。スタッフは、広岡に命じられているままに、部屋を提供した。

それまで上機嫌に話していたミセス・シロタの顔色がみるみる変わってきた。そして、広岡の顔を睨《にら》みつけると言った。

「また同じことをしているの？」

そこには怒りよりも悲しみが多く込められているようだった。広岡は思わず下を向いてしまった。

「そうなの……」

ミセス・シロタはそう言っただけで席を立って出ていったが、深い失望感を抱いたことはその後ろ姿に明らかだった。

夜、広岡が家に帰っても、ミセス・シロタは昼間のことについて何も触れなかった。

だが、それ以来、あたかも生きることのハリを失ったかのように急速に老いていき、一年後に肺炎がもとであっけなく息を引き取ることになってしまった。

ホテルや家を含めて、ほとんどすべての財産を自分のために遺しておいてくれていたが、広岡には自分がミセス・シロタを失望させたまま死なせてしまったという悔いが残った。だが、その悔いは悔いとして、それ以後、むしろホテルの経営は順調に推移していくことになった。

やがて、ダウンタウン再開発の波に乗り、家を売り払った金を原資に若手のデザイナーと組んでホテルを大改装し、ホテルの名前を変え、シングルユースの客を大事にするブティックホテルというコンセプトで最初の成功を収めることができたのだ。

しかし、成功を重ねれば重ねるほど、ミセス・シロタのたったひとつの望みを葬り去り、経営の論理に従ってしまった自分を責める気持が残った。成功は、常に、ジムの会長の真田の言っていた「正しき人」であることから遠ざかることで、もたらされつづけた。

翔吾にホテルのことを訊ねられたとき、素直に答えられなかったのも、ミセス・シロタのことが胸の奥にトゲのように刺さっているからにちがいなかった。

広岡は、自室のベッドで横になり、眼を閉じたまま、しかしいつまで経っても眠りにつけなかった……。

3

十二月も押し詰まり、年の瀬が迫ってきた。

夜の食事が終わり、テーブルで茶を飲んでいるとき、広岡が翔吾に言った。

「正月は家に帰れ」

「そうだな、正月くらい親孝行しろ」

藤原もうなずきながら言った。

すると翔吾がいくらか不満そうに言った。

「俺だけ帰るのは不公平です」

「帰れる家があるのはおまえだけだ」

星が言うと、翔吾も仕方なさそうに言った。

「それはそうですけど……」

「親父さんはともかく、おふくろさんが心配してるだろう。こっちに来たっきり、一度も顔を見せないで」

藤原が言うと、翔吾があっさりと言った。

「母親は大丈夫です」

「何が大丈夫なんだ」

「つまらない心配はしないタイプなんです」

「タイプで片付けられるもんでもないだろ」」

「俺のことなんか少しも心配してないと思います」

「そんなことはないだろうするとm、翔吾が含み笑いをしながら言った。

「なんと言っても、十何歳も年齢の違う男の子供を結婚前に妊娠しても平気で産むことにしたくらいですから、肝っ玉が据わってるんです」

「ほう」

「親父と違って、俺に対しては昔からあなたの好きなようにしなさいと言ってました」

「だから好きなようにしているのか」

「何をしてもあなたはあなただからって」

藤原と翔吾とのそのやりとりを聞きながら広岡は思っていた。翔吾は幸せな家庭に育ったのだなと。父親には思い切り反抗ができ、母親にはまったく無頓着でいられる。その無頓着さは母親に対する無限の信頼に根差している。信頼を愛情、あるいは甘えと言い換えてもいい。翔吾は母親の自分に対する愛情を微塵《みじん》も疑ったことがないのだろう。

もし母子二人で暮らしてきたという大塚だったら、たとえどれほど母親に深い愛情を抱いていても、このように無頓着な物言いはできないだろう。発言にも微妙なためらいや屈折が表れてくるはずだ。

「いいから、帰れ」

藤原は、翔吾に、不承不承ながら大晦日《おおみそか》には父母の元へ帰ることを約束させた。

大晦日、みんなでお節料理を作った。

星によれば、妻の真琴《まこと》が小料理屋をやっていたとき、毎年、一人暮らしをしている常連のためにお節料理を作ってあげていたという。それをずっと手伝ってきたので、見よう見まねで作れるのだそうだ。

基本的なものは星が買ったり作ったりしてくれることになったが、特に希望するものは各々で作ることになった。

藤原は栗の入ったサツマイモのきんとんがどうしてもたくさん食べたいというので星に教えてもらいながら自分で大量に作ることになった。

広岡はやはり星に教えてもらって大根と人参のナマスを作ることにした。おいしいナマスだけはロサンゼルスで食べられなかったからだ。

佐瀬は山形の郷土料理である「ひょう干し」の煮物を作るという。ひょう干しとは蔓《つる》のような野草を干したもので、それを戻して油揚げなどと煮るらしい。「ひょっとしたら、今年はいいことがあるかもしれない」という縁起物なのだという。

佳菜子は、進藤の妻に教わったとかで、ヒラメとサーモンの薄切りの身を使った紅白のマリネを作りはじめた。

翔吾が、それぞれに取りかかった作業を羨《うらや》ましそうに見ていると、藤原が最も面倒な作業であるサツマイモの裏ごしを、恩着せがましく手伝わせてやったりした。

夕方、お節料理を重箱に詰め終わった星が小エビのかき揚げを作り、広岡が茹《ゆ》でた蕎《そ》麦《ば》で年越蕎麦を食べた。

年越蕎麦のあとは、それぞれが思い思いの酒を飲み、佳菜子が多めに作っておいてくれたマリネを食べながら、テレビで「紅白歌合戦」を見た。

画面に出てくる若い歌手やグループについて、藤原がいちいち翔吾に訊ねている。

「こいつは知ってるか?」

「知ってます」

「なんだ、この気持の悪いメークをしてる奴らは」

「人気があるんです」

そのやりとりを、広岡だけでなく、星も佐瀬も佳菜子も楽しそうに聞いている。

番組も後半になり、広岡が言った。

「もう、そろそろ家に帰れ」

翔吾はそれでもしばらくはぐずぐずしていたが、ようやく重い腰を上げて平井の実家に帰っていった。

いなくなったのはひとりにすぎないのに、広間が妙に寂しくなってしまったような気がする。翔吾だったからというわけではなく、いつもいるはずの誰かが欠けるとこんなにも寂しくなるのだとあらためて思い知らされた。それは広岡だけの受け止め方ではなく、他のみんなにも共通のものだったかもしれない。テレビを見ていた藤原がぽつりとつぶやいた。

「紅白歌合戦って、こんなにつまらなかったかな」

そして、こう続けた。

「これなら、去年、刑務所で見た裏番組の方が面白かったかもしれない」

番組が終わると、窓の外の遠くから除夜の鐘が聞こえてくる。広岡にとっては、四十年ぶりに聞く除夜の鐘の音だった。

体の奥深いところにまで沁《し》み入ってくるような、低いけれど澄んだ鐘の音を聞いているうちに、この一年だけでなく、何かが終わるような気がしてきた。いや、そんなはずはない。古い一年が終わり、新しい一年が始まるのだ。そこに開けているのは希望への道、翔吾のチャンピオンへの道であるはずだ……。

父母の家に帰っていた翔吾は、二日の夕方にはチャンプの家に戻ってきてトレーニングを再開した。

すぐに正月ムードは去り、いつものような日常が戻ってきた。

仕事始めの日に本牧の埠頭に行った翔吾は、佐藤興業の社長に、試合まで仕事を休ませてほしいと伝えた。もちろん、社長は快く了承してくれ、トレーニングに集中することになった。

問題はスパーリングだった。互いによいパートナーになっていたはずの大塚とは試合で戦うことになってしまった。さすがにスパーリングをするわけにはいかないだけでなく、翔吾のスパーリングを真拳ジムで行うのもためらわれた。互いの手の内をさらけださなくてはならないからだ。

広岡たちがどうしたものかと考えていると、令子が自由に練習できるジムを見つけてきてくれた。チャンプの家とは多摩川を挟んで反対側の下流域にある城南玉川というジムで、そこには翔吾とスパーリングをしてくれるパートナーもいるという。

広岡は、令子からそのボクサーの名前を聞いて驚いた。中西利男。それは、一年ほど前に、フロリダのキーウェストのスポーツ・バーで、偶然、試合を見ることになったウエルター級のボクサーだった。咬《か》ませ犬と思われていた中西が、第六ラウンドに鮮やかなノックアウトで絶大な人気を誇るマーカス・ブラウンを倒した試合だ。

令子によれば、中西はその勝利でチャンスを摑み、同じラスベガスで世界タイトルに挑戦したがノックアウトで敗れ、さらにマーカス・ブラウンとの再戦に、こんどは逆に第二ラウンドでノックアウトされ、失意のうちに日本に戻ってきたのだという。

中西はウェルター級であり、翔吾のスーパー・ライト級より体重は一クラス分だけ重いが、スパーリング・パートナーとしては問題ない程度の違いだった。依然として世界ランキングには留まっており、日本からの再起を目指している中西も、翔吾の相手をするのを楽しみにしているとのことだった。

夕方、広岡たち四人は、翔吾と共に、新しいビルの二階に入っている城南玉川ジムに行った。

ジムには、すでに中西がいて、床に腰を下ろし、壁に寄りかかってひとりでバンデージを巻いていた。広岡は中西に近づいていき、言葉をかけた。

「黒木をよろしく」

中西は広岡を見上げ、黙ったまま頭を下げた。その表情は、テレビを通して見た去年二月のときの中西とは印象が異なっていた。

「マーカス・ブラウンとの第一戦を、アメリカのスポーツ・バーで見たよ」

「そうですか」

「いい試合だったな」

「どうも」

中西が口をちょっと歪《ゆが》めるようにして答えた。広岡には、あのときの真摯《しんし》でクレバーな雰囲気が消え去り、どこか荒《すさ》んでいるような気配を感じた。どうしたのだろう。やはり、負けたことが気持を荒ませているのだろうか。マーカス・ブラウンに負けることは覚悟の上だったはずだし、世界タイトルに挑戦できただけでも幸運と思えたはずだが、それとは別に、大きな試合に続けて負けることで傷つき失うものがあったのかもしれなかった。

翔吾が入念にストレッチをしてからバンデージを巻いていると、ジムのトレーナーらしい中年の男が翔吾に声をかけてきた。

「そろそろいいかな」

「お願いします」

ちょうどバンデージを巻き終わった翔吾が返事をした。

中西と翔吾がリングに入ると、タイマーのブザーが鳴ってスパーリングが開始された。

オーソドックスに構えた中西は、雰囲気だけでなく、ボクシングのスタイルも変化していた。相手の動きを見極めようとすることなく、いきなり前に出ていくと、自分から先に荒っぽくパンチを繰り出しはじめた。だが、翔吾も足を使って距離を取ろうとせず、中西の荒っぽい攻撃に応じている。その結果、最初から激しい打ち合いになった。

翔吾は埠頭で荷役の仕事をするようになって体つきが変わったが、中西はそれよりもひとまわり大きかった。

中西の強烈な右フックが翔吾の左の顔面にヒットした。翔吾の頭が右横に大きく振られ、バランスを崩しかかった。それに続いて放たれた左のフックはなんとかよけることができたが、さすがにウェルター級で世界の舞台を踏んだ中西のパンチは重そうだった。しばらくのあいだ、翔吾は足を使って廻り込み、ジャブを浴びせることに専念していたが、ふたたび中西が距離を詰めイン・ファイトに持ち込もうとすると、足を止めて打ち合いに応じた。

中西の左右のフックを二発浴びるあいだに、翔吾はストレートとフックを混じえて四発のパンチを当てた。あるいは、実際の試合なら、ジャッジのポイントは翔吾に入るかもしれない。しかし、ダメージを与えているのは中西の方だった。

第二ラウンドと第三ラウンドは翔吾が徹底的に足を使って逃げまくった。中西はまったく追いつくことができなかったが、第四ラウンドに入ると、フェイントを巧みに使って翔吾をコーナーに追い込むことができるようになった。中西はマーカス・ブラウンをキャンバスに這わせた重いパンチを翔吾に放つ。しかし、翔吾はいっさいクリンチで逃げることをせず、そのたびに激しい打ち合いに応じつづけた。

予定の四ラウンドが終わると、中西はトレーナーにグラヴをはずしてもらい、タオルで汗を拭った。広岡はその中西に近づいて話しかけた。

「ボクシングが少し変わったな」

中西は意外そうに広岡を見て、言った。

「わかりますか」

「君はあんなボクシングをするタイプではないと思っていたけどな」

広岡が言うと、中西は暗い顔つきになって言った。

「アメリカでは、ボクサータイプは人気が出ないんです。特に外国人のボクサーだと、足を使って打たれないようにしているとブーイングを浴びせられます。打って打って、相手を倒さないと人気が出ない。人気がないと、いい試合を組んでもらえない。だから、倒されるのを覚悟の上で倒しにいかなくてはならないんです」

「自分のボクシングを殺すことになっても、か」

「試合がなければ、リングに上がる前に干上がってしまいますからね」

中西が苦笑しながら言った。

ジムから駅までの帰り道、佐瀬が翔吾に珍しく叱責《しっせき》するような口調で言った。

「どうして中西とあんな打ち合いをするんだ」

「スピードでは大塚さんにかないません。どこかで打ち合いに持ち込まないとポイントだけ取られてしまいます。だから中西さんからイン・ファイトへの持っていき方を盗もうとしていたんです」

試合ではなんとかして大塚の足を止め、打ち合いに持ち込まなくてはならない。それは広岡たちも考えていたことだった。恐らくそこにしか突破口はない。翔吾は自分なりに考えて同じ結論に達したようだった。問題は、どうしたら大塚を打ち合いに応じさせられるかということだ。翔吾はその答えを求めて、あえて中西と激しい打ち合いをしているということのようだった。

二日目のスパーリングでは、その最終ラウンドに翔吾が「キッドのキドニー」を試した。中西が大きな左フックを放つと、翔吾はふっと体を沈め、体を起こすと同時に一歩踏み込み、伸び切った相手の左の脇腹に強烈なフックを叩き込んだ。しかし、大塚とのときで懲りたのか、パンチはいくらか力をセーブしたものだった。もし、渾身《こんしん》の力を込めていたら中西もダウンしていたかもしれないというほど絶妙のタイミングのパンチだった。

三日目も、四日目も、翔吾は繰り返し繰り返し中西との激しい接近戦を試みた。

大塚との試合の前日だった。

午後、ホテルのボウルルームで行われた公開計量に出かけていた翔吾が、佐瀬と共にチャンプの家に戻ってきた。

翔吾の体重はリミットちょうどだったが、大塚は二百グラムほどアンダーだったという。しかも、皮膚はつやつやしていたと佐瀬が驚いていた。減量も順調で、コンディションも最高に近く仕上がっているらしい。

翔吾は、チャンプの家に戻ってくるとすぐにトレーニング・ウェアーに着替え、倉庫でサンドバッグを叩くため庭に出た。

「軽めにしておけよ」

佐瀬が翔吾の背中に言葉を投げかけた。

「そうします」

返事をした直後に、翔吾が声を上げた。

「チャンプが帰ってきました！」

広岡たちがベランダに出て、木の箱をのぞき込むと、間違いなくチャンプがいる。

「顔に疵《きず》があるみたいだ……」

翔吾が心配そうに見ているところに、店が定休日で家にいた佳菜子がやって来た。

「チャンプ、こっちに出てきて」

佳菜子が呼びかけると、チャンプが素直にベランダの下から出てきた。どこかの猫に引っ掻かれでもしたのか、眼の下から頰《ほお》にかけて血が滲《にじ》む疵痕《きずあと》ができている。まだカサブタになっていないところを見ると、最近できたものらしい。

佳菜子は、家の中に戻って救急箱を持ってくると、ガーゼに消毒薬を染み込ませたものを手に持ち、ベランダに腰掛けた姿勢でチャンプに呼びかけた。

「この膝に乗って」

そして、空いている手で膝の上をポンと叩いた。

どうするかと見ていると、チャンプはしばらくためらっていたが、やがて佳菜子に近づき、ゆっくりと膝の上に乗った。

佳菜子はチャンプの背中をやさしく撫《な》でながら、やがてその手で体を押さえると、また言った。

「ほんのしばらくおとなしくしていてね」

そして、ガーゼで疵を拭きはじめた。沁みて痛いはずなのに、チャンプは鳴いたり暴れたりしたりせず、なすがままにされている。

「さあ、もう大丈夫よ」

疵を拭き終わった佳菜子が話しかけると、チャンプは静かに膝から降りて、またベランダの下の木の箱に戻っていった。

藤原たちは佳菜子とチャンプとの様子を茫然と眺めていたが、ようやく驚きから醒《さ》めたように顔を見合わせた。

「道楽息子の御帰館というわけだ」

星が言うと藤原が冗談めかして応じた。

「どこかの女のところにしけこんでいたのかもな」

「まさか、まだ子供だろ」

「いや、もう大人になりかけてるんじゃないか」

広岡は、星と藤原のやりとりを聞きながら、チャンプはどこにいたのだろうと思った。旅をしていたのは間違いない。そして、子供でなくなっていることも間違いない。旅がこの猫を成長させた。果たして、どんな冒険をして来たのだろう……。

考えていると、佳菜子が口を開いた。

「チャンプが帰ってこなかったらどうしようと思ってました」

「どうして」

広岡が訊ねた。

「黒木君が……」

「翔吾がどうだって」

藤原が言った。

「黒木君が負けてしまうかも……」

「おいおい、佳菜ちゃん、不吉なことは言いっこなしだよ」

「でも、チャンプが帰ってきてくれたから、黒木君は勝ちます」

「よかったな、翔吾」

星が言った。

「でも、顔に気をつけて。怪我をしないように」

佳菜子が翔吾に言った。

「チャンプみたいにか」

藤原が言った。

「ええ、もしかしたら、チャンプが身代わりになってくれたので大丈夫なのかもしれませんけど。眼の下やまわりの疵に気をつけてほしいんです」

「そうだな、バッティングには気をつけるんだ」

佐瀬が心配そうに言うと、星が言った。

「気をつけるにこしたことはないけど、大塚が相手ならバッティングの心配はいらないだろ」

「それもそうだな。頭から突っ込んでくるような汚い試合運びはしない」

藤原が言った。

て言った。

「でも、気をつけて」

佳菜子が重ねて言うと、翔吾がその言葉を真剣に受け止めたらしく、大きくうなずいた。

「わかった、気をつける」

広岡には、しかしそのやりとりが、なぜか不安なものに聞こえた。

4

この日の後楽園ホールも満員だった。

そのプログラムはボクシングの興行としては異例のものだった。普通なら前座として何試合かあるはずの四回戦や六回戦の試合がまったく組み込まれておらず、三つのタイトルマッチのみで構成されていたのだ。

すなわち、メイン・イベントは世界スーパー・ライト級の世界タイトルマッチであり、セミ・ファイナルは東洋太平洋スーパー・ライト級王座決定戦兼世界タイトル次期挑戦者決定戦であり、前座が日本フェザー級タイトルマッチの三試合だった。

チケットは早々に売り切れており、ネット上では定価の数倍の高値で売り買いされていた。しかも、試合当日は、珍しく早い時間からダフ屋が出て、観客から不要になったチケットの買い取りをしていた。

満員なのは席に座っている観客だけでなく、さまざまな方法で潜り込んだらしいボクシング関係者が、至るところで立ち見をしていた。まさに立錐《りっすい》の余地がないという表現がこれほどふさわしい会場はないだろうと思えるほどの観客数だった。

第一試合の日本フェザー級タイトルマッチが、最終ラウンドまでもつれたあとでチャンピオンの防衛という判定が下ると、場内は一気に熱気が高まっていった。

観客の多くが見たかったのは、メイン・イベントの世界タイトル戦ではなく、大塚俊と黒木翔吾のセミ・ファイナルだった。二人のスーパー・ライト級の逸材が、東洋太平洋のタイトルを懸けて争うだけでなく、それに勝った方が世界タイトルに挑戦することになる。その二段構えの「頂点への階段」の構造が、単なる世界タイトル戦よりも強い関心を生むことになったのだ。

東洋太平洋のタイトルマッチは世界タイトルマッチと同じく十二ラウンドで戦われることになっている。

そのリングに、青コーナーから翔吾が、赤コーナーから大塚が上がってくると、喚声は場内を揺るがすほどのものになった。

大塚は翔吾の体よりひとまわり小さく感じられたが、以前よりさらに引き締まったシャープな体つきになっていた。ここまでの体を作るためにどれほど激しいトレーニングを重ねてきたことか、と広岡は思った。

ゴングが鳴ると、二人はフットワークを使いながらリングをゆっくりと廻りはじめた。互いに警戒して距離を取っているため左でジャブを放っても相手に届かない。ほとんどパンチの交換がなく、ただの睨み合いにすぎない時間が過ぎていく。

普通なら、場内から、もっと打ち合えというような野次が飛ばされるところだが、二人のあいだにピーンと張られた緊張の糸の存在が観客にも伝わるのか、誰もが息を詰めるようにして見つめている。

広岡は、令子が用意してくれた青コーナーの近くの席に座っていた。令子は、赤コーナーの近くに座っている。どちらの側にもつきたくないから階上のバルコニーで見ていたいと言うのを、大塚の傍《そば》にいてあげるべきだと広岡が説得して赤コーナーの近くに座らせるようにしたのだ。

不意に大塚が距離を詰め、左で鋭いジャブを放った。それは広岡が驚くほどのスピードで翔吾の顔面をヒットした。

しばらくして、翔吾が踏み込み、ジャブの三段打ちを試みようとしたが、大塚は素早く体をかわし、難なくよけてしまった。

逆に、また、大塚は信じられないようなスピードで一歩前に踏み込むと、翔吾の顔面にジャブをヒットさせた。

パンチの威力はさほどないように思われるが、ピシッという音を立ててヒットするパンチには、採点をしているジャッジがポイントとして加点したくなるような鮮やかさがある。観客から、大塚のそのスピードに対する賛嘆に近いどよめきが起きた。

ラウンドの後半で、大塚は鋭い左のジャブをヒットさせると、初めて続けざまに右のストレートを放ったが、それは翔吾が頭を振ってかろうじてよけた。

ゴングが鳴って、第一ラウンドが終わると、緊張から解き放たれた観客の中からフウッと大きく息をつく声が聞こえた。

コーナーに戻ってきた翔吾に、リングに飛び込んだ佐瀬が、焦らなくていい、少し様子を見ていこう、と話しかけている。

翔吾もその言葉にうなずいている。

だが、続く第二ラウンドも、第三ラウンドも、同じような展開のままだった。大塚が連続的にジャブを当て、ポイントを重ねていく。翔吾が踏み込んで打ち合いに持ち込もうとすると、大塚は素早く足を使って距離を取る。翔吾が足を止めて、様子をうかがっていると、大塚が不意に距離を詰めてジャブを当てる。打っては離れ、打っては離れる。鮮やかなヒット・アンド・アウェイの戦法だった。

一度、翔吾は中西から学んだと思われるフェイント戦法で大塚をコーナーに追い込むことができた。左から攻めると見せかけて、右からパンチを放つことで、相手を左右に逃がさず真後ろに後退させる戦法だ。

狙《ねら》いどおりコーナーに追い詰めることはできたが、そこに襲いかかると、大塚は巧みなボディー・ワークでするりと体を入れ替えてしまった。

ボディー・ワークの体の動かし方には、上下に動かすダッキングや左右に動かすウィービング、さらには後方に反らすように動かすスウェーバックなどがある。大塚はそれらを巧みに組み合わせることで、自分を危険な状態から易々と逃れさせることができるのだ。それだけではなく、常に上半身を動かしつづけているため、頭が一定のところに留まらない。それによって、的を絞れなくなった相手のパンチの多くが空を切ることになる。大塚はこの数カ月でさらにアウト・ボクシングに磨きをかけてきたらしい。死んだ真拳ジムの真田会長が理想としていたボクシングがここにある、と広岡はひやりとするような思いで認めざるを得なかった。

第四ラウンドに入り、大塚のパンチがさらに的確に翔吾の顔面を捉《とら》えるようになった。翔吾は自分から前に出て打とうとするが、大塚に簡単にかわされてしまう。

ラウンドの中盤、大塚の左のジャブと右のストレートが連続的にヒットした。とりわけその右のストレートがこれまでにない威力でヒットし、翔吾はロープの手前まで後退させられた。

だが、大塚はあえてロープ際まで追い詰めようとはせず、距離を取ったままストレートの連打を放った。大塚は決して接近戦に持ち込もうとしないことで翔吾の持ち味を消そうとしているかのようだった。

どうしてもイン・ファイトに持ち込むことができない。苛立《いらだ》った翔吾が、勢いをつけて前に出て行き、右で強烈なストレートを打とうとすると、逆に、大塚に鮮やかな右ストレートのカウンターで迎え打たれてしまった。

第五ラウンドに入っても、翔吾に突破口が見えない。待っていると、ジャブからストレートのワン・ツーのパンチを決められ、前に出て行くと、華麗なボディー・ワークでかわされるかカウンターを打たれる。たまに翔吾のパンチが入っても、浅すぎるか深すぎるかで、効果的にダメージを与えるパンチにならない。

大塚が着々とポイントを重ね、各ラウンドを確実に自分のものにしている。

第六ラウンドに入り、初めて観客から野次が飛んだ。

「黒木、どうした！」

しかし、野次られた翔吾だけでなく、見ている広岡にも、どのように局面を打開すればいいのかわからなかった。いま、まさに、眼の前で完璧なアウト・ボクシングが繰り広げられている。それに対しては、どうにも手の打ちようがない。一発ずつのパンチに破壊的な威力があるわけではないが、何発も、何十発も顔面に受けつづけているうちに蓄積されたダメージが、翔吾の動きを少しずつ緩慢にしていくようだった。

第七ラウンドの終盤、大塚の左のジャブがヒットし、さらに続けて左のストレートと右のストレートのワン・ツーのパンチを受けると、翔吾がよろめきながら後退した。大塚は、今度は、ロープ際まで追い込んだ。翔吾はロープに背中を預けたまま大塚のパンチを浴びつづけた。

狙っている、と広岡は思った。翔吾は明らかにインサイド・アッパーを打つタイミングを狙っている。

しかし、それがわかっている大塚は決してフックを打とうとしない。距離を取ったままストレートを打ちつづけているのだ。それでも、わずかに距離が縮まったと思われた瞬間、翔吾はロープの反動を使い、一歩前に出ると大塚の顎《あご》を狙ってアッパーを突き上げた。いや、突き上げようとした。だが、大塚はそれを待っていたかのように鞭《むち》のようにスウェーバックで上体をわずかに後ろに反らしてパンチをかわすと、今度は前方に鞭のように体をしならせて右のストレートを打ち込んだ。それが鮮やかなカウンター・パンチとなり、顔をのけぞらせた翔吾はロープに背中をぶつけてから前のめりになってキャンバスに倒れ込んだ。

翔吾がダウンした！

観客席から爆発的な喚声が沸き起こった。それは翔吾にとってリング上で喫する初めてのダウンのはずだった。

だが、レフェリーがカウントを取り出すと翔吾は素早く立ち上がり、セブン、と言われたところでファイティング・ポーズを取った。

壁の電光時計は残り二十秒であることを示している。

「クリンチだ！」

藤原が絶叫した。しかし、試合が再開されても、翔吾はクリンチで逃げようとしなかった。勝負を決めようと大塚が凄《すさ》まじい勢いで踏み込んでくると、翔吾は狙いすましたように右フックを放った。それは顎をかすめただけだったが大塚を警戒させるには充分だった。ふたたび睨み合いが始まり、大塚がジャブを放った瞬間にゴングが鳴った。

翔吾がコーナーに戻ってくると、佐瀬が眼を見ながらゆっくりと言い聞かせた。

「とにかくダメージが回復するまで逃げつづけろ」

うがいをさせていた藤原も言った。

「クリンチをしろ。恥ずかしくなんかないぞ。恥ずかしいのはノックアウトされることだ」

第八ラウンドに入った。

若い翔吾はわずか一分間のインターバルで急速に回復したらしく、リングの中央に歩み出した足取りはしっかりしていた。

このラウンドで一気に勝負をつけようと意気込んでコーナーを飛び出してきた大塚も、

その翔吾の様子を見て、安易に突っ込んでいくのを止《や》めたようだった。ふたたび距離を取ってのヒット・アンド・アウェイの作戦に切り替えた。

終盤、大塚の連打を浴びて、翔吾がまたグラリとしたが、そこでゴングが鳴った。

コーナーに戻ってきた翔吾は、佐瀬の注意の言葉も耳に入らないらしく、ぼんやり天井に視線をやっていたが、不意にリング下の席に座っている広岡の方に顔を向けた。

その眼を見て、山越戦のときの記憶が呼び起こされた。

――同じ眼だ。あのときと同じく自分に何かを問いかけている。

山越戦ではインサイド・アッパーを打つためロープ際に誘い込むことの許可を求めているとわかった。しかし、広岡には、いまの翔吾が何を欲しているかわからなかった。

翔吾は何をしたいのか。

――だが、いい。おまえはいま絶望的な状況に追い込まれている。それを突破しようとして、おまえが考えに考えたことなのだろう。おまえを信じよう。たとえそれが奈落への道であってもかまわない。そのあとのことは引き受けた。やってみるがいい……。

広岡が大きくうなずくと、翔吾はうっすらと笑みを浮かべたようだった。そのとき広岡は、自分が他者に対して、その存在のすべてを無条件に受け入れたのは初めてのことだったのではないかと思った。

第九ラウンドのゴングが鳴った。

翔吾は足が動かなくなってきただけでなく、ガードも低くなりはじめた。そこを大塚に狙われてパンチを食らう。しばらく打たれるがままにされていたが、突然、翔吾がほとんど破れかぶれとでもいうような荒々しさで大きなフックを振るいはじめた。右、左、また右、左。しかし、そのパンチが一発も大塚に当たらない。

打ち疲れたのか腕がさらに下がり、ガードするものがなくなった顔面が、がら空きになった。ガードだ、ガードをしろ。広岡は祈るように口の中でつぶやいていた。

その顔面に大塚の右のストレートが打ち込まれた。それまでの大塚のパンチは、ピシッという鋭い音を立てて翔吾の体に当たっていた。だが、そのときのパンチは、重い物どうしが衝突するときのドスッという鈍い音がした。

翔吾は棒立ちになり、左、右、左、右と大塚の連打を浴びつづけた。体が強風にあおられる樹木のように揺れている。翔吾にはもはや反撃する力は残されていないかに見える。

観客は熱狂した。いよいよ終わりかもしれない。見事なアウト・ボクシングを続けてきた大塚が、ついにラッシュして、決着をつけようとしている。あとは止《とど》めの一発がどこに入るかだけだ……。

しかし、不思議なことに、翔吾の眼はまだ死んでいなかった。危ない、と思いながら、広岡には、まだ何かが起こりそうな気もしていた。

大塚は、さらに左、右とストレートを翔吾の顔面にクリーンヒットさせると、初めて足を止め、距離を詰め、左フックで翔吾の右の顎を打ち抜き、さらに体のひねりを利かせて返しの右のフックを放った。

そのとき、翔吾はすっと体を沈めた。そして、大塚のパンチが頭の上をかすめた次の瞬間、左斜め前に一歩踏み出し、体を起き上がらせると同時に、伸び切った大塚の右の脇腹に、ひねりの利いた左のフックを叩き込んだ。

そのパンチがめり込んだところは、大塚の上体がフックを打つべくわずかに回転していたため、背中に近い脇腹だった。完璧なボディー・フックだったが、きしんだのは、あるいは肝臓ではなく、キドニー、腎臓だったかもしれない。

キッドのキドニー！

大塚は一瞬息を呑《の》むように動きを止めたが、次の瞬間、ストンと膝から崩れ落ち、前のめりに倒れた。

観客は何が起きたかわからず、茫然としている。いままで圧倒していた大塚が不意に倒れた。観客には翔吾のボディー・フックが見えておらず、見えていてもどれほど威力があるかわからなかったのだ。レフェリーがカウントを取り出して、多くの観客に大塚は翔吾のパンチによって倒れたということがわかったらしく、悲鳴のような喚声が沸き起こった。

大塚は起き上がろうと必死にもがいたが、両手をついて、上半身を起こすのがやっとだった。

翔吾は大きく息をつきながら、ニュートラル・コーナーで、レフェリーのカウントが十まで数えられるのを待った。

「……エイト、ナイン、テン！」

勝った。

死の淵まで、敗北の底まで近づいていた翔吾が、大逆転で勝った。

翔吾は喜びの表情をあらわすことなくリングの中央に歩み出すと、小さく右手を挙げ、天井を見上げた。

大塚を倒すことで、翔吾はまた階段をひとつ昇った、と広岡は思った。

東洋太平洋のタイトルを取ったからでもなく、世界タイトルへの次期挑戦権を得たからでもない。絶望的な状況の中でひとり危険な海に乗り出し、ひとりで航路を見つけ、ひとりで嵐を乗り切ることができたからだ。

第十九章　飛び立つ雀

1

大塚戦の勝利の余韻に浸ることができたのも二日だけだった。試合の三日後にはいつもの日常が始まった。

世界戦は四月初旬に予定されている。一月末に行われた大塚戦からは二カ月余りしか準備期間がない。ひとつの試合が終われば、いったんすべてを解き放って体を休めるべきだが、その余裕がなかった。大塚戦に向けて研ぎ澄ませ、鍛え上げていった肉体を、四月の世界戦まで維持しつづけることになった。

翔吾が大塚に逆転のノックアウトで勝利した直後に行われた世界戦では、大番狂わせが起きていた。無敗のチャンピオンで、圧勝が予想されていたミゲール・ディアスが、第二ラウンドで挑戦者のアフメド・バイエフというチェチェン出身のボクサーにノックアウトされてしまったのだ。第一ラウンドから激しくプレッシャーをかけていたバイエフが、第二ラウンドの中盤に右のストレートを一発当てると、ディアスがよろめいたところを一気に襲いかかり、ロープ際に追い詰めての連打によってノックアウトしてしまった。それはまさにチャンピオンのディアス陣営が茫然《ぼうぜん》とするほどの早さだった。

ディアスの最終戦で大きく儲《もう》けようという翼ジムの目算は崩れてしまったが、翔吾が挑戦する世界戦は契約どおり行われることがバイエフの帰国前に確認されていた。

新チャンピオンのバイエフと翔吾との世界戦は、一月の試合でそれぞれが見せた鮮やかなノックアウト・パンチの激突ということで早くも大きな話題を呼んでいた。

翔吾が働いている本牧の佐藤興業の社長は、大塚戦の直後に控室にやって来て、これから先も世界戦に向けて休みつづけてもかまわない、給料は払うからと言ってくれたが、佐瀬が荷役として港湾で働くことに意味があるからと、断った。そこで、試合の三日後からは本牧でふたたび荷役の仕事を再開しつつ、チャンプの家でのジムワークを続けることになった。

二月の中旬から下旬にかけて、寒さは依然として厳しいものだったが、チャンプの家の室内で続けられる翔吾の練習ぶりは自信に満ちたものになっていった。

そんなある日のことだった。

翔吾のパンチをミットで受けている最中、広岡の心臓に異変が起きた。いや、正確には起きそうな予感がした。発作が起きる前兆とも言うべき、胸が締め付けられるような痛みを感じはじめたのだ。

広岡は、とっさに、トイレに行きたくなってきたからとミット打ちの相手を星に交代してもらった。

「まったく、齢《とし》を取ると我慢ができなくなる」

誰にともなくつぶやき、ゆっくりトイレに向かった。

トイレに入り、便器の蓋《ふた》の部分を急いで下げてそこに腰をおろすと、いつもズボンの右のポケットに入れてある小さな瓶《びん》からニトログリセリンの錠剤を取り出し、急いで舌の下に含んだ。

眼を閉じ、じっとしていると、やがてなんとなく細くなっていた血管が広がって血が流れるような感じがして、危機が去っていくのがわかった。

トイレから出ても、用心のため、ふたたびミットを手に取ることをしなかった。

その夜、自分の部屋でひとりになったとき、さまざまな思いが駆け巡った。アメリカにいるときは、「そのとき」が来ればそれはそれでかまわないと思っていた。死に対する恐れはない。もうすでに充分に生きた。満足のいく人生だったかどうかは別にして、他人に迷惑をかけないで生きていくだけのものも手に入れられた。あとはもうジタバタせず、訪れた「そのとき」を静かに受け入れようと。

しかし、自分でもまったく意外なことだったが、心の奥をのぞき込むように見つめてみると、その片隅に、もう少し生きてもいいなという思いが生じてきていた。いや、もっと強く、生きてみたいという思いが顔をのぞかせている。

――どうやら自分は、翔吾がどのようなボクサーになっていくか見届けたいと望んでいるらしい……。

翌日、広岡は自分の部屋から携帯で電話を掛けた。

アメリカで日本人医師のヨシダに紹介されていた病院に連絡を取ってみる気になったのだ。ヨシダには日本に着いたらなるべく早く訪ねてみると言ってあったが、つい延び延びのままこの日に至っていた。

北川という心臓外科の医師に電話をつないでもらうと、確かにヨシダから連絡は受けていると言う。

医師の北川は、広岡から、心臓に痛みが走る頻度と度合い、それにバイパス手術を受けてこなかったことを聞くと、できるだけ早くこちらの病院で検査をした方がいいと勧めてくれた。だが、広岡には、翔吾の試合が終わるまでは、たとえ手術をすべきということになっても応じられそうもないという思いがあった。そこで、試合の三日後に検査を受けさせてもらうことにした。

二月末の金曜日の夜だった。

六人揃《そろ》っての夕食が終わり、それぞれが思い思いにくつろいでいると、翔吾がそこにいる全員に宣言するような口調で言った。

「明日は佳菜子さんとデートします。隠れてこそこそするのはいやですから」

「おいおい、同じ屋根の下で暮らしていてデートもないだろう」

藤原がなんとなく不機嫌そうに言うと、星が笑いながら助け舟を出した。

「それとこれとは別なんだよな」

「そうです」

翔吾も笑みを浮かべながら言うと、藤原が依然として納得できないという調子で訊《たず》ねた。

「デートって、何をするんだ」

「食事に行きます」

「仁やキッドの作る飯じゃあ不満なのか」

「それとこれとは別なんだよな」

星がまた笑いながら口を挟《はさ》んだ。

「どこに行くんだ」

「ハンバーグの店です」

「ハンバーグならここでも食べられるだろ」

藤原が言うと、佐瀬も口を挟んできた。

「仁に作ってもらえばいい」

そして、広岡に向かって言った。

「作れるだろ」

作るのは簡単だが、そう言えば、これまで一度もハンバーグというのは作ったことがなかった。なんとなく子供っぽい食べ物という気がしていたからだろうか。

広岡が考えていると、星がまた言った。

「それとこれとは別なんだよな」

「そうです」

そして、翔吾がさらに付け加えた。

「その店に、佳菜子さんを連れていきたいんです」

「デート代はあるのか」

藤原が言うと、星が今度は声を上げて笑ってから言った。

「次郎が心配することじゃない」

「それはそうだったな」

藤原も苦笑に近い笑いを浮かべながら言った。

確かに翔吾は大塚戦のファイトマネーを充分に貰《もら》っていた。大塚と翔吾に対して、プロモーターである翼ジムの会長が、通常の東洋太平洋のタイトルマッチに支払われるファイトマネーの倍近い額を出してくれていたのだ。もっとも、それだけ出しても充分に元が取れるだけの収益が上がったという。

「場所はどこだ」

広岡が訊ねると、翔吾が答えた。

「新宿です」

ふと、広岡は弁護士の宇佐見が話していた高知の母親のところで佳菜子が拉致《らち》されそうになったという件を思い出し、言わないでもいいことを口に出してしまった。

「気をつけろよ」

翔吾の顔に一瞬意味がわからないという表情が浮かびかかったが、すぐに素直な返事をした。

「わかりました」

翌日の土曜日、ジムワークをいつもより早くやってほしいという翔吾の希望を受け入れ、午後五時には切り上げることにした。翔吾によれば、仕事帰りの佳菜子と七時に待ち合わせているのだという。

練習を終えた広岡が一階のバスルームでシャワーを浴び、タオルで髪を拭きながら広間に出てくると、二階のシャワールームで素早くシャワーを浴びたらしい翔吾が降りてきた。佳菜子とは新宿駅で待ち合わせをしているという翔吾は、もう家を出るらしく、手にハーフコートを持っている。

「行ってきます」

翔吾は広岡に挨拶《あいさつ》しながらコートを着ると、右手で前髪を払う仕草をした。

それを見て、広岡が訊ねた。

「何をしてるんだ？」

「髪がうるさくて」

短い髪形の翔吾には眼に入りそうな長い前髪などない。

「おまえ……」

広岡はあることを思い出し、言葉を失ってしまった。

「何ですか」

翔吾が無邪気な表情で訊ねた。

「いや、何でもない……楽しんでこい」

広岡が、自分の受けた衝撃を隠しながら言うと、翔吾は照れることもなく返事をした。

「そうします」

その夜、久しぶりに四人だけで食事をし、四人でテーブルの後片付けを済ますと、チーズをつまみにウィスキーを飲みはじめた。話題は翔吾と佳菜子の仲がどこまで進展しているかということだった。翔吾が佳菜子に恋しているということは歴然としているが、佳菜子がどう思っているのかよくはわからない。嫌いなはずはないが、自分の感情を表に出すことをためらっている。

「それは佳菜ちゃんがひとつ齢上だからかなあ」

藤原が言うと、星が首を振った。

「年齢は関係ないと思う。でも、何かを気にしている」

「なんとなくそういうところがあるよな……」

佐瀬が薄い水割りのグラスを手にしながらつぶやいた。

広岡は三人のやりとりを黙って聞いていたが、それが一段落したところでおもむろに口を開いた。

「翔吾は……網膜剝離かもしれない」

一瞬、三人は何を言われたのかわからないという表情を浮かべたが、次の瞬間、口々に叫ぶように言った。

「網膜剝離！」

「馬鹿な！」

「確かか？」

たぶん、と広岡は言い、自分がアメリカのロサンゼルスで経験したことを話した。

ボクシングの世界を去ってしばらくしたある日、元トレーナーのペドロ・サンチェスがわざわざアパートの部屋まで訪ねてきてくれた。それは、金の支払いができなくなり、部屋を明け渡すことになっていた三日前のことだった。

サンチェスによれば、東海岸の有力なプロモーターからの強い勧めがあり、西海岸から東海岸に移って仕事をすることになったのだという。教え子であるジェイク・ミラーも一緒に行くのか。広岡が訊ねると、ミラーは引退するという。広岡を破ったあとも連勝を続け、あと一歩で世界チャンピオンになれるというところまで来ているのにどうして引退するのか。広岡が驚いて訊ねると、サンチェスが溜め息と共につぶやいた。

「……網膜剝離なんだ」

網膜剝離は、拳の骨折と並んで、ボクサーが見舞われる最も悲劇的な肉体の損傷だった。ひとつは相手から激しく殴《なぐ》られることで、もうひとつは相手を激しく殴ることで、自分の肉体の一部が、それも最も大事な一部が損なわれてしまう。

サンチェスによれば、ある日クルーカットのミラーが前髪を払う仕草をしていて、網膜剝離がわかったという。

ほとんど自覚症状のない網膜剝離は、眼の中に小さな虫状のものが見えるようになることでわかることが多い。それを英語でフロータース、日本では飛蚊症《ひぶんしょう》というが、ミラーにはその虫の群れが髪の毛に姿を変えていたということらしいのだ。

サンチェスは帰り際に二十ドルを置いていった。広岡の生活ぶりがあまりにも惨《みじ》めに見えたのだろう。もしかしたら、訪ねてきたのは、単に東海岸に行く別れの挨拶のためだけでなく、ミラーの引退を受けてもういちど広岡を教えてやろうと思ってのことだったかもしれなかった。よかったら一緒に東海岸に行かないか、と。しかし、自分の哀れな姿を見て、何も口に出さず、二十ドル札だけを置いて帰っていったのだ。二重に傷ついたが、貧窮に喘《あえ》いでいた広岡にその金は貴重だった。部屋を追い出されたあとは、破れかかった靴下の底に隠したその二十ドル札がいざというときのお守りのようなものになってくれたからだ。いや、単なるお守りではなかった。やがて小さく崩すことになったその二十ドルは、一ドルずつチビチビ使ったあとで十ドル札一枚になった。そのとき、たった一日でいいからベッドの上で眠ろうと、ダウンタウンにある一泊十ドルの安ホテルに泊まった。その経営者がたまたま日系の二世だったことから広岡の第二の人生が始まっていったのだ。もしあの二十ドル札がなかったら……。それ以後も、事あるごとに、四つに折られ、足の裏で擦り切れるようになった二十ドル札が眼に浮かんできたものだった。

もちろん、広岡が藤原たち三人に話したのは、前髪を払う仕草によってミラーの網膜剝離がわかったというところまでだった。

「翔吾が……それとまったく同じ仕草をしていた」

「前髪を払うような？」

「そうだ」

広岡が短く答えると、三人はあまりのことに沈黙してしまった。

やがて藤原が口を開いた。

「網膜剝離になったら、もう試合はできないんだろ」

星がうなずきながら言った。

「コミッショナーに引退を勧告されるはずだよな」

すると、佐瀬も過去のことを思い出しながら言った。

「網膜剝離を隠したまま試合を続けて、ほとんど失明同然になってしまったボクサーがいたなあ……」

三人はまた沈黙してしまったが、しばらくして佐瀬が途方に暮れたようにつぶやいた。

「すぐそこまで来ていたのに……」

2

夜、十一時過ぎに翔吾と佳菜子の二人が帰ってきた。

「遅くなりました」

佳菜子が明るく言った。

「お帰り」

佐瀬が返事をしたが、いつもなら軽口を叩《たた》くはずの藤原が何も言わない。それだけでなく、広岡も星も沈黙している。翔吾も四人の様子がいつもと違うことを感じたらしい。

「やっぱり、まずかったですか」

「何が？」

星が訊ねた。

「デートなんかして」

翔吾が誤解していることがわかり、星が言った。

「そうじゃないんだ」

そして、広岡に向かって言った。

「仁、話してくれないか」

何か大事な話があるらしいと察知した翔吾がコートを椅子《いす》の背に掛けて座った。佳菜子は一階の自室にコートを置きにいったが、心配そうにすぐ戻ってきて自分の席に座った。

「おまえ、眼に異状はないか」

広岡が翔吾に言った。

「右眼に」

翔吾が不安そうな表情を浮かべた。

「おまえは……網膜剝離かもしれない」

翔吾は驚いたように広岡を見た。

「今日、家を出て行く前に、おまえは右眼の上を手で払った。理由を訊《き》くと、髪がうるさくて、と答えた。だが、おまえの前髪は眼の上にかかるほど長くはないはずだ」

広岡がそこまで言うと、翔吾はハッとしたように息を吞《の》んだ。

そして、ぽつりと洩《も》らした。

「……実は、なんとなくおかしいと思っていました」

「どういうふうにだ」

藤原が性急に訊ねた。

「このあいだも……道を歩いていて、急にスズメの群れが飛び立ったので空を見上げる

「それを飛蚊症と言うらしい。その小さなスズメが長い髪の毛に変わったんだ」

と、一羽もいませんでした。いたのは眼の中でした」

広岡が言った。

翔吾は茫然とした様子でテーブルの上に並んでいるグラスに眼をやっていたが、藤原が誰にともなく言った。

「それにしても、翔吾のボクシングで網膜剝離になるとはな」

「大塚の試合で右眼のあたりを打たれつづけたからかな」

星がつぶやいたが、広岡は前から不安に思っていたことを口にした。

「いや、もしかしたら、中西とのスパーリングがいけなかったかもしれない。ウェルター級の重いパンチを受けつづけてしまった」

その場を沈黙が支配した。するとそれまで黙って聞いていた佳菜子が口を開いた。

「すみません」

何を謝っているのかわからず、全員が佳菜子を見た。

「注意しなくてはいけなかったのは眼の周囲ではなく、眼そのものだったんですね。せっかくチャンプが知らせてくれたのに、気がつかなかったわたしの責任です」

「そんなこと、関係ない」

翔吾が少し怒ったように言った。

「責任なんて、誰にもない。問題はどうするかだ」

星が言うと、藤原が翔吾に訊ねた。

「おまえはどうしたい。その眼で世界戦をするのか」

「もちろんです」

「試合前の予備検診で、ドクターにバレたらおしまいだぞ」

藤原が言うと、翔吾が首を振った。

「いえ、昔と違って、たとえ網膜剝離になっても、完治すれば試合をしていいことになっています」

「網膜剝離が完治なんてするのか」

藤原が疑わしそうに言うと、翔吾も自信なさそうに言った。

「治っても、ボクシングを続けると再発するケースが多いらしいですけど……」

「わかった。とにかく月曜になったら医者に診《み》てもらおう」

広岡が言うと、翔吾だけでなく、藤原たち三人も不安げにうなずいた。

週が明けた月曜の朝、広岡は翔吾を伴って近くの市民病院に行った。

受付を済ませ、眼科の前のソファーに座って待っているとやがて順番が来て、翔吾がひとりで診察室に入っていった。

かなり長い時間が経ったあとで、診察室から看護師の女性が出てきて言った。

「広岡さんですか」

「はい」

「黒木さんが一緒に先生の話を聞いてほしいとのことです」

広岡は看護師について診察室の中に入った。

医師は中年の男性医師だった。

「マネージャーの方ですね」

翔吾が説明に窮してそう言ったのだろう。

「ええ、まあ」

広岡が曖昧《あいまい》な返事をすると、医師が言った。

「黒木さんがボクサーだということは聞きました。レントゲンと眼底検査の結果、網膜レッコウだということがわかりました」

「網膜レッコウ？」

広岡が訊き返すと、医師が紙に「網膜裂孔」と書いてくれた。

「網膜に穴が空いている状態です。網膜剝離の一歩手前とも言えなくもありません。このまま放置しておくと網膜剝離に移行していく可能性があります」

「どうすればいいんでしょう」

「できるだけ早く手術することです」

「手術？」

「レーザーを当てるだけの簡単なものです」

「手術をすれば、ボクシングをすることができますか」

「できれば、眼球に激しい打撃を受けるようなことは避けるべきです。網膜剝離に移行する確率が高くなってしまいます。でも、手術をして、しばらく様子を見た上なら……」

「しばらくというと」

「少なくとも、一カ月から二カ月は……」

それでは世界戦ができなくなってしまう。

「もしこのまま放置して網膜剝離になったら……」

「早い段階なら、網膜剝離になっても手術をして治すことができます。でも、手遅れになると失明することもあります」

「わかりました。みんなと相談してから、またうかがいます」

広岡が言うと、医師が言った。

「手術するなら一日でも早い方がいいですよ」

病院を出て、なんとなく少し遠まわりして運河沿いの小道を二人で無言のまま歩いた。

季節が来ると果てしなく続くことになるという桜並木は、枝の蕾《つぼみ》がピンク色に染まりはじめている。

「穴が空いたからといって、網膜剥離になると決まったわけじゃないですから」

翔吾が言った。

「それに、網膜剥離になってもそれで終わりというわけじゃなくて、手術すればいいんですから」

広岡は何も言わずに翔吾と歩きつづけた。


その夜の夕食後、広岡は藤原たちに医師の言葉を伝えた。

「どうする」

藤原が言うと、翔吾がきっぱりとした口調で言った。

「世界タイトルマッチが終わったら手術を受けます」

翔吾の、世界戦後に手術を受けるという言葉を受けて、藤原と佐瀬と星の三人によって真剣な議論が戦わされた。

網膜剥離という爆弾を抱えてまで試合をすべきかどうか……俺はやる価値はあると思う……失明する危険を冒してまでやることじゃないかもしれない……でも、あと一歩で世界チャンピオンになれるんだぞ……眼の方が大事だ……いや、ただ長生きしても仕方がない、リングで華々しく散ったっていい……それは長生きをした老人の意見だ……そうだ、早死にできればそれにこしたことはないが、眼が見えなくなっただけでは死ねない、見えなくなった眼で生きていかなければならないんだぞ……。

　議論はそこで行き詰まってしまった。

　すると、佳菜子が思い詰めたような表情で言った。

「わたしに……黒木君の眼を治させてください」

　何を言い出すのかと三人は顔を見合わせたが、黙って三人の議論を聞いていた広岡にも佳菜子の意図がよくわからなかった。

「佳菜ちゃん、本当にそんなことできるのかい」

　佐瀬がいくらか疑わしそうに言った。

「わかりません。これまでわたしが手を触れただけで病気が治ったと言われることがありました。わたしに本当にそんな力があるのかどうかわかりません。でも……」

　そこで佳菜子は言い淀《よど》んだが、すぐにはっきりとした口調で言い切った。

「黒木君は、わたしが治したいんです」

　しばらくして、その場の沈黙を打ち破ったのは藤原だった。

「やってもらおう」

「そうしよう」

星が応じ、佐瀬もうなずいた。

広岡もあるいは佳菜子にそうした能力があるのかもしれないという気がした。少なくとも、試してもらって悪いことはない。いま明らかにされた佳菜子の翔吾への強い思いが、奇跡を生み出さないともかぎらない。

「今夜一晩、黒木君の部屋に居させてください」

そう言い残して、佳菜子は翔吾と二階に上がっていき、部屋に籠《こ》もった。

広間に残された四人はほとんど無言でウィスキーを飲みつづけた。翔吾の部屋でどのような治療行為が行われているのか予測がつかないが、ただ待つことしかできない。すると、藤原が苦笑しながら言った。

「まるで鶴の恩返しみたいな話だな」

なるほど、と広岡も思った。助けられた鶴が部屋に籠もって自分の羽根を用いて機《はた》を織ったように、佳菜子も翔吾の部屋で自分の内部の何かを費消して治そうとしているのかもしれない。

やがて午前零時を過ぎ、眠くなってきたらしい藤原たちはひとりまたひとりと二階の自室に引き揚げていった。

広岡はテーブルでコーヒーを飲みながら待つことにした。

物音のしない深夜の時間をひとりでぼんやり過ごしていると、さまざまなことが思い出されてくる。それも、あまり、思い出したくないことが、次々と……。

そうだ、あれは四十年前の夜のことだ。場所は、真拳ジムの合宿所を出て一人暮らしを始めたアパートの暗い部屋。そこにガスの臭いが流れはじめる……。

真拳ジムの二階での合宿生活は楽しく充実していた。佐瀬が言っていたように、世界チャンピオンになるという唯一の目標に向かって、四人が揃ってトレーニングをし、生活を共にする。それが何にも代えがたい貴重な日々だったということは、実際にそこから離れて初めてわかることだった。

しかし、佐瀬が世界バンタム級の世界戦でタイトルの奪取に失敗したあと、広岡は考えたのだ。

佐瀬が敗れたのは、相手が強すぎるくらい強かったということがあったのは確かだ。だが、勝つチャンスが皆無だったわけではなかった。そのチャンスを捉《とら》え、勝ちに結びつけられなかったのは精神的な甘さがあったからではないか。それは佐瀬ひとりの甘さというより自分たち四人に共通する甘さなのではないか。四人で一緒に暮らし、仲良く練習をするというこの合宿生活が一種のぬるま湯になっていたのではなかったか。

そう考えるようになった広岡は、ウェルター級の自分の日本タイトルマッチが徐々に具体化しはじめると、合宿所を出て一人暮らしをすることにした。藤原、佐瀬、星の三人は大反対したが、会長の真田は好きにしなさいと認めてくれた。そこで、ジムとは三駅ほど離れたところにアパートの部屋を借りることにしたのだ。

だが、そのタイトルマッチに敗れてしまった。

相手である日本チャンピオンは、名門ジムの期待の星だった。新人王になったあと連戦連勝を続け、わずか十五戦で日本チャンピオンになっていた。もしこの広岡の挑戦を退けて三回連続の防衛を果たせば、日本タイトルを返上して世界タイトルに挑戦するということになっていた。

試合が始まった最初のラウンドは、相手にどれほどの力があるのかわからず用心していたが、第二ラウンド、第三ラウンドと進むにつれて、自分の方がすべてにおいて勝っているということがわかってきた。パンチも、フットワークも、ディフェンスも、恐れる部分がない。戦いながら、これが日本のチャンピオンなのかと訝《いぶか》しく思ったことをよく覚えている。

広岡は、打っては離れ、打っては離れ、というアウト・ボクシングの基本を忠実に守りながら、左と右のワン・ツーのパンチだけでなく、時に左、右、左のワン・ツー・スリーという連打を加えながら、確実にポイントを重ねていった。

チャンピオンのパンチはほとんど見切ることができ、まったくといっていいほど自分に当たらない。

やがて、チャンピオンはいつもと違う荒っぽいボクシングになっていった。広岡の眼からは、それはほとんど絶望的になった結果だと思えた。

相手は激しくパンチを振ってくるが、ほとんど当たらない。逆に広岡のパンチは的確に相手の顔面にヒットする。第七ラウンドには、右のストレートのカウンターが入り、ダウンを奪った。少し浅かったため、カウント7で立ち上がられてしまったが、勝負はついたと思った。

セコンドの白石も、確実に勝っているから、あとは相手の一発に気をつけるだけだ、と言ったくらいだった。第八、第九、第十ラウンドと無理に倒しに行かず、ヒット・アンド・アウェイに徹した。

相手は強引に突っ込んできてはパンチを振るったが、ほとんど当たらなかった。そして、試合終了のゴングが鳴った。

大差で広岡が勝っているはずだった。ところが、三人のジャッジのうち二人までもがチャンピオンの勝ちと採点しているではないか。会場から怒号まじりの激しい野次が飛んだが、もちろん判定が覆ることはなく、チャンピオンの防衛ということになってしまった。

控室では、藤原や佐瀬や星が憤激していた。白石はジャッジたちを罵り、真田は政治が働いていたのだろうと言った。そして真田は、冷静な口調で、君が勝ったのは誰の眼にも明らかだ、次の試合に勝てばいい、と言った。

しかし、広岡は絶望した。相手は苦し紛れにただガムシャラに突っ込んできただけだ。パンチはほとんど当たっていない。この国では大きなジムの有望選手と戦うときは、ノックアウトでしか勝てないということなのか。

試合後、ボクシングファンのあいだで判定に強い批判が集まると、相手側のジムに近い評論家は、チャンピオンの方が一貫して攻勢点で勝っていたと「解説」するようになった。

のちに広岡はサッカーにシミュレーションという言葉があることを知った。敵にファウルを受けてもいないのにいかにも受けたかのように振る舞ってフリーキックやペナルティーキックを奪おうとする行為を指してそう言うらしい。自分と戦ったチャンピオンの攻撃も、パンチが当たらないことを見越して、せめて攻撃をしていると見せかけるだけのものだった。ジャッジたちはそのシミュレーションを見抜くことができなかったのか、見抜いても大きなジムの政治力の前に従わなくてはならなかったのか、いずれにしても広岡には耐えられないことだった。そして、思ったのだ。こんな国にはいられない、と。

しかし、日本を出ていきたいと思ったのは、それだけが理由ではなかった……。

試合後の一週間、広岡には珍しく練習を休んだ。どこにも怒りを持っていくことができないまま、慣れないことをして夜を過ごした。酒場に行き、酒を飲みつづけたのだ。そうしたある夜、新宿でひとりの女と知り合った。おそらく二十歳を超えていただろうから、広岡とそういくつも違うはずはなかったが、小柄で痩せていたため、女というより女の子という印象を受けた。

そこはカウンターに七、八人座れば一杯になるような小さな酒場だった。酒場のママは、老齢にもかかわらず元気で口が悪く、しかし酒飲みにやさしいところのある人だった。

広岡は夜の十時頃からその酒場で飲みつづけていた。

「広岡、もう帰りな」

ママに言われても、生返事をしながら飲みつづけた。

やがてほとんど客がいなくなり、午前三時が過ぎたとき、ママが言った。

「終わりだよ」

金を払って帰ろうとすると、隣の席に若い小柄な女の子が残っていた。何かの折に、ひとこと、ふたこと、言葉を交わしたような記憶はあるが、知り合いではなかった。

広岡が払い終わっても、その女の子はいつまでたっても金を払おうとしない。きっと金がなくなってしまったのだろう。いくらなのと聞き、代わりに払ってあげようとすると、ママが叱《しか》りつけてきた。

「そういうのは癖になるから、あんたが払ったりしなくていいんだよ。あたしが話をするから、先に帰りな」

しかし、広岡には負けた試合のファイトマネーがまだたっぷり残っていた。そして、その金はできるだけ早く使い切りたかった。

「いいんだ」

女の子の勘定を払って、酒場を出た。

寒い冬空の下、両側に酒場が続く狭い路地を歩きはじめて、ふと気がつくと、酒場にいた女の子が後ろをついてくる。もう夜の電車はない。そしてまだ朝の電車は走っていない。タクシーで帰るより仕方がない時間帯だった。

「タクシー代がなかったら貸そうか」

立ち止まって、声をかけると、女の子は何も答えず、肩を並べてきた。といっても、身長が違い過ぎるので、とても肩は並ばなかったが、広岡の隣を黙って歩くようになった。

区役所の前から駅の方に向かって歩いているうちに、靖国通りに出た。

「どうするんだい」

小柄で痩せているため幼く見える。この子を放り出して、ひとりだけタクシーで帰るわけにはいかないと思った。

「家までタクシーで送ってあげよう。どこなんだい」

広岡が言うと、女の子がしばらく経《た》ってから、途方に暮れたようにつぶやいた。

「……わからない」

家に帰りたくないのかもしれない、と広岡は思った。しかし、どうしたらいいのだろう。このまま、さようならと言って、深夜の新宿でこの子を放り出すのは忍びなかった。だが、自分の部屋には、ここ数日敷きっぱなしにしている布団が一組しかない。

そこにすっとタクシーが寄って来て、停まった。

「部屋に来るかい」

思わず訊ねてしまうと、女の子ははっきりうなずいた。

タクシーの中は、外の寒さとは打って変わって暖房がよく利いていた。その心地よい暖かさの中で、広岡は急に酔いがまわってくるのを覚えた……。


ひやりとした肩の冷たさで眼が覚めた。闇に眼をこらすと、自分は敷きっぱなしの布団の中にいて、隣には裸の女の子が寝ていた。

女の子はずっと起きていたらしく、広岡が眼を覚ましたのがわかると、ぽつんと言った。

「なんだか悲しいね……」

広岡もなんとなくそんな気分になって、小さく返事をした。

「うん……」

「死んじゃおうか」

それが面白い冗談のように聞こえて、広岡は声に出さずに笑ってから女の子を抱き寄せた。

しばらくじっとしていると、酒の酔いと、セックスのあとの気怠《けだる》さと、布団の中にこもった熱で、ふたたびうとうとしはじめた。

どれだけの時間眠ったかはわからない。どこからかシューという微《かす》かな音が聞こえて眼が覚めた。しかも、何かの臭いがする。

腕の中にいたはずの女の子は、仰向けの姿勢で大きく眼を開けたまま天井を見つめていた。

しだいにはっきりしてきた頭に、もしかしたらこれはガスの臭いかもしれないという考えが浮かんだ。

――悪くない臭いだ。このまま眠りつづけたい……。

広岡は眼を閉じかかったが、しかし、何かが眠らせなかった。

しばらくして、ぼんやりした頭で起き上がり、台所のガス台に行くと、やはりガス栓が開いていた。広岡はガス栓を閉めると、すでに充満しかかっていたガスを逃がすために部屋の窓をすべて開け放った。

冬の冷気が一気に流れ込んできて、意識がはっきりしてきた。

「……気持よく死ねたのに」

女の子はそうつぶやくと、布団のまわりに脱ぎ捨てられていた下着と服を身につけ、黙って部屋を出ていった。

裸のまま茫然と見送っていた広岡は、寒さに身震いをしたあと、自分も急いで服を着ると部屋を出て、女の子のあとを追った。アパートを出てからどっちに行ったのかわからない。

右に行き、見つからないので、左にとって返して走った。

すると、ようやく一本道の先の方に女の子の後ろ姿が見えた。追いかけようとして、しかし足が止まってしまった。

あたりは少しずつ夜が明けかかっていた。女の子はそのぼんやりとした夜明けの明るさの方に歩いていく。それはまるで死の世界へ歩んでいるかのような姿に見えた。

いま自分が追いかけなければ、いま自分が引き留めなければ、彼女は何らかの方法で必ず死んでしまうだろう、と思った。

でも、体が動かなかった。もし、追いかけ、追いついたら、もう二度と自分の部屋に引き返せないだけでなく、あちら側に連れていかれそうな気がしたのだ。

広岡はその場に立ち止まったまま、女の子が角を曲がっても、ついに追いかけようとしなかった。

もし自分がこちら側に連れ戻さなかったなら、あの女の子は間違いなく死んでしまうだろう。それがわかっていながら自分はあの女の子を見捨ててしまった……。

3

広岡はコーヒーのカップを手にしたまま茫然としていた。

夜が深くなり、その夜が暗いまま夜明けに向かっていることが感じられる。カーテンが閉められていないガラス戸の向こうの外の空はまだ明るくなっていかないが、間もなく夜が明けてきそうだと感じられる気配を漂わせている。

不意に、二階から誰かが降りてきて、広間に入ってきた。

それは憔悴《しょうすい》した様子の佳菜子だった。心なしか頰《ほお》がこけているような気がする。

「翔吾は？」

広岡が訊ねた。

「眠っています」

「眼は？」

「まだわかりませんが……」

「治ったかもしれない？」

「そう願っています」

その言葉には、力を尽くした果ての、自信のようなものが感じられた。

しかし、次の瞬間、崩れるように椅子に座り込んだ。

「君も寝た方がいいよ」

広岡が言うと、佳菜子が首を振った。

「黒木君が起きてくるのを待ってみます」

「そうか……コーヒーは」

「飲みたいです」

広岡がキッチンでコーヒーをいれ直し、佳菜子の前にカップを置いた。

「ありがとうございます」

しばらく、二人で黙ってコーヒーを飲んだ。ひとくち飲むにつれて佳菜子の顔にいくらか生気が戻ってくるように思える。

ふと佳菜子が口を開いた。

「広岡さんの名前は仁一ですよね」

広岡は黙ってうなずいた。

「いつだったか、三男なのにどうしてお父さんは仁に一をつけたのかよくわからないとおっしゃっていましたよね」

確かに父は、自分が生まれると、周囲の反対を振り切って『南総里見八犬伝』に出てくる八つの言葉の中から仁を選び、三男であるにもかかわらずそれに一を付け加えた。

「黒木君が眠ってから、ぼんやり顔を見ているうちに、なんとなくわかったような気がしたんです」

「親父が仁一とした理由が?」

「ええ、それはお父さんの夢だったんじゃないでしょうか」

「夢?」

「八犬伝に出てくる八つの言葉はそれぞれ立派で素敵な言葉です。でも、戦争に行って帰ってきたとき、その中でも仁という言葉が一番大事だと思うようになったんじゃないでしょうか」

思いもよらない解釈だった。しかし、あるいは、そうだったかもしれないと思わせる説得力があった。

「仁が一番……」

そうつぶやいたとき、広岡の胸が微かに痛んだ。

すでに父は死んでいる。広岡がアメリカに行く前も行ってからも没交渉同然だったが、兄には住所だけは知らせておいた。ハワイから西海岸に行き、ターミナルホテルのオーナーのケン・シロタの家で暮らしているとき、父が死んだという知らせを兄から受け取った。葬儀はすでに終わっているということだったが、暗に父の残した遺産の相続を放棄することを望んでいるような文面だった。広岡は、葬儀の際の助けにならなかったことを詫《わ》び、そのとき貯まっていた金のすべてと共に、相続放棄の正式な書類を作って送り返した。

それから数年経った頃、兄から金の無心の手紙が届いた。兄は国立大学を卒業して、地元の電力会社に勤めたが、なぜか途中退社して事業を興すことになったのだという。広岡は、このときも、前回の送金以後に貯まっていたすべての金を送り、もうこれで縁を切ったということが伝わるような文面の手紙を添えた。

兄にも広岡のその思いは伝わったらしく、二度と連絡をしてこなかった。

それから十年ほどして日本の弁護士から連絡があり、兄が死んだことが伝えられた。そこにはまた、遺産の分与についての話し合いが裁判所で行われるので出席してほしいということも記されていた。事業に失敗したあと、妻子と離婚し、わずかな家屋を残して死んだらしい。広岡は、遺産の相続権をすべて放棄して、このときも日本に帰らなかった。

以後、父のことも兄のことも頭から追い出そうとし、追い出すことができていた。

「仁に一をつけたのは、広岡さんに、なにより仁の心を持つようにという思いが込められていたんじゃないでしょうか」

佳菜子は言い、広岡が黙っていると、さらにこう付け加えた。

「広岡さんは、このチャンプの家で、お父さんがつけてくださった名前の通りのことをしています」

「……」

「人のために尽くしています」

「人のためじゃない。自分のためだよ」

「どちらでも、わたしたちみんなが感謝していることに変わりありません」

「かりにそうだとしても、自分は親孝行でもなければ兄弟思いでもなかった」

「……」

「妻もいなければ、子も育てなかった……」

「広岡さんは、どうして結婚をなさらなかったんですか」

いつもの佳菜子なら決してしないような質問だった。翔吾の眼を治そうとすべてを出し尽くした一種の虚脱状態が、普段の自制心を緩めたのかもしれなかった。

「さあ、自分は女性と一緒に暮らす資格がないと……」

そこまで言ったとき、星に叱責するように言われた言葉を思い出した。女と暮らすのに資格なんかいらない。広岡は、いま口にした言葉を打ち消すような強い口調で言い直した。

「いや、縁がなかったんだろう」

「縁が……」

佳菜子の大きな眼でじっと見つめられているうちに、広岡はもっと説明しなければならないという気がしてきて付け加えた。

「いつでも関わりを浅いままにしていたからかもしれない」

「関わりを浅いままに……」

佳菜子は口の中で繰り返し、視線をコーヒーカップに落とした。そして、そのまま、ぼんやりとした表情になった。急激に疲れが襲ってきたのかもしれない。

「本当に眠らなくて大丈夫かい」

広岡が訊ねると、佳菜子は両頰を自分の両手でポンと叩き、にっこり笑って言った。

「ええ、やっぱり黒木君が起きてくるまで待ちます」

その笑顔につられて、広岡はふと佳菜子に訊ねてみたくなった。

「翔吾には君のことをすべて話してあるんだね」

「ええ」

「話を聞いて、翔吾はどんな反応を示した?」

「反応?」

「驚いた?」

「いえ」

「信じなかった?」

「いえ、ただ、そうなんだ、と言っただけでした」

「そうなんだ、と……」

「ただ、それだけでした」

広岡はその言葉に軽い衝撃を受けた。たぶん、翔吾はそう言って、佳菜子を丸ごと受け入れたのだ……。

4

冬の夜が明けかかり、いつもより早く藤原たち三人が次々と二階から降りてきた。そして、いつもの時間どおりに翔吾が降りてきて、いつもと同じ挨拶をした。

「おはようございます」

見ると、右の眼がバンデージの切れ端を重ねたような厚手のガーゼで覆われ、テープで留められている。

「あれは?」

星が佳菜子に訊ねた。

「わたしの手が直接黒木君の眼に触れないようにしただけですから、もう取ってもいいんです」

それを聞いて、翔吾がテープをはがし、眼から布を取り去った。

全員が息を呑むようにして見つめていると、翔吾が笑いながら言った。

「ああ、さっぱりした」

しかし、そう言ったあとで、右眼の上を手で払う仕草をした。

「翔吾、おまえ、まだ……」

藤原が絶句した。

「あっ!」

自分の無意識の動作に気がついた翔吾が小さく叫んだ。

やはり、治ってはいなかった。

それを見て、佳菜子が自分の部屋に駆け込んだ。そして、和室の中から激しい泣き声が聞こえてきた。それはまさに嗚咽《おえつ》というにふさわしい、体の底から絞り出されてくるような泣き声だった。

「泣くんじゃない！」

広岡が声をかけると、和室の泣き声が微かになった。

「泣かせてやれ」

星が広岡をたしなめるように言った。

「もしかしたら、佳菜ちゃんは、ようやく泣くことができたかもしれないんだぞ」

そう言われて、広岡にもあらためて気づくことがあった。確かにそれは自分たちに対して常に明るい笑顔を見せてきた佳菜子が初めて感情を露《あらわ》にした瞬間だった。あるいは、星の言う通り、母親を失い、教団の教祖に祭り上げられそうになって以来、佳菜子は涙を流すこともできなかったかもしれないのだ。自分が何者で、どのような能力があるのかわからない。そんな自分をどこか他人の眼で確かめてこなくてはならなかった……。

しばらくして、平静に戻った佳菜子が和室から出てきた。

「すみません」

佳菜子が誰にともなく頭を下げると、星が言った。

「謝る必要なんてないんだよ」

「そうだ。謝る必要なんてない。一生懸命やってくれたんだからね。でも、何がそんなに悲しかったんだい」

藤原が訊ねた。

「わたしは……大切な人の、誰にも、何もしてあげられないからです」

「誰にも？」

藤原がまた訊ねると、佳菜子がまるで自分に言い聞かせるかのように言った。

「父は、わたしが四歳のとき自動車事故で亡くなりました。対向車が車線を大きくはみ出してきて正面衝突されてしまったんです。そのとき、わたしは助手席に乗っていましたけど、かすり傷ひとつ受けませんでした。きっと父がとっさにハンドルを切ってわたしを護《まも》ろうとしてくれたんだと思います。母は、わたしのためにと再婚しましたけど、つらい思いをたくさんしたあとで雪深い山奥の村に逃げ込みました。寒さにはとても弱いほうだったのに、じっと我慢をして暮らした結果、脳の出血で亡くなってしまいました。わたしは大切な人に何もすることができないまま見送ることしかできませんでした……」

「翔吾は死んでないぞ」

藤原が言った。

「わたしが……初めて……心から治したいと思った人を治せませんでした」

佳菜子がまた涙が出そうになるのを必死にこらえながら言うと、翔吾がおどけた口調で言った。

「よかった！」

「何を言ってるんだ」

藤原が怒ったように言った。

「よかったんです。もし、本当にこの眼を治せたりしたら、これから佳菜子さんとどうやって付き合っていったらいいかわからなかったから」

それを聞いて、藤原が表情を緩めた。

「もっともだ。うっかりキスもできないもんな」

「佳菜ちゃんは佳菜ちゃんで、普通の佳菜ちゃんだったんだ」

佐瀬がひとりうなずくように言うと、星が付け加えた。

「きっと佳菜ちゃんは、誰かに惚《ほ》れて、普通の女の子に戻っちゃったんだよ」

「誰かって誰だ。俺は勘弁してくれよ」

藤原が言うと、星が大袈裟《おおげさ》に呆《あき》れたような口調で言った。

「馬鹿！」

佳菜子がクスッと笑ったのを見て、翔吾が安心したように言った。

「でも、佳菜子さんに眼の上から手を当ててもらっていると、すごく気持がよくて、ぐっすり眠れました」

「それで充分だ」

藤原が言うと、広岡があとを引き取って言った。

「佳菜子……ちゃん。たぶん人は人に心地よい眠りをプレゼントする以上のことはできないんだよ」

それは、ある意味で広岡を救ってくれたといってもいいケン・シロタが常に口にしていた言葉でもあった。

「よかったね」

翔吾が佳菜子に向かって言った。

「広岡さんが、初めて名前で呼んでくれたね」

それを聞いて、広岡は、佳菜子に泣くんじゃないと「命じた」とき、翔吾と同じように佳菜子をすべて受け入れたのかもしれないと思った。

第二十章　月の光の下で

1

三月に入り、試合の一カ月ほど前になって、翔吾は本牧での荷役の仕事も休ませてもらうことになった。本格的な世界戦モードに入ることになったのだ。

翔吾の網膜裂孔が明らかになった翌日、広岡は真拳ジムの令子に電話を掛けた。四月七日に予定されている世界戦の日程を延期させることはできないだろうか、と。心配した令子が理由を知りたがったが、大塚戦の疲れがなかなか取れないので、もし可能なら延ばしたいのだがと言い抜けた。令子はすぐに翼ジムの会長と話し合ってくれたが、もし延期を望むなら世界戦の話そのものがなくなることになると一蹴《いっしゅう》されてしまったという。それは翼ジム側の事情というより、タイトルを持っているアフメド・バイエフ側との力関係の問題だったらしい。一点でも約束を違《たが》えると契約を破棄すると脅《おど》かされているらしいのだ。

広岡はまず眼を治してから次の機会が来るのを待ってもいいのではないかと勧めたが、翔吾はどうしても四月に世界戦をやると言ってきかない。

そこで、とりあえず、レーザーによって「裂孔」を塞《ふさ》ぐという手術を受け、三日だけ練習を休むが、あとは予定通り世界戦に向けての準備を続けるということにした。

手術は十分もかからない簡単なものだった。しかし、孔《あな》は塞がれたとはいえ、ボクシングを続けるかぎりは時限爆弾を抱えていることには変わりなかった。眼に打撃を加えれば、いつ網膜剥離を発症するかわからない。そのため、予定されていたスパーリングをすべて中止することにした。

タイトル戦を中継するテレビ局に取り寄せてもらったアフメド・バイエフの試合の映像を分析すると、想像以上の難敵であることがわかった。

ファイタータイプだが、足も速くディフェンスもうまい。二十一勝のうち十七がノックアウトで、そのほとんどが五ラウンドまでに決着がつけられている。とりわけチェチェン難民と認定されたドイツからアメリカの西海岸に渡って以後の試合では、まったく相手をよせつけない破壊的なパンチ力で早いラウンドのノックアウト勝ちを続けている。

そのバイエフに、打たれないで勝つというのは至難の業《わざ》のようにも思える。

なにより、そのためには完璧なアウト・ボクシングを目指さなくてはならない。

それは可能か？　可能だ、と広岡は思った。手本は、東洋太平洋の王座決定戦のときの大塚の試合運びだ。あのときの大塚のスピードとテクニックを手に入れられれば、バイエフに打たれないで打ちつづけるということも可能かもしれない。そして、最後に、打ち合いからではなく、ただの一発で倒すために、広岡のクロス・カウンターを身につける……。

翔吾は、どうしたら大塚のスピードとテクニックを身につけられるか、しばらく悩んでいたようだったが、ある日、ひとりで真拳ジムに出向いた。そして、トレーナーの郡司に、テレビの中継映像とは別に、真拳ジムのトレーナーのひとりが後楽園ホールの階上から撮りつづけた自分と大塚との一戦のビデオ映像を貸してくれるよう頼んだ。

そのビデオを借りてくると、ジムワークのあいだにシャドー・ボクシングを二度するようになった。いつものメニューをすべて終わらせたあとで、室内にあるテレビでビデオ映像を映し出し、それを見ながらもう一度シャドー・ボクシングをするようになったのだ。

そのシャドー・ボクシングは独特なものだった。映像に残っている試合の各ラウンドを三十秒ずつに区切り、大塚の足の運びとパンチの出し方を、ほとんど形態模写のように克明になぞるのだ。やがて十日ほどすると大塚の動きがほとんど体に入ったらしく、映像を見なくてもまったく同じようなスピードで同じような動きをすることができるようになった。

広岡には、その翔吾の姿は、シャドー・ボクシングをするボクサーというより、新しい踊りを身につけようとしているダンサーのように思えたりもした。

やがて、試合が近づくに従って、翔吾は大塚の「踊り」から離れると、そのスピードとテクニックを自分の「踊り」の中に溶け込ませることに成功するようになった。

三月の中旬になって、広岡がようやく翔吾にクロス・カウンターを教えはじめた。

月曜日、トレーニングのメニューをすべて消化したあとの二度目のシャドー・ボクシングが一段落すると、広岡が翔吾の前に立って言った。

「右利きのボクサーの右に対して、右利きのおまえが右でカウンターを打とうとすれば、単にどちらのパンチが速いかの競争になってしまう。スピードが劣れば打ち負ける。だが、本能を抑えて左でカウンターを打てばそのスピード競争を超えることができる。右利きのボクサーの左の拳は常に右より前に構えられている。一瞬、早く相手に届くはずだ。もちろん、そのアドバンテージは、相手の動きを見てから動き出すというハンデによって相殺《そうさい》される可能性がある。だから、そのパンチはどのパンチより速くなければならない。わかるか」

翔吾がうなずいた。

「このクロス・カウンターもラウンドが深くなったときに有効になる。相手もこちらも疲れてくる。そのとき、意識的に左のガードを少し下げるんだ。相手は疲労したためガードが下がったと思う。大きく空いた左の顔面に向けて力を込めた右のパンチを放ってくる。そこを下から、左手で覆いかぶせるようにして相手の右腕を殺しながらカウンターを打つんだ。そのパンチは下から出てくるために相手には見えない。見えないパンチの衝撃力は倍になる」

実は、翔吾が山越戦のあとでチャンプの家で暮らすようになったとき、広岡はひとつのことを命じていた。これからは、左手も利き腕の右手と同じように自由に使えるようにしておけと。

現役時代の広岡には、左手が自由に使えるようにと、日常のあらゆる動作を左手でしていた一時期がある。箸《はし》を左手に持って食べるだけでなく、ドアのノブも左手で開け閉めを行う。さらに、利き足も反対にする努力をした。たとえば、風呂桶《おけ》に入るときなども、いつもと反対の足から入るのだ。そうすると、自然と利き手と反対の手を使うようになる。そうした努力を続けているうちに、眼に飛び込んできそうな虫をとっさに左手で叩《はた》き落とすまでになった。

翔吾は、広岡に命じられると、理由はわからないまま、忠実に左手を使う努力を重ねていた。おかげで、かなりの程度まで左手が使えるようになっていた。そして、この日、初めて、それが何のためであったのかを教えてもらうことになったのだ。すべては、左のクロス・カウンターの精度を上げるためのものだった。

広岡が素手のまま、翔吾に正対した。

「左を下げろ」

翔吾が左腕のガードを下げると、広岡がいきなり右のストレートを放った。だが、翔吾の左のカウンターは、広岡が顔面の手前で寸止めしたパンチより一瞬遅かった。

「もう一度だ」

それから果てしなく、クロス・カウンターの練習が続けられた。不意に広岡が右のパンチを放ち、翔吾が左で迎え打つ……。

夕食後、星が言った。

「明日はトレーニングに付き合えない」

「どうしてだ」

藤原が訊《たず》ねた。

「湘南の海に行く」

「今度はひとりでサーフィンか」

藤原がからかうような調子で言った。

「いや、散骨をしようと思って」

それを聞くと、藤原は急に和《なご》やかな表情になって言った。

「それはいい。キッドの部屋に入って掃除機をかけるたびに、俺《おれ》も気になってたんだ。いつになったら散骨をするんだろうってな。奥さんも気が気じゃなかったかもしれないぞ」

「ああ」

「なかなか離れがたかったのか」

「まあ、そうだ」

「命日はいつだ」

「来月の明日だ」

なるほど一周忌が来る前に散骨することにしたのかと広岡も納得した。しかし、単にそれだけが理由ではなく、心を決めかねていた何かに結論が出たからかもしれないとも思った。

「いつだったか、奥さんとのことを話してくれると言ってたな。話すか」

佐瀬が言った。

そういえば、星が焼き鳥屋で散骨の話をし、藤原がいつからそんな純愛路線に変わったのだと冷やかすと、今度ゆっくり話させてもらうよと言っていた。佐瀬はそれを覚えていたのだ。

「たいした話じゃないんだが……」

どう話そうか迷っているような星に、広岡が助け舟になればと言葉を投げかけた。

「最初に横浜で会ったとき、奥さんに救われたと言ってたよな」

「うん……」

「助けられたじゃなくて、救われたというのが、キッドと奥さんの関係を表しているような気がしたが」

広岡の言葉を受けて、星は思い切ったような口調で話しはじめた。

「実は……俺は、ドラッグのジャンキーだったんだ」

すると、藤原が星の告白が深刻なものになりすぎないようにという配慮からなのだろう、ことさら突拍子もない声を上げた。

「ドラッグ？　ジャンキー？　俺にもわかるように日本語で話してくれよ」

星は苦笑しながら言い直した。

「俺は……薬物の中毒者だったんだ」

「まさか。本当か？」

佐瀬が真顔で訊《き》き返した。

「ああ、本当だ。俺は幼稚園をやっていた母親の死後、その幼稚園の経営権を土地つきで譲り渡して、億を超える金を手に入れた。それからというものは、好きなときに外国に行って、いい波の立つ海辺に滞在してはサーフィンをするという生活を送るようになった。すると、サーフィン以外に二つのものの虜《とりこ》になってしまった。ギャンブルとドラッグだ。具体的にはポーカーとスピード……」

「スピード？」

藤原が言葉を挟《はさ》んだ。

「ああ、スピードは日本で言う覚醒剤だ。最初のうちは外国のカジノでポーカーをするだけだったし、その近くで手に入るスピードをあぶって吸うだけだった。ところが、まずドラッグの中毒の度合いが進んで、日本に帰ってもスピード、覚醒剤から離れられなくなってしまった。行きつけのクラブの黒服を通じて覚醒剤が手に入るようになると、さらに常習性が増していってしまった。しかも、その黒服から横浜のあぶく銭を持っている連中を集めて週に一度開帳するポーカーの賭場《とば》のことを教えられると、そこにも加わるようになった。俺はポーカーには絶対の自信があった。外国のカジノでもほとんど負けなかったからだ。人の心理とカードの数を操るポーカーに俺ほど向いている者はいないといううぬぼれがあった。最初は覚醒剤の代金を稼いでやろうというくらいのつもりで付き合っているうちに、ずぶずぶと深みに嵌《は》まっていってしまった。そこは極端にレートが高く、百万勝った次の週は二百万負けるというようなことが簡単に起きた。勝ったり負けたりしているうちに、みるみる金がなくなっていった。借金が嵩《かさ》み、覚醒剤の払いにも事欠くようになって、マンションを売り払わざるをえなくなった。それればかりか親戚や知り合いに借金をして迷惑をかけまくった」

星が覚醒剤の中毒者だったという。しかも、周囲の人に借金で迷惑をかけていたという。それは佐瀬だけでなく、広岡にも意外なことだった。確かに星は女にだらしなかったが、どこかで都会人としての節度があった。それは女に対してだけでなく、すべての面に及んでいたという印象が濃かったからだ。

「そんな俺を最後まで見捨てなかった女がひとりいた。最初のうちはクラブの雇われママと、いくらか金離れのいい客という関係に過ぎなかったが、彼女のマンションに転がり込むと、俺から覚醒剤を抜くために夜の仕事を辞め、つきっきりで見守ってくれるようになった。やがて、俺の借金を返すために自分のマンションを売り、小さな飲み屋を始めた。それも俺から眼を離さないようにするためだったと思う。ろくでもない男のために、大きなクラブのママから小さな飲み屋の女将《おかみ》になってしまった……」

それを聞いて、広岡が言った。

「奥さんの名前は真琴さんと言ったかな。真琴さんは、大きなクラブでママをやっているより、キッドとあの小料理屋をやっている方がはるかに楽しかったんじゃないか」

「どうして……」

そう思うんだ、と星が訊く前に広岡が言った。

「キッドのところを訪ねた帰りに、少し離れたところにある『しおり』という店に入ったら、そこの女将が真琴さんをよく知っていた。その女将と同じように、クラブのママという存在でいることが虚しくなっていたんじゃないかな」

「そうかな……でも、俺と一緒になりさえしなければ、もっと違う人生があったと思うと……」

「たぶん、真琴さんは、キッドと一緒にいることが幸せだったんだと思う」

広岡が言うと、藤原が素っ頓狂な声を上げた。

「それにしても、キッドはとんでもなく奥さんに惚《ほ》れられていたんだな」

すると、星が苦笑して言った。

「きっと、俺を哀れに思ったんだろ」

「それが惚れたっていうことさ」

藤原が柄《がら》に合わない洒落《しゃれ》たことを言うと、すぐに自分で照れて付け加えた。

「なんて、な」

星もしばらく笑っていたが、やがてふたたび沈鬱《ちんうつ》な口調になって言った。

「女房が死んだあと、何もなくなってしまった俺は、何度も覚醒剤の誘惑に駆られた。しかし、また始めてしまったら、なんのために女房があれほどの思いをして俺の体を綺麗《きれい》にしてくれたんだということになる。そのたびに歯を食いしばって我慢をした。だが、その状態は、このチャンプの家に来てからも続いていた」

「ほんとか！」

藤原が声を上げた。

「ああ、嘘《うそ》じゃない。高知から来た雅世さんに、月なら半月《はんげつ》、と言われたとき、俺はまさにどっちに向かうかわからないときだった。覚えているかな。あの頃、女房の後輩に会うと言って、何度か横浜に出かけたのを」

確かにそういうことがあった。後輩の女性が「まこと」と同じような店を出したいのでアドバイスを貰《もら》いたいということのはずだった。

「あれは嘘だった。売人から覚醒剤を手に入れて、ホテルで使おうと思っていたんだ。何度かラブホテルの部屋まで借りて、やろうとしたが、そのたびに思い止《とど》まった。しかし、いつか、また手を出してしまうんじゃないかと不安だった。雅世さんを渋谷のホテルまで送るあいだ、その不安を正直に話した。すると、雅世さんはこう言った。あなたがふたたび覚醒剤を使うようになったら、あの家の生活は崩れることになりますよ。あなたひとりが破滅するだけではなく、そしてあなたを含めた四人のお仲間の関係が壊れるだけではなくて、あの若い二人の生活も粉々にすることになるんですよ。そう言われて、そうだった、と頬《ほお》を張られたような気がした。女房が死んで俺にはもう何もなくなってしまったと思っていたが、大切なものがあった。いまの俺は俺ひとりじゃない。俺たち四人だけでもない。また覚醒剤を手にしたら、六人と一匹の生活を根底から破壊してしまうことになる……」

そこで星はしばらく沈黙した。その場にいる五人も黙ったまま、星の次の言葉を待った。

「それからは横浜に行こうという気はなくなった。そして最近、ようやく女房の骨を海に撒《ま》いても、つまり彼女の骨壺《こつつぼ》が俺の部屋になくても大丈夫だと思えるようになった。これまでは、あいつの骨を撒いてしまうと、つい覚醒剤にまた手を出してしまわないか不安だったんだ。でも、いつまでもあいつに頼っているわけにはいかない」

「そうだったのか……」

広岡がうなずきながら言った。

「それなら、俺たちも散骨に一緒に行こうか」

藤原が言うと、星が笑いながら断った。

「一度も会ったことのないおまえたちが来てくれても、女房は戸惑うばかりだろう」

「この家で一年近く一緒に暮らしたんだから、まるっきりの他人というわけじゃないぞ」

「いや、いい」

「撒くのがひとりだけというのは寂しすぎないか」

「ひとりだけじゃなくて……」

そこまで言うと、星は佳菜子に向かって、改まった口調で言った。

「佳菜ちゃん、明日は店の定休日だったね」

「ええ」

「せっかくの休みの日に悪いんだけど、俺と一緒に行ってくれないかな」

「散骨にですか」

「うん」

「わたしなんかでいいんでしょうか」

「佳菜ちゃんに頼みたい」

「どうしてだ」

藤原が口を挟んだ。

「女房は、一度だけ妊娠したんだが、流産してね。女の子だった。もし、佳菜ちゃんが一緒に来てくれたら、嬉《うれ》しがるような気がする」

「わたしでよかったら、喜んで」

「ありがとう」

「よし、明日、二人が帰ってきたら、奥さんのために献杯をしよう。奥さんはどんな酒が好きだった」

藤原が訊ねた。

「日本酒が好きだった」

「よし、うまい酒を用意しておこう。サセケン、選んでくれるか？」

藤原が言うと、佐瀬が嬉しそうにうなずきながら答えた。

「うん、飛び切りのものを探して来よう」


翌日、佐瀬のポンコツの軽トラックで、星と佳菜子が湘南に向かった。

散骨をするには、それを専門にする葬儀社に頼んで事前に遺骨を細かく砕いてもらう。そうしなければ海には撒けないのだという。そして、船を出してもらい、それを沖で撒く。星が散骨を逡巡《しゅんじゅん》していたのは、単に妻の遺骨を手放したくないという思いを持っていたからだけでなく、細かく砕くということに痛みに似たものを覚えていたからであるらしい。しかし、ようやくそれにも踏ん切りがつき、二週間前に遺骨を葬儀社に委ねたのだという。

夕方、もうかなり暗くなった頃、佳菜子の元気な声が玄関から聞こえた。

「ただいま」

「終わったのかい」

玄関に出て行った藤原が訊くと、あとから入ってきたらしい星の声が聞こえた。

「終わった」

広間に入ってきた星の様子は出発前と少しも変わりなかったが、佳菜子が何かがふっ切れたような明るい表情をしている。翔吾の眼を治せなかった日から、いつもの快活さが消えてどこか沈んでいるように感じられていたが、以前の佳菜子に戻ったように思える。

星の代わりに広岡が作った夕食のテーブルに、藤原が日本酒の四合瓶をドンと置いた。

「サセケンが選びに選んだこの大吟醸で献杯しよう」

星をはじめとして広岡や佐瀬や藤原のぐい飲みに酒が注がれ、さらに佳菜子と翔吾のぐい飲みにも酒が注がれた。

「献杯！」

藤原が言い、みんなで復誦《ふくしょう》した。

「佳菜ちゃんが一緒に来てくれたおかげで、女房も喜んでいたような気がする。ありがとう」

星が言うと、佳菜子が言った。

「お礼を言うのは、こちらの方です」

「どういうことだい」

藤原が訊ねた。

「わたしはただ船に乗っているだけだったんですけど、なんとなくお会いしたことのない奥さんも喜んでくださっているような気がしました。ただわたしがいるというだけで。何もできなくても、しなくても、ただいるだけでもいいのかもしれない。そう思えたら、とても幸せな気分になってきたんです」

「そうか。それはよかったね」

広岡が言うと、佐瀬が何度もうなずきながら言った。

「そうさ、何ができなくても、ただいるだけでいいんだよ。ただいてくれるだけでいいんだよ」

手にしたぐい飲みをクイッと飲み干して、佳菜子が言った。

「もう一杯、いただいてもいいですか」

「おっ、雅世さんが言っていた通り、いよいよ佳菜ちゃんが酒飲みの本領を発揮しはじめたな」

藤原が佳菜子のぐい飲みに酒を注ぎながら嬉しそうに言った。

「さっきのは真琴さんのための一杯。今度のはただのわたしのための一杯」

「よし、それじゃあ、俺も付き合おう」

藤原が飲み干し、自分のぐい飲みに酒を注いだ。

すると、佐瀬もそれに続き、星も、広岡も同じことをした。しかし、翔吾が同じことをしそうになると、慌てて藤原が止めた。

「翔吾はやめておけ」

すると、佐瀬が珍しく翔吾のちょっとした逸脱を許す言葉を発した。

「今夜は特別だ。明日からもっと厳しくいくぞ」

翔吾はうなずくと、みんなと同じようにぐい飲みに残っている酒を飲み干し、嬉しそうにもう一杯酒を注いだ。

2

三月下旬の夜だった。かつて佳菜子と食事をしたことのある青山のレストランで、広岡は真拳ジムの令子とその息子で弁護士の公平と食事をしていた。広岡が、令子に会わせてくれるよう頼んだのだ。

公平は三十代後半ということだったが、青年と言ってもいいほどの若々しさだった。車で来ているという令子は炭酸の入った水を飲むだけだったが、息子の公平はどんな話題でも快活に対応しながら、ワインをおいしそうに飲みつづけた。

どうして弁護士になったのか。広岡が訊ねると、公平がテーブルの上の自分の名刺を指さして、笑いながら答えた。

「どんなつもりで父が公平とつけたのかは聞いたことがありませんけど、こんな名前をつけられたら裁判官か弁護士にでもなるより仕方がないでしょう」

公平も、離婚した母とともに父と離れて成城の真田会長の家で暮らすようになったが、気がつくと、自分も父と同じ職業につき、いまは父の弁護士事務所に属しているのだという。

「それも、父母に離婚された子供の微妙なバランス感覚かもしれませんけどね」

メインディッシュを食べ終えると、広岡は持参した封筒の中から書類を取り出し、公平の眼の前に差し出した。

そこで、広岡は自分の心臓の状態を説明し、翔吾の世界戦が終わった直後に病院で検査を受けるという話をした。場合によってはバイパス手術をすることになるかもしれない。リスクは少ないということだが、万一ということもある。そのため、いくつかのことをあらかじめ文書にして遺しておきたい。ついては、と、自分の財産の所在を記した書類を前に話し出した。

このうちの半分は、アメリカでスポーツによって障害を負ったアスリートを支援するための団体に寄付する。もう半分は、日本で信託に付し、まず、チャンプの家が存続できるように家と土地を買い取り、チャンプの家の住人が困らないようにする。家主は処分をしたがっているので問題はないはずだ。そして、その残りは、藤原と佐瀬と星の老後と、翔吾と佳菜子の将来のために使う。

公平は、食事中の会話から広岡が判断したようにいかにも有能そうだった。質問は的確で、余計なことを訊ねない。

そして、デザートを食べ終えコーヒーを飲む頃には、「試合の前までに必要な文書をタイプして送りますから、問題がなかったらサインして送り返してください」ということになった。

二人の話が一段落したところで、コーヒーを飲み終えた令子がトイレに立った。

広岡と二人きりになると、公平が令子によく似た悪戯《いたずら》っぽい口調で訊ねた。

「どうして、広岡さんは、母と結婚しなかったんですか」

「…………」

「祖父から聞いたことがありました。祖父は二人が結婚するのを望んでいたと」

広岡がどうとも答えようがなく黙っていると、公平がふっと真面目な口調になって言った。

「母がどうして父と離婚したのかよくわからなかったけど、広岡さんと会って、少しわかったような気がします」

トイレから出てくると、それまでいっさい口を差し挟まなかった令子が、広岡に向かっていささか切り口上で言った。

「ひとつ訊いてもいいかしら」

「何でしょう」

「広岡君の体のこと、藤原君たちみんなは知っているの？」

「余計な心配をさせるといけないので、誰にも、何も話していません」

それを聞くと、令子が少し怒ったような口調で言った。

「わたしなら心配しないと思ったわけ？」

広岡が絶句すると、公平が笑いながら助け舟を出してくれた。

「酒を飲んでもいないのに、絡んだりしないの」

レストランを出ると、公平は近くのバーで一杯飲んで帰るからと言い、二人に別れを告げて歩み去った。

広岡が、車を停めてあるというコイン・パーキングまで送っていくと、令子が言った。

「家まで送るわ」

「いえ、遠まわりになりますから」

「遠慮しないで。早く帰らなければならない用事もないし」

広岡はひとりで電車に乗って帰りたいような気もしたが、令子の好意を無にするのも悪いと思った。

「それでは、お願いします」

令子は広岡が助手席に座ると、車を青山から多摩川方面に向けて走らせはじめた。

二人は無言だったが、しばらくして令子が訊ねた。

「アメリカに残しているものはないの」

「残しているもの？」

広岡が訊き返した。

「人とか……物とか……」

「ああ、特に……」

「四十年も暮らしていて、何も？」

「ええ、何も」

だが、そう答えたあとで、広岡には珍しく、自分の胸の奥にたまっている思いのひとつを吐き出してみたくなった。

「……確かにアメリカの西海岸での暮らしはどこよりも長くなりました。西海岸はボクサーとしての自分から大きなものを奪い去りましたが、人間としての自分には多くのものを与えてくれました。しかし、どれだけ長く暮らしていても、その土地に根を生やして生きているという実感を持てないでいました。心のどこかで、そこにはたまたま錨《いかり》を下ろして停泊しているだけだという寄る辺なさを感じつづけていたんだと思います。錨を巻き上げれば風に吹かれてどこかに流されていくだろうが、たとえそれがどこであっても母港を離れた船にとってはまた同じことの繰り返しにちがいない……」

「そう……」

また、車内は沈黙が続いた。

「いい息子さんですね」

今度は広岡が沈黙を破るように口を開いた。

「弁護士としてはそこそこの仕事はしているようだけど、あの子もそれが天職だとは思えないらしくてね」

令子が言うと、広岡が訊き返した。

「あの子も？」

「そう、わたしも結婚して、出産して、弁護士への道は諦《あきら》めたけど、その前に自分は本当に弁護士になんかなりたいんだろうかと思いはじめていたの」

「……………」

「父が死んだあと、仕方なくジムを引き受けたけど、やっているうちに、もしかしたらこれこそ自分のやるべき仕事だったかもしれないと思うようになってね。もっと早く、父の生きているときから本格的に関わってあげていればよかったと後悔しているわ」

「…………」

「でも、前にも言った通り、残念なことに息子はまったくボクシングに興味を持っていないの。結局、わたしは父から受け継いだものを次の世代に引き渡すことができなかったというわけ」

「それは自分も同じです。アメリカで倒れたとき、自分にはまったく何もないということがわかったんです。未来への希望もなければ、たったいまの欲望もない。二つのホテルを所有する会社といくらかの動産と不動産。それしかなかった。わずかに残ったのは、もし母港に帰ったら……日本に帰ったら……という自分でも得体の知れない胸のざわつきだけでした。帰ってきたからといって、何があるというわけじゃなかったんですけどね」

「でも、いまは仲間がいるじゃない。黒木君や佳菜子ちゃんもあなたを慕ってる。それ以上、何が必要だと言うの？」

そうかもしれない、と広岡は思った。それだけで充分なのかもしれないと。

「黒木君の調子はどう？」

「ええ、悪くないと思います」

「何か気がかりな点でも？」

令子が心配するのも無理はなかった。翔吾は、世界タイトルの挑戦者としては異例なことに、メディアに向けての公開スパーリングをまったくしていなかったからだ。実際はスポーツ紙などでは「黒木の秘密トレーニング」などという憶測記事が出たりしたが、実際はスパーリングがまったくできないため、公開しようにもできなかっただけなのだ。

広岡は迷ったが、やはり翔吾の網膜裂孔について話しておくことにした。手術をして孔は塞いだが、爆弾を抱えているようなものだと。

話を聞くと、令子は冷静に言った。

「中止にしてもいいのよ」

「翔吾がどうしても四月にやりたいと言うんです」

「佳菜子ちゃんは知ってるの?」

広岡は、令子の口から唐突に佳菜子の名前が出たことに驚かされた。

「二人の仲を……ご存じでしたか……」

「当たり前じゃない」

「どうして……」

「先月だったかな、佳菜子ちゃんが減量中のボクサーのための食事について訊きにきてくれたことがあるの。そのとき、わかったわ」

確かに、試合が近づくにつれて佳菜子の作ってくれる朝食に変化が生まれていた。

「そうでしたか……。彼女も知ってます」

「反対はしていないの？」

「二人のあいだでどんな話になっているのかはわかりませんが、自分たちには何も言っていません」

「そう……」

　二人の乗った車はいつの間にか多摩川を渡っていたが、チャンプの家に近づいたとき、令子が言った。

「もしかしたら、この近くを流れている運河の土手に桜が咲いているかもしれないわね」

「まだ二、三分咲きのようですけど」

「それでもいいから少し歩いてみたいわ」

　令子は通り沿いの小さなコイン・パーキングに車を入れた。

　二人は車を降りて運河に向かった。

　まだ満開には早いせいか、あるいは夜が遅いせいか、見物の人の姿があまり見えない。土手より一段下がった運河べりにあるベンチもぽつぽつとしか埋まっていない。

　広岡と令子がほとんど何も話さないまま歩いていると、ひとつのベンチに二人の男女が座っているのが見えた。

かを話している。

「あれ、黒木君と佳菜子ちゃんじゃないかしら?」

言われて広岡もよく見てみると、確かに街灯の下のベンチに翔吾と佳菜子が座って何かを話している。

気がつかれないようにそっと背後を通り過ぎた。

そのとき、翔吾の話している言葉が断片的に耳に入ってきた。

「でも……そういうことじゃないんだ」

二人のベンチからだいぶ離れたところまで来たとき、令子がぽつりと言った。

「同じね」

「…………?」

「広岡君と同じこと言ってる」

「…………」

「ハワイに行く直前、ジャッジがおかしいからといって外国に行かなければならないことがあるかしらとわたしが言うと、広岡君がそういうことじゃないんですよと言ったでしょ」

すっかり忘れていたが、あるいはそんなことを言ったかもしれない。あのときは、令子と顔を合わせているのが苦しくて、少しでも早くその場から立ち去りたいと思っていたはずだ。

それにしても、翔吾は、佳菜子のどんな問いかけに対して、そういうことじゃないんだ、と答えていたのだろう。もしかしたら佳菜子は、やはり試合を思い止まらせようとしていたのかもしれない……。

歩きながら二人のことを考えていると、令子が不意に立ち止まり、広岡の方に顔を向けて訊ねた。

「そういうことじゃないって、どういうことだったのかしら？」

しかし、広岡が口を開く前に、令子がすぐに自分で付け加えた。

「いまになって訊いても遅いけど」

3

世界戦まで一週間を切った。

翔吾の体は、港湾で荷役の仕事をするようになって格段に厚みを増していた。まだいくらか残っていた少年期の体の名残りの線が消え、青年期に入った若者の筋肉質の線が浮かび上がるようになってきていた。だが、その結果、翔吾は、初めてと言っていいくらい減量に苦しみはじめた。

その日の夕食後、バスルームで計量してきた翔吾が、テーブルでくつろいでいる広岡たちに向かって言った。

「これから少し動いて汗を出します」

「いくらオーバーしているんだ」

佐瀬が心配そうに訊ねた。

「三千五百グラムです」

この段階で、まだ三・五キロもオーバーしているという。すでに絞れるだけ絞ったあとだ。この三・五キロの減量は恐ろしく辛いものになるだろうと思えた。

「部屋を片付けようか」

広岡が言うと、翔吾が首を振った。

「庭でやりますから」

「よし、付き合ってやろう」

広岡も翔吾と一緒に庭に出た。

翔吾はまず倉庫に直行し、サンドバッグを叩《たた》きはじめた。ラウンドを区切らず、十五分ほど連続的にパンチを振るいつづけると、体から汗が噴き出てくる。

「今度の試合で、必ず世界のベルトを取ります」

Tシャツを脱ぎ、タオルで体を拭きながら翔吾が言った。それを聞いて、広岡は以前から疑問に思っていたことを口にした。

「なぜそんなに急ぐんだ」

「広岡さんに、どうしても見て……」

翔吾はそこで慌てて言葉を呑《の》み込んだ。

そのとき、翔吾は自分の心臓のことを知っているのではないかと気がついた。

「おまえ、もしかしたらこの体のことを……」

「すいません」

翔吾が頭を下げた。

「……どうして、わかった」

「いつだったか真拳ジムの大塚さんから、もしスパーリング・パートナーが必要だったら遠慮せず呼んでくれというメールが届いたんです。あんな試合をしたあとに、まだそんなふうに思ってくれているということが嬉しくて、広岡さんに読んでもらおうとスマホを持って降りていくと、部屋の中から電話する声が聞こえてきたんです。心臓外科とか、発作とか、ニトログリセリンとか、バイパス手術だとか……」

翔吾が話を続けた。

「それでノックをしないで引き揚げてきたんですけど、インターネットで調べて、わかりました。広岡さんは心臓に病気を抱えている、それもかなり重い……」

「そうか、心配させて悪かった。しかしたいしたことはないんだ。それに、おまえの今度の試合が終わったら病院で検査をしてもらうことになっている」

「よかった」

翔吾はそう言ったが、表情は依然として不安そうなままだった。

汗を拭き終わると、翔吾は倉庫を出て庭のリングに向かった。そして、ベランダの屋根についている照明をつけようとした。しかし、広岡がそれを制した。

「隣のご夫婦が驚くかもしれない。こんな時間に何事だろうと。今夜は月明かりでもよく見える」

その月明かりの下で、広岡と翔吾は素手のままマス・ボクシングを始めた。

二人は、相手の体の手前で拳を寸止めしながらも、自由に打ち合った。

翔吾は、その打ち合いの中で、ジャブの三段打ちやインサイド・アッパーやボディー・フックをあらためて試し、クロス・カウンターを繰り返し試した。

それは、月の光を浴びながら、まるでボクシングによって語り合うかのように、長く、長く続けられた……。

マス・ボクシングを終えると、二人はベランダに腰をかけてタオルで汗を拭った。

猫のチャンプも珍しく夜遊びをしないでベランダの下の木箱の中にいる。

翔吾がチャンプを見ながら言った。

「俺も、チャンプみたいにリングの上で自由になれるでしょうか」

「なれるさ」

すると、翔吾が月に眼を向けて言った。

「自由の向こうには何があるんでしょう」

自由の向こう、という翔吾の言葉に広岡は胸をつかれた。

これまで自分は自由になるということしか考えなかった。リングで世界一の存在になり、誰よりも自由な存在になる。だが、その無限の自由を得たあとには何が待っているのだろう。待っていたのだろう。

それは、月の裏側のようについに自分が見られなかったものだ、と広岡は思った。リングの上で本当に自由になった者には、いったい何が見えるのだろう……。

その夜二度目となるシャワーを浴びて、広岡と翔吾がまた藤原たち三人の座っているテーブルに戻っていった。佳菜子は自室にいるらしくそこにいなかった。

翔吾はグラスに半分だけ入れた水を大事そうに飲みながら、藤原たち三人に相談するように言った。

「今度の試合では、広岡さんにセコンドについてもらってもいいですか」

「セコンドは三人と決まっている」

広岡が首を振ると、佐瀬が言った。

「いや、今度は仁がチーフをやれ」

「…………？」

「万一のときは俺たちがサポートする」

藤原が言った。

「万一？」

広岡が聞きとがめた。しかし、三人はごく当たり前の顔をしている。

「……知っていたのか？」

「当たり前だ」

星が言い、さらに付け加えた。

「おまえが体のどこかに問題を抱えているのはわかっていた」

藤原がうなずきながら言った。

「みんなで走ろうということになったとき仁がためらった。体に問題がないなら率先して走ったはずだ」

それでも、何も言わなかったのだ。

「翔吾に聞いて、そのどこかが心臓だということがわかった」

広岡は、胸に熱いものが広がりかかったが、それを抑え、努めて平静に言った。

「そうか、それなら今度は自分もセコンドをやらせてもらおう」

「かりにセコンドが四人いようが、どさくさに紛れてやっていれば、とがめ立てするような奴はいないはずだ」

藤原が陽気に言った。

「四人がセコンドについてくれるなんて」

翔吾が声を上げると、星が笑みを浮かべながら言った。

「心強いだろ」

「すごく」

翔吾も心から嬉しそうに笑って言った。

4

試合当日は激しい雨になった。満開の桜もこの雨でほとんど散ってしまうだろう、とテレビの天気情報番組のキャスターがコメントするほどだった。

しかし、その天候にもかかわらず、有明コロシアムのすり鉢状の観客席は、セミ・ファイナルが始まる頃には天井の近くまでぎっしりと人で埋まるようになっていた。

翔吾に割り当てられた控室は、後楽園ホールとは違い、他の出場選手との相部屋ではなく、かなりの広さがある個室だった。

そこに翔吾と広岡たち四人、さらに真拳ジムの令子と郡司の七人がいた。

翔吾はやはりいくらか緊張しているのか、言葉少なになっている。

試合開始の一時間前になって、翔吾は練習用のグラヴをつけて佐瀬を相手に三ラウンドほどミット打ちをした。剝《む》き出しのコンクリートに囲まれた部屋は冷え冷えとしているが、そこに翔吾がミットに叩き込むグラヴの音が鋭く反響する。やがて翔吾の体が徐々に暖まってきたらしく、うっすらと汗をかきはじめた。

ミット打ちが終わり、藤原がタオルで体の汗を拭いてやっているところに、扉がノックされた。

「誰だ！」

藤原が声を出すと、ドアから首だけ伸ばしてのぞき込んできたのは真拳ジムの大塚だった。

「入ってもいいですか？」

大塚が遠慮気味に訊ねた。

それが大塚だとわかると、藤原が相好を崩して招き入れた。

「入れ、入れ」

大塚は翔吾の近くに歩み寄り、顔色を見てからさりげない口調で言った。

「調子はよさそうだね」

翔吾も明るく応じた。

「大塚さんも元気そうですね」

「僕が元気でもしょうがないけど」

「そんなことありません」

「試合前に会いに来られるのは迷惑だろうけど……」

「嬉しいです」

「そうか、それならよかった」

大塚はそこまで言い、一呼吸置いてからこう続けた。

「バイエフのことでひとつ伝えたいことがあってね」

「何です」

「もう気がついているかもしれないけど、バイエフは右からノー・モーションのロングフックを打つとき、ほんの少しだけど右に首をかしげてから打ちはじめる癖があるよね」

「気がつきませんでした」

翔吾が驚いたような口調で言った。それは翔吾だけでなく、広岡も気がついていないことだった。

「いくつか試合のビデオを見たけど、いつも同じだった」

「右に少し首をかしげるんですね」

「そう。コンビネーション・ブロウのときはそんなことはないから、覚えておくといいかもしれない」

「ありがとうございます」

広岡は二人の若いボクサーが話しているのを聞きながら、いいものだなと思っていた。ほんの二カ月前に死力を尽くして戦った相手が、こうして自然にボクシングの話をしている。しかも、大事な発見を惜し気もなくかつての敵に教えようとしている。

二人の話が一段落したところで広岡が大塚に訊ねた。

「次の試合は決まったのかな」

「いえ」

大塚が少し顔を曇らすようにして答えた。

「まだか……」

「そうじゃなくて、次の試合はないんです」

「どういうことだ」

「黒木君とのこのあいだの試合が僕のラストファイトです」

「ということは……」

「引退することにしたんです」

「本当か？」

広岡がそう言いながら郡司を見ると、郡司は黙ってうなずいた。

「もったいない……」

佐瀬がつぶやいた。

「どうして？」

星が訊ねた。

「今年は一年留年して単位を揃《そろ》え、来年、大学院に進むことにしたんです」

今回のバイエフへの挑戦は叶《かな》わなかったとはいえ、大塚にはこれから世界に挑戦するチャンスはいくらでも訪れるだろう。しかし、大塚は、翔吾に敗れることで彼にしかわからない衝撃を受け、何らかの決断をしたのだ。自分がロサンゼルスでジェイク・ミラーに敗れたときと同じように。

「それもいいかもしれない」

広岡が言うと、藤原もうなずきながら言った。

「おまえはあまり頭を打たれてこなかっただろうから、俺たちみたいにまだ馬鹿になってないはずだもんな」

大塚はそれに笑顔で応えたあと、翔吾に向かって言った。

「僕の分まで頑張って」

すると、翔吾が大塚の手を握って、言った。

「大塚さんは俺の体の中に入っています」

大塚にはその言葉の意味がよくはわからなかったようだが、翔吾の手を強く握り返し、控室を出て行った。


リング上で、リング・アナウンサーが、メイン・イベントであるスーパー・ライト級の世界タイトルマッチの開始を告げた。

「さあ、行くぞ！」

藤原が声を出した。

翔吾と共に控室から試合場に出て行くとき、広岡は真拳ジムのユニフォームのズボンの上からポケットを軽く押さえて確かめた。そこには間違いなくニトログリセリンの入った小さな瓶《びん》があった。

テレビ局の演出で、すでにリングにはチャンピオンのアフメド・バイエフが上がっており、日本人の挑戦者である翔吾の登場を待っていた。広岡たちは翔吾と一緒に通路から薄暗いアリーナに出たとたん、大音響の音楽と共に凄《すさ》まじい光量のスポットライトを浴びた。その強烈な光は、広岡が翔吾と二人で青コーナーからリングに上がるまで追いつづけてきた。

リング上であらためて見ると、翔吾はスーパー・ライトというより明らかにウェルター の肉体になっている。

それもあって前日の公開計量ではリミットぎりぎりでパスするというきわどさだった。翔吾は初めて減量の苦しさを味わい、皮膚もかさかさになっていた。しかし、その日の計量のあと、佳菜子が作ってタンブラーに入れておいてくれた蜂蜜入りの特製ジュースを飲むと、一時間もしないうちに皮膚の艶が戻ってきた。

計量後は自由に食べられる。それからこの日の夕方にかけての四回の食事で、一食ごとに力がみなぎっていくようだった。若いな、と広岡は感嘆するような思いで翔吾の肉体の変化を見つめていたものだった。

だが、バイエフの体も見事に仕上がっていた。翔吾より身長はいくらか低いが、上半身には厚みだけでなく、柔らかさを感じさせるものもある。

バイエフはロシアからの独立を目指したチェチェン紛争のさなかに少年時代を過ごしたという。とりわけ、独立に失敗し、ロシアとの戦いがゲリラ化する中で青年期を過ごしたバイエフは、いくつかのテロ事件に関わっていたのではないかとも言われている。しかし、それはあくまでも噂《うわさ》の域を出ない。難民認定されたドイツからの入国に際して、アメリカ当局が徹底的に調査したはずだが、それでも受け入れられたことによって、テロリスト説は単なる噂にすぎないと見なされるようになった。だが、厚みのある体にもかかわらず、ナイフで削《そ》がれたような両頬のこけ方には、過去に凄惨な経験をしてきたのではないかと思わせるものがあるのは確かだった。

セレモニーが終わり、レフェリーから型どおりの注意が与えられ、二人がそれぞれのコーナーに戻ると、すぐに第一ラウンドのゴングが鳴った。

リングの中央に出ていこうとする翔吾に広岡が言い聞かせた。

「足を使うんだ。踊れ。もう一生、踊りなんか踊りたくないというほど踊るんだ」

眼を護《まも》るためいっさいスパーリングができなかった翔吾が、大塚のアウト・ボクシングを手に入れるために必死に取り組んでいたのは、たったひとりで「踊る」ことだった。

踊れ、と言われた翔吾は微《かす》かに笑いを浮かべながらリングの中央に進んでいった。

翔吾はバイエフに近づくと、すぐに足を使って動きはじめた。距離を置き、左に廻りながら左でジャブを放つ。

ジャブを一発。きれいにヒット。ジャブをもう一発。ストレートのようなスピードでバイエフの顔面をヒット。さらに、ジャブの三段打ちを試みると、これも鮮やかに決まる。

一瞬バランスを失いかけたバイエフは、驚いたような表情を浮かべた。

翔吾は動きまわりながらひたすらジャブを打ちつづけた。

この二カ月、サンドバッグと広岡たちが構えるミットに対してしかパンチを当てることができなかった。だが、いま、眼の前に生身の肉体がある。まるで、そのことが嬉しくてたまらないとでもいうように、素早くステップを踏みながら小気味よくジャブを打ち込む。まさにダンスを踊るような軽やかさだった。

翔吾はジャブを打たないときは両腕を高く掲げて顔の前に置き、その腕のあいだから相手を見るという、いわゆるピーピング・スタイル、のぞき見スタイルを取る。それが自分の眼を護る最善の方法だと考えたにちがいなかった。

足を使い、打っては離れる。そして、両腕を前にして守るピーピング・スタイルを取っている。それは、バイエフの強打を恐れて逃げているという印象を与えかねないものだったが、翔吾は勇気を持ってそのスタイルを貫きつづけた。

一方、バイエフはほとんどベタ足にしか見えないすり足で翔吾を追うだけだ。時折、翔吾がジャブのあとに一瞬足を止めて右のストレートを放つと、そのときだけは右のフックで応戦するが、打ち終わるとすぐに顔を防御するため引き揚げられる翔吾の腕を叩くだけになってしまう。

ラウンド終了のゴングが鳴り、コーナーに戻ってきた翔吾に広岡が言った。

「このラウンドは取った。この調子でジャブを打ちつづけろ」

第二ラウンドに入っても、翔吾のアウト・ボクシングは冴《さ》えわたった。

だが、バイエフも、ジャブを打ち終わった直後に顔の前に揃えられた翔吾の二本の腕のあいだを縫って、突き刺すようなストレートを放つようになった。

ラウンドの終盤、そうした一発が眉間に入り、翔吾の頭をガクッと後ろにのけぞらせた。翔吾はすぐに何でもなかったかのように動きはじめたが、バイエフのパンチには凄まじい威力があるようだった。

ラウンドが終わってコーナーに戻ってきた翔吾に広岡が言った。

「慌てる必要はない。距離を取って、ジャブを打ちつづけろ。相手を消耗させるんだ」

第三ラウンドはその言葉どおりに動いた翔吾がほぼラウンドを支配することができた。

バイエフは翔吾の速い足についてこられず、ただ追うだけしかできない。

翔吾の左に動きながらの左のジャブがヒット。左のジャブから右のストレートもヒット。さらに、左右の連打から続けて放たれる左のフックもヒットする。

このままバイエフの反撃を受けずに最後まで行くはずはないが、もしかしたら翔吾は勝てるのではないか、と広岡はチラリと思わないでもなかった。

しかし、ラウンドの終盤、バイエフは翔吾に打たれているのではなく、打たせているのではないかという疑念が生じた。翔吾のジャブによって顔面はいくらか赤くなりはじめているが、これほどワンサイドに試合を進められているにもかかわらず、バイエフに動揺の色がまったく見えないからだ。バイエフは翔吾の力量を見極めようとしているのではないか……。

その疑念が確信に変わったのは第四ラウンドに入ってすぐ、翔吾の左のジャブを、右のグラヴをパッと顔の前に出して止めたのを見た瞬間だった。バイエフは翔吾のジャブのタイミングを摑《つか》むことができるようになっていたのだ。

それだけではなかった。ここまで、翔吾に左のジャブから右のストレート、場合によってはさらに左のストレートというコンビネーションの連打を浴びると、いったん追う足を止め、それ以上打たれるのを避けようとしていた。ところが、このラウンドから、バイエフは打たれても、それをものともしないという勢いで接近し、強引に連打を放ちはじめた。日本風に言えば肉を切らせて骨を断つという戦法だったのだろうが、パンチ力は自分の方が上だという見極めに支えられているのは明らかだった。それによって、バイエフのパンチが単発ではなく、連続して翔吾の顔面を襲うようになった。ラウンドの終盤、ガードする二本の腕のあいだを突き抜けるバイエフの右のパンチがフック気味に入ったため、翔吾の右眼をもろにヒットすることになった。

ゴングが鳴り、コーナーに戻ってきた翔吾に広岡が訊ねた。

「眼は大丈夫か」

「心配いりません」

だが第五ラウンドに入ると、バイエフはそれまでのベタ足が嘘のように速い動きを見せるようになった。

翔吾がこれまでと同じく左に廻りながらジャブを放とうとした瞬間、バイエフはそれより早く一歩右に踏み出して進路を塞ぐと、アッパーに近い右のフックを放った。翔吾の顔面をヒットしたが、浅かったためにダメージは少ないようだった。しかし、広岡は背筋が寒くなるような思いがした。翔吾のパンチの出所も、タイミングも、強さも、そして足の運びまで見極められてしまった……。

そのとき、バイエフがほとんどの試合を五ラウンドまでのノックアウトで勝っているということを思い出した。

——バイエフは倒しに来る！

広岡がそう思うとほとんど同時に、バイエフは翔吾に激しく迫りはじめた。フック気味の左右の連打を浴びせ、ロープに追い詰めるようになったのだ。翔吾は大塚から伝授されたといってもいい柔らかなボディー・ワークによって、体を入れ替え、巧みにすり抜けていくが、それでも徐々に強烈なパンチを食うようになっていった。

ラウンドの終盤、そんな一発が顔面に入り、翔吾が棒立ちになると、バイエフは一気に襲いかかってきた。まったく途切れることのない連打が翔吾を見舞った。

右、左、右、右、左、右……。

場内から悲鳴のような声援が翔吾に送られたが、翔吾は顔の前に両手を掲げて防御する以外に何もすることができない。

倒される！

誰もがそう思った、そのとき、ラウンド終了のゴングが激しく打ち鳴らされた。バイエフは、翔吾を倒し切れなかったことに対するものなのか、微かに苦笑のようなものを浮かべてコーナーに引き上げた。

翔吾はコーナーの椅子《いす》に座ると眼を閉じた。恐らく、これまでのボクシングの試合の中で、翔吾がこれほど打たれたことはなかっただろう。もしかしたら、驚きを超えた絶望に近い思いが体内を駆け巡っているのかもしれなかった。

藤原がボトルに入った冷たい水を頭から浴びせかけると、翔吾が眼を開けた。

広岡は翔吾の眼を見ながら言い聞かせた。

「踊れ、一生分踊りつづけるんだ」

いま翔吾に言えることはそれしかなかった。

翔吾は黙ってうなずいた。

第六ラウンドは、左だけでなく、右に廻る動きを混ぜることでバイエフを攪乱《かくらん》し、ふたたび翔吾がヒット・アンド・アウェイの展開に持ち込むことができるようになった。

しかし、第七ラウンドに入ると、その動きもまた見切られ、左右どちらにも逃げることができず、ラウンドの中盤には、コーナーに追い込まれてしまった。

バイエフは翔吾の体の動きを見極めながら、一発、また一発と、ガードする腕の上から打ち込んでくる。背にしているのがロープではなくコーナーポストであるため翔吾も藤原直伝《じきでん》のインサイド・アッパーを使えない。

逃げ場を失い、ポストに磔《はりつけ》のようにされてしまった翔吾に、バイエフはボディーにフックを打ち込み、ガードが低くなったところを、顔面に、まるで風を切る音が聞こえてきそうな強烈な右のフックを浴びせた。頰を打ち抜かれた翔吾は斜め前にのめり、そのままキャンバスに倒れ込んだ。

ダウン！

だが、まだ致命的なダメージは受けてはいないはずだ。

広岡はリングの下から叫んだ。

「翔吾、起きろ！」

キャンバスに這《は》った翔吾は、体を起こして片膝《かたひざ》をつくと、一呼吸置いてから立ち上がった。

カウントはエイトまで数えられていた。

「ファイト！」

レフェリーによって試合が再開されると、バイエフが速い足を使ってふたたび襲いかかった。

「クリンチだ、クリンチをしろ！」

藤原が絶叫した。しかし、バイエフはクリンチで逃げる隙《すき》を与えなかった。翔吾はバイエフに狙《ねら》い打たれるままにずるずると後退して、ロープを背にした。バイエフは今度こそ仕留めようと、狙いすました右のフックを大きく振りかぶった。

だが、次の瞬間、バイエフが顔を天井に向けてゆっくりと背後に倒れていった。

一瞬の静寂のあと、場内に激しい歓声が沸き起こった。

ダウン！

翔吾が突き上げた右のインサイド・アッパーが、バイエフの顎《あご》に決まったのだ。

これで勝った、と広岡は思った。

ところが、大の字になって倒れていたバイエフが、よろよろと立ち上がるではないか。そして、一度ロープにもたれたあとで、必死にファイティング・ポーズを取った。そのとき、ラウンド終了のゴングが鳴った。

コーナーに引きあげてきた翔吾に、藤原が勢い込んで言った。

「次のラウンドでおしまいにしてやれ！」

だが、翔吾は眼の前で片膝をつき汗を拭いてくれている広岡に小さな声で言った。

「見えません」

「どうした」

「右眼の視野が狭くなっていきます。どんどん黒くなって……」

恐れていたことが現実のものとなってしまった。網膜が剝離しはじめたのだ。しかも、急速に。あの必殺のインサイド・アッパーでバイエフを倒し切れなかったのも、それが原因だったのかもしれない……。

「どうする。試合を止《や》めるか」

広岡が訊ねると、翔吾が首を振った。

「冗談はよしてください。そんなことはできません」

「次のラウンドで倒し切れるか」

「わかりませんが、やってみます」

第八ラウンドが始まると同時に、翔吾はラッシュをかけた。初めて足を止めて打ちはじめたのだ。バイエフも応戦し、リングの中央で激しい打ち合いになった。

まだ深いダメージの残っているらしいバイエフのパンチには力がないが、翔吾の連打が決まっても倒し切れない。それには、右眼が見えにくくなっているため距離感が狂っているということもあるのかもしれないと広岡には思えた。パンチが急所から微妙にずれているのだ。

ゴングが鳴り、コーナーに戻った翔吾に広岡が訊いた。

「右眼はどうだ、まだ見えるか？」

すると、翔吾が静かに答えた。

「ほとんど……でも、いいんです」

第九ラウンドが始まっても、翔吾のラッシュは止まなかった。しかし、ダメージから回復したらしいバイエフのパンチに威力が戻ってきた。一発、また一発と、バイエフの重いパンチが翔吾の顔面をヒットする。広岡は、そのたびに、翔吾の網膜が一ミリずつはがれていくような気がした。

翔吾は打ち疲れたらしく、しだいにスピードが落ちてきた。

「踊れ！」

広岡が叫んだ。それが耳に届いたのか、翔吾はふたたび足を使って距離を取りはじめた。しかし、バイエフも足を使って距離を詰めると、左で囮《おとり》のフックを放ち、翔吾が左へ頭を傾けてよけようとしたところに、強烈な右ストレートを放った。それが左の顔面にヒットし、翔吾がよろめいた。そこを、素早く迫ったバイエフが、左と右のフックの連打を浴びせた。翔吾も夢遊病者のようになりながら手を出すが、まったく当たらない。

バイエフが右のフックを振り抜くと、こめかみをヒットされた翔吾はさらに大きくよろめき、耐えようとしたが耐え切れず、斜めに倒れた。

ダウン！

二度目のダウンだ。翔吾は必死に立ち上がったが、朦朧《もうろう》としているところを狙い打たれ、立っているのがやっとという状態になった。星が広岡に向かって言った。

「タオルを入れよう！」

だが、広岡は黙って試合を見つづけた。

見つづけること。たぶん、自分たちにできるのはそれだけのはずだ……。

もしあと十秒長かったら、翔吾はまたダウンしていただろう、そして今度こそ立ち上がれなかっただろう。しかし、ラウンド終了のゴングに救われた。

コーナーに戻ってきた翔吾がまるで星の言葉が聞こえでもしたかのように言った。

「タオルなんか入れないでください。なんだか……いま……とってもいいんです」

それを受けて、広岡が言った。

「よし、わかった。行けるところまで行ってこい」

すると、ラウンド開始のゴングが鳴って立ち上がった翔吾が、微笑を浮かべながら言った。

「行ってきます……」

第十ラウンド、どこにそのような気力が残っていたのか、翔吾がふたたび足を使って踊り出した。

力を振り絞るようにしてジャブを放つ。バイエフも追いすがってフックを打つ。

しかし、ラウンドの中盤になると、翔吾もついに力尽きたらしく足が止まった。リングの中央で無防備に立ち尽くし、それまで高く掲げて眼を守っていた両腕がスッと落ちてしまった。

「危ない！」

佐瀬が叫んだ。

バイエフはガードの落ちたのを見て、渾身《こんしん》の力を込めたかのような右のフックを、いきなりノー・モーションで放った。その直前に、控室で大塚が言っていたように、バイエフが微かに右に首をかしげるのが広岡にも見えた。

次の瞬間、いやもしかしたらほとんど同時だったかもしれない。翔吾がその動きに合わせて、下にさがった左でバイエフの右腕を殺すように覆いかぶせながらフックを放った。

鮮やかなクロス・カウンターが、バイエフの、ナイフで抉《えぐ》られたような右頬をさらに深く抉った。

ロープ際まで吹き飛ばされたバイエフは、後頭部をロープに打ちつけてキャンバスに崩れ落ちた。

ダウン！

これで勝負は決まったかと思われた。だが、バイエフは必死に半身を起こした。そして、一度、二度と大きく息をついた。眼の焦点は合っていないが、それでもどうにか立ち上がった。

その姿をニュートラル・コーナーで見つめている翔吾の顔はむしろ蒼白になっている。広岡も、バイエフの姿に鬼気迫るものを覚えていた。バイエフにはあれほどのダメージを受けてもなおキャンバスに横たわったままではいられない切羽詰まったものがあり、立ち上がらなくてはならない巨大で重いものを背負っているのだ……。

バイエフはよろめきそうになる足をなんとか踏ん張って立ち止まると、レフェリーの口から「テン」という言葉が出る寸前にかろうじてファイティング・ポーズを取った。

「ファイト！」

レフェリーの声によって試合は再開されたが、翔吾は遠近感が狂ってしまうのか、パンチに空振りが増え、どうしてもフィニッシュに持ち込めない。足元もおぼつかないバイエフに止《とど》めが刺せないまま、やがて、ラウンド終了のゴングを聞くことになってしまった。

第十一ラウンドも、第十二ラウンドも、リングの中央で両者ほとんど足を止めての激しい打ち合いが続いた。観客を熱狂の渦に巻き込みながら、しかし、ついにノックアウトでの決着がつかないまま試合終了のゴングの音が響くことになった。

その直後、立っているのがやっとだった二人のボクサーはリング上で抱き合ったまま動かなくなった。恐らく、抱擁を解けば、どちらかがキャンバスに崩れ落ちそうだったのだろう。

広岡はリングに飛び込むと、翔吾を抱えてコーナーの椅子に座らせた。

勝負は判定に持ち込まれた。

三人いる審判のジャッジ・ペーパーが集められ、採点を集計したものを、リング・アナウンサーが読み上げた。

「ジャッジ、パークス、一一二対一一一で黒木！」

それを聞いて、固唾《かたず》を呑んで見守っていた観客席から歓声が沸き起こった。アメリカの審判は黒木の勝ちとしたのだ。

「ジャッジ、安藤、一一〇対一〇八でバイエフ！」

逆に日本の審判は、意外にも、バイエフの勝ちとした。観客席から不満の声が洩《も》れる。

だが、いずれにしても、これで勝敗はベネズエラの審判の判定に委ねられることになった。バイエフのポイントが上まわればタイトルの防衛、翔吾のポイントが勝ればタイトルの奪取、引き分けならバイエフの防衛となる。

「ジャッジ、サントス、一一四対一一三。二対一の判定をもちまして……」

リング・アナウンサーは、第三の審判であるサントスがバイエフと翔吾のどちらに多くポイントを入れたのか明らかにしないまま、アナウンスメントを続けた。

場内は一瞬静まり返り、リング・アナウンサーの次のひとことを待った。

「世界スーパー・ライト級は……新チャンピオンの誕生……」

そこで観客の歓声が爆発的に弾《はじ》け、リング・アナウンサーの翔吾の勝ちを告げる声はかき消されてしまった……。

終章　花の道

1

病室の窓の外ではゆっくりと夜が明けてきているようだった。

広岡は翔吾のベッドの脇に置いた椅子《いす》に座り、目まぐるしかったこの三十時間あまりの出来事について思いを巡らせていた。

試合後、控室でメディアのインタビューを簡単に済ませると、星が運転するレンタルのワンボックス・カーで急いでチャンプの家の近くの市民病院へ向かった。もちろん眼科医はいなかったが、当直医が広岡の説明を聞き、その場で入院させてくれた。たまたま個室が空いていたのが幸いだった。

翌日、網膜裂孔の手術をしてくれた眼科医があらためて検査をしてくれると、まだかろうじて網膜はついていて、手術は可能だという。

一日でも早い方がいいということで、その日のうちに手術をしてくれることになった。長い時間を要したが、手術はいちおう成功したという。だが、どれくらい視力が回復するかは眼を覆っている眼帯を取って調べてみるまでわからないともいう。

翔吾の苦痛は手術そのものより、終わったあとから始まった。網膜を貼りつけたままにしておくため、眼球の背後に医療用のガスを注入してある。それが後部に止《とど》まった状態を保つため、俯《うつむ》いたまま顔を絶対に上げてはならないというのだ。上げると、ガスが眼球の前面にまわってしまうことになり、失明する恐れがあるという。

そのため、トイレに行くときも、食事をするときも、常に顔を俯いたままにしておかなくてはならない。夜も横になっては眠れず、リクライニングのベッドを半分起こし、そこにもたれながら頭を垂れたまま過ごさなくてはならないという。

病院は付き添い不要ということだったが、特別の許可を貰《もら》い、広岡が夜通し付き添った。うとうとした翔吾がうっかり顔を上げて眠ってしまわないようにするためだった。

深夜になると、翔吾は前日の試合の疲れと手術の疲れが重なったらしく断続的に眠りはじめた。

その翔吾の姿を見ながら、広岡はこれでよかったのだろうかと思わざるを得なかった。

翔吾は世界チャンピオンになった。真拳ジムに初めて世界タイトルのベルトをもたらしてくれた。だが、それと引き換えに片眼を失いかけている。自分は、翔吾を佳菜子の元に無事に戻してやることができなかった……。

2

「広岡さん？」

顔を俯かせて軽い寝息を立てていた翔吾が静かに言葉を発した。

「眼が覚めたか」

「俺《おれ》、眠っていたんですね」

「ほんの少しの間だったがな」

「すいません」

「具合は、どうだ」

「俯いたままというのは、ずいぶんつらいもんですね」

「やった者じゃないとわからないことだろうな」

「一生分、頭を下げました」

それはリングの上で広岡が一生分踊りつづけろと言ったことを思い出しての言葉のよ

うだった。

「いや、まだ何日もそのままでいなければならないらしいぞ。これまでで一生分なら、あと何回か生まれ変わってもいいくらい頭を下げることになる」

広岡が冗談めかして言うと、翔吾は俯いたまま明るい笑い声を上げて言った。

「でも、今度生まれ変わったら、最初から広岡さんに教われますね」

広岡はその言葉に胸をつかれた。

自分のトレーナーだったペドロ・サンチェスは、網膜剝離になったジェイク・ミラーに試合をさせなかった。日頃から、サンチェスはこう言っていた。トレーナーの役割とはリングに上がるボクサーを最高のコンディションで送り出すことだが、リングに上がったボクサーを無事に家族の元へ送り返してやることの方がはるかに大切なことだと。自分はサンチェスのようなプロフェッショナルなトレーナーではなかった。翔吾を無事に佳菜子の元に送り返してあげることができなかったのだから。

「悪かったな。自分はおまえの眼を護《まも》ることができなかった」

「広岡さんの責任じゃありません」

「おまえにこの心臓のことを心配させたばかりに急がせてしまった」

「違います。俺はやっぱりやりたかったんです。広岡さんのためじゃなくて、俺自身のために」

あるいはそうなのかもしれない。だが、自分が医師と電話をしているのを耳にしなければ、翔吾はやはり眼を治してからでも遅くないと思ったような気がする……。

広岡がぼんやり考えていると、翔吾がカラリとした声で訊《たず》ねてきた。

「この眼は、いくらかは見えるようになるんでしょうか」

「そのはずだと医者は言っていた」

「でも、見えなくなってもいいいんです」

「どうして」

「この眼は、あの試合で、見たいものを見ましたから」

その言葉を耳にした瞬間、広岡に、体の芯を何か得体の知れないもので刺し貫かれたような戦慄《せんりつ》が走った。

翔吾は、あの試合で、見たいものを見たという。たぶん、あのような場で、あのような試合をした者にしか見えないものを、翔吾は確かに見たのだ。

「いつだ」

「十一か、十二ラウンドのときでした」

「何が見えた」

「誰もいないリングです。レフェリーも、バイエフも、俺も、誰もいない……」

翔吾の意識はあの激しい打ち合いの中でどこかに行っていたのだ。誰もが行くことができるわけではない、ボクサーの夢の世界に……。

「でもな。片眼が見えなくなったらボクシングはできないぞ」

片眼では相手との距離が摑《つか》めなくなる。

すると、翔吾が言った。

「もういいんです」

それは諦《あきら》めとは異なる、澄み切った覚悟のようなものがこもった声だった。

「何が、もういいんだ」

「ベルトは返上しようと思ってるんです」

それを聞いても、広岡は驚かなかった。

「引退するのか」

「そうするつもりです」

「それも悪くない。将来、カムバックというようなことさえしなければ、無敗のままボクシング界からおさらばすることのできた、日本で最初の世界チャンピオンになる」

日本で、ベルトを保持したまま永遠にリングを去ることができた世界チャンピオンは、交通事故で急死した大場政夫だけだ。その大場も、無敗ではなかった。

「記録にはぜんぜん興味ないけど、それはなんかカッコいいですね」

翔吾がおどけた口調で言った。

「だが、ボクシングをやめて、どうする」

広岡が訊ねると、翔吾はしばらくして真面目な口調になって言った。

「広岡さんは、ボクシングをやめて、アメリカのホテルで働いていたんですよね」

「いろいろあったあとだったがな」

「……片眼が見えなくても働けますか」

「ホテルで？　別に問題ない」

「俺でも？」

「おまえなら申し分ない」

それは別に入院している病者への労《いたわ》りの言葉ではなかった。翔吾は細かいところに気配りできる本質的な頭のよさがある。それはホテルで生きる者に必須のものだ。

「アメリカのホテルでも？」

翔吾がさらに訊ねた。

「アメリカのホテルでも」

広岡が間髪をいれず答えた。

「広岡さんが働いていたホテルの偉い人に紹介してもらうことなんて、できますか」

「できる」

「俺も、アメリカに行けたら……」

翔吾は、俺も、と言った。それは、佳菜子の望みを聞いているということでもあるのだろう。翔吾と佳菜子がそれぞれの道をアメリカで歩み出す姿を想像すると、広岡の気持もいくらか明るくなった。

「わかった。だが、まずは眼を治すことだ。たった〇・〇一でも視力があるとないとでは、これからの人生が違うはずだ」

「はい」

そこにドアをノックする音がして、佳菜子がランチボックスのようなものを入れた小さな布製の袋を手に入ってきた。

「今日は仕事を休ませてもらうことにしました」

「よかった。それなら交代しよう」

広岡が椅子から立ち上がって言った。

「はい。あっ、朝食がテーブルの上にのっているはずです。卵料理はレンジで温め直してください」

「ありがとう」

「藤原さんたちは、しばらくしたら来るそうです」

「そうか。入れ違いになるかもしれないな。まだ面会時間前だから、次郎にあまり大騒ぎしないように言っておいてくれないか。特例を解除されるかもしれないから」

広岡が歩み出そうとすると、その気配を感じたのか、俯いたままの翔吾が言った。

「退院したらチャンプの家に帰ります。それまで広岡さんも待っていてください」

「当たり前だ」

「俺が戻るまで、死なないでください」

翔吾が笑いながら言うと、広岡も笑って応じた。

「わかった。おまえが退院するまで、死なないようにする」

佳菜子が驚いたように眼を見張って広岡と翔吾を見比べた。

「絶対ですよ」

「約束する」

「また広岡さんのカレーが食べたいですから」

それを聞いて、広岡は声を立てて笑った。

だが、佳菜子が血の気が失せたような白い顔をして、広岡に言った。

「まだ、行かないでください」

「…………」

「お願いですから、ここにいてください」

佳菜子が懇願するように言った。なぜそんなことを言うのかわからないまま、広岡が佳菜子にやさしい口調で言った。

「家で少し眠りたいんだ」

「そうだよ、俺は少し眠ったけど、広岡さんは全然寝てないんだ」

翔吾が言った。

「でも……」

「夕方、また来る」

広岡が病室を出ようとすると、翔吾は顔を上げ、微《かす》かに笑いながら言った。

「広岡さん、あの時、俺は、最高でした」

「馬鹿！　顔を上げるな！」

3

広岡は病院を出ると、チャンプの家に向かって歩き出した。

翔吾は「あの時、最高だった」という。だが、その最高の時は最悪の時と紙一重だったはずだ。第十ラウンド、「行ってきます……」と言ってリングの中央に出ていくとき、微笑を浮かべた翔吾の顔にはほんのわずかだが恐怖が浮かんでいた。あと一発バイエフのパンチを食らえばキャンバスに這《は》いつくばったまま二度と起き上がれないかもしれない。その恐怖を背後に押しやり、一歩、一歩、リングの中央に歩み出していったのだ。

そして、渾身《こんしん》のクロス・カウンターでバイエフを倒した。だが、そのダウンからもバイエフが幽鬼のように立ち上がったとき、翔吾はかつて自分がロサンゼルスでジェイク・ミラーと戦ったときのような真の恐怖を覚えたはずだ。とてつもなく大きく重いものを背負った不死身のボクサーを前にして、かつての自分と同じように金縛りにあってもよかったかもしれない。しかし、翔吾は、その恐怖をねじ伏せるようにして戦いつづけた。そうなのだ。恐怖を覚えながら、その恐怖に打ち勝った者だけが、最高の時に近づけるものなのだ。

十一から十二ラウンドにかけての翔吾はリング上で無限に自由になれたのだろう。たぶん、あの最後の二ラウンドで、翔吾は自由の向こうに行ったのだ。自分たちの行けなかった世界に行き、見たことのない風景を見て、命がそこでしか生きられないという瞬間を味わった。つまり本当のボクサーになったのだ。

道路脇の家の庭先に桜の木があった。ほとんど散り終わっているが、まだわずかに花が残っている。広岡は運河の土手の桜が見たくなった。令子と一緒に歩いたときにはまだ充分に咲いていなかった。

土手に出ると、盛りを過ぎた桜が散り終わりそうになっている。だが、まだ午前の早い時間だというのにかなりの数の見物人が花見を楽しんでいる。

その見物人にまじって、広岡は桜の散る中を歩いていった。

風が吹くと、一昨日の雨にも耐え、散り残った花びらが空中に舞い上がり、陽光を浴びながらハラハラと降りそそいでくる。

やはり、ここの桜も記憶の中の桜と比べると紅みが薄いように思える。しかし、その白さが眼に沁《し》み入るほど鮮やかだ。

美しいな、と思った次の瞬間、すっと通行人の姿が消えていくような気がして、胸に激しい痛みが走った。

立ち止まり、息をつくと、運河沿いにあるベンチを眼で探した。幸い、誰も座っていないベンチが近くにあった。土手から降りて、そこに崩れるように座った。

いつものように、ニトログリセリンを舌の下に含ませようと、ズボンのポケットを探った。だが、瓶《びん》がない。反対側のポケットを探ったが入っていない。

広岡は血の気が失せるような気がした。いや、実際、頭から血の気が失せていたのかもしれない。

どうしたのか？

そのとき、絶望の中で思い出した。翔吾の世界戦で、万一のときのために、セコンド用に着た真拳ジムのユニフォームのズボンのポケットに入れておいたことを。そのまま、翔吾の入院騒ぎのどさくさの中で、取り出しておくのを忘れていたのだ。

心臓の痛みが激しくなり、全身から力が抜けてくる。両膝《りょうひざ》の上に腕を乗せ、上半身を折るようにして耐えようとしたが、あまりの苦しさに呻《うめ》き声を出してしまった。

「どうかしましたか」

通りすがりの人の声のようなものが聞こえる。誰かが心配して声をかけてくれたらしい。

「……大丈夫です」

俯《うつむ》いたまま答えながら、自分のその声が妙に遠い。

次の瞬間、佳菜子が翔吾の病室で「まだ、行かないでください」と言ったときの必死の表情が脳裏をよぎった。佳菜子には何かが見えかかっていたのかもしれない。「お願いですから、ここにいてください」とも言った。

しかし、どうやら、自分は行かなくてはならなくなってしまったらしい。

意識が薄くなっていく中で、閉じた眼の奥に、この花の道を歩きつづける自分の後ろ姿が見えたような気がした。顔を上げ、ただ歩いていく。桜の花びらが雪のように散る中をゆっくりと遠ざかっていく。

――そうか、そういうことだったのか……。

自分は、何かを手に入れるためでもなければ、何かを成し遂げるためでもなく、ただその場に止《とど》まりたくないという思いだけで、ここまで歩きつづけてきた。

しかし、いま、自分は、遠ざかろうとしているこの場所に心を残している。白いチャンプの家とそこに暮らす人や動物。近くを流れる川や桜の並木。それらをすべて含んだこの場所を離れがたく思っている。

日本に戻ってきたのは一年前の春だった。春から春までのこの一年が、自分に心を残すべきささやかな場所を与えてくれていたのだ。

広岡は徐々に薄れていく意識の中で思っていた。

そういう場所があったということ。もしかしたら、人は、それを幸せと呼ぶのかもしれないな、と。

「生き方」でもなく、「死に方」でもなく
——文庫版あとがき

少年時代の私の夢はプロ野球の選手になることだった。小学生の頃は、放課後はほとんど毎日野球をやっていたし、中学生になると野球部に入って野球づけの日々を送るようになった。しかし、無茶な練習をしたためか肩を壊してしまい、野球を続けることができなくなってしまった。そこで、高校生になると陸上競技に転向し、短距離と走り幅跳びを専門とするようになった。

しかし、自分にはプロ野球の選手の道は閉ざされてしまったのだと知ったとき以来、どのように生きていくかということに関する具体的な夢を抱かなくなった。陸上競技に転向しても、さすがにその世界で生きていこうとは思わなかったからだ。

同じように、私の年長の友人にプロ野球の選手を夢見ながら体の故障で諦めなければならなかった人がいる。彼は、私が次のスポーツとして陸上競技を選んだように、二番

目のスポーツとしてボクシングを選んだ。私と違っていたのは、彼がそのボクシングを一生の仕事にしようと思ったことである。

彼はプロのボクサーとなり、日本で何戦かしたあとでアメリカに渡った。

そう書くと、私の『春に散る』の主人公はその人がモデルなのではないかと思われてしまうかもしれない。

確かに、彼の人生の枠組みの一部を借りてはいる。しかし、『春に散る』の主人公である広岡仁一は、あくまでも、少年時代から野球をするのと同じくらい小説を読むことが好きだった私の、物語を愛する魂が創り上げた「夢の存在」である。

私は、その「夢の存在」である広岡と、一年にわたる旅をしようと思ったのだ。

すべての始まりはアメリカのフロリダだった。

私は、アメリカ在住の、先に述べた年長の友人と共に、モハメッド・アリのトレーナーとして有名なアンジェロ・ダンディーの葬儀に参列していた。

そこに、歩くのも話すのもままならないモハメッド・アリが、夫人に支えられながら姿を現した。結果としてそれは、アンジェロ・ダンディーの葬儀であると同時に、多くのボクシング関係者にとってはモハメッド・アリの生前葬になるものでもあった。

葬儀の翌日、私は友人に頼んでキーウェストまで連れていってもらうことにした。かつてアーネスト・ヘミングウェイが住んでいたというキーウェストに、私はまだ一度も足を踏み入れたことがなかったからだ。マイアミからキーウェストまでは青い海の上を一直線にアメリカのルート1が走っている。

その道を滑るように走る車の助手席に乗り、ぼんやり窓の外を眺めているうちに、ふうっと、ひとつのストーリーが浮かんできた。

冒頭はアメリカのこのルート1、最後は日本の桜並木。その二つの道をつなぐように、一年という限られた時間を歩いていく男がいる……。

それが『春に散る』の骨格となった。

私はその男たる広岡が日本に帰って送ることになる一年に同行することにしたのだ。彼は、さまざまな人や出来事に遭遇し、戸惑い、しかし歩みつづけていく。

私がその一年で描きたかったのは、彼の「生き方」ではなかったような気がする。見事な「生き方」でもなく、鮮やかな「死に方」でもない。そのような言葉があるのかどうか定かではないが、あえていえば「在り方」だった。過去から未来に向けての「生き方」や「死に方」ではなく、一瞬一瞬のいまがすべての「在り方」。「生き方」や「死に方」という未来のために現在をないがしろにしたり犠牲にしたりせず、いま在るこの瞬間を慈しむ……。

もしかしたら、私は広岡の一年に寄り添いながら、男として、というより、人としての理想の「在り方」について常に考えつづけていたのかもしれない。

沢木耕太郎

春《はる》に散《ち》る　下《げ》

朝日文庫

2020年2月28日　第1刷発行
2023年8月10日　第5刷発行

著　者　沢木耕太郎《さわきこうたろう》

発行者　宇都宮健太朗
発行所　朝日新聞出版
〒104-8011　東京都中央区築地5-3-2
電話　03-5541-8832（編集）
03-5540-7793（販売）

印刷製本　大日本印刷株式会社

ISBN978-4-02-264948-5